**MAREN FRIEDLAENDER**
Schweigen über Köln

**MORD VERJÄHRT NICHT** Während Schumanns Sinfonie Nr. 4 in d-Moll summt Kommissarin Rosenthals Telefon. Hals über Kopf verlässt sie das Konzert in der Kölner Philharmonie. Am Stadtwald liegt ein unbekannter Toter in einem roten Renault – genau dort, wo 1977 Arbeitgeberpräsident Hanns Martin Schleyer von der RAF entführt wurde. Sein Fahrer und drei Leibwächter wurden damals erschossen. Kommissarin Rosenthal und ihr Kollege Bär stehen vor der Frage: Ist der Tatort Zufall oder besteht eine Verbindung zu den RAF-Morden? Eine Spur führt ins dänische Nordschleswig. Dort betreibt der pensionierte Stasi-Major Kraske einen blühenden Handel mit Dossiers über die einst von der DDR geschützten RAF-Terroristen. Unter dem Druck der dänischen Polizei packt der Major aus. Daraufhin rumort es in der ehemaligen RAF-Sympathisantenszene von Bonn bis Aachen. Unterstützer, die mittlerweile gutbürgerlich leben, fürchten um ihre Existenz. Gibt es einen RAF-Täter, der sich entschlossen hat zu reden? Kommissarin Rosenthal muss aber auch alte Wunden bei den Hinterbliebenen der Opfer aufreißen.

© privat

*Maren Friedlaender, in Kiel geboren. Unter anderem politische Redakteurin beim ZDF. Die Autorin lebt seit 35 Jahren in Köln, studierte dort Psychologie. Mit dem Fahrrad erobert sie ihre Wohnorte: Hamburg, Wiesbaden, Berlin, Köln – vom Fahrradsattel aus sieht man mehr. Die Entdeckung der Städte durch das Unterwegssein in verschiedenen Welten: schreibend und aktiv in der Politik, unter anderem Mitglied des Kölner Kulturausschusses. Die unterschiedlichen Einblicke in die politische Szene verarbeitete sie in den Krimis: »Berlin. Macht.Männer«, »Die Macht am Rhein« (mit Olaf Müller) und »Rheingolf«. Ebenfalls im Gmeiner-Verlag erschien der Roman »Der Löwe Gottes«. Den Terror der RAF erlebte sie hautnah als Journalistin und verarbeitet ihre Erinnerungen in dem Krimi »Schweigen über Köln«.*

# MAREN FRIEDLAENDER
# Schweigen über Köln

*Kriminalroman*

Immer informiert

Spannung pur – mit unserem Newsletter informieren wir Sie
regelmäßig über Wissenswertes aus unserer Bücherwelt.

Gefällt mir!

Facebook: @Gmeiner.Verlag
Instagram: @gmeinerverlag
Twitter: @GmeinerVerlag

Besuchen Sie uns im Internet:
www.gmeiner-verlag.de

© 2021 – Gmeiner-Verlag GmbH
Im Ehnried 5, 88605 Meßkirch
Telefon 0 75 75 / 20 95 - 0
info@gmeiner-verlag.de
Alle Rechte vorbehalten
1. Auflage 2021

Lektorat: Claudia Senghaas, Kirchardt
Herstellung: Mirjam Hecht
Umschlaggestaltung: U.O.R.G. Lutz Eberle, Stuttgart
unter Verwendung eines Fotos von: © ullstein bild / dpa
Druck: CPI books GmbH, Leck
Printed in Germany
ISBN 978-3-8392-0078-0

Personen und Handlung sind frei erfunden.
Ähnlichkeiten mit lebenden oder toten Personen
sind rein zufällig und nicht beabsichtigt.
Den Hintergrund des Kriminalromans bildet der
Terror der RAF, weshalb Bezug auf bestimmte
Personen und Ereignisse dieser Zeit genommen wird.

# ALTE KOLLEGEN

Müller traf Erwin Kraske in Dänemark, in Vester Vedsted. Das Örtchen liegt zwischen Ribe und Skærbæk in Nordschleswig, der deutschsprachigen Region. Dort hatte der Ex-Stasioffizier ein Häuschen angemietet, schon zu DDR-Zeiten, als er Major beim Ministerium für Staatssicherheit war, tätig für die HVA, Hauptverwaltung Aufklärung, Abteilung Auslandsspionage.

Linientreue Stasis hatten zu DDR-Zeiten Zugriff auf ein wenig Luxus gehabt, natürlich im Auftrag des Vaterlandes oder für den internationalen Sozialismus – wie man es nahm. Kraske und Müller waren sozusagen Kollegen – Exkollegen. Sie waren beide nicht mehr im Dienst. In ihrer aktiven Zeit hatten sie für gegnerische Seiten gearbeitet, waren sich persönlich aber nicht begegnet. So konnte Müller nicht beurteilen, ob Kraske mal ein gutaussehender und durchtrainierter Mann gewesen war. Er ging davon aus. Harte Schule der HVA in Golm bei Potsdam. Seine Form hatte der Kollege nicht nur aus Altersgründen eingebüßt. Schlaffe Gesichtszüge mit rötlichen Hautflecken verrieten den Trinker. Die Körperhaltung ließ auf Verfallserscheinungen schließen. Beim ersten Carlsberg blühte Kraske auf, wurde gesprächig und entwickelte einen Charme, mit dem er in guten Zeiten das schöne Geschlecht zur Mitarbeit an einer besseren Welt überzeugt hatte.

Typen wie Kraske mäanderten nach dem Fall der Mauer überall in Deutschland herum. Sie hatten ihre Jobs eingebüßt. Die Verlierer. Es gab auch die anderen, die Gewinner, Ex-Stasis, denen es blendend ging. Müller war sicher, dass sie im Ministerium für Staatssicherheit viel früher als im Westen Informationen darüber gehabt hatten, dass es mit ihrer DDR zu Ende ging. Müller, einst angestellt beim Bundeskriminalamt, hielt nicht viel von den eigenen Kollegen beim BND. Wie hatte Thomas de Maizière, damals Innenminister, bei einem Vortrag für die Deutsche Gesellschaft für Auswärtige Politik gesagt: »Ohne die Amerikaner sind wir blind und taub.« Müller war bei der Veranstaltung im Kölner Hotel Excelsior dabei gewesen. Ihm wurde damals umgehend schlecht. Wozu unterhielten sie den Monsterbetrieb mit 6.500 Mitarbeitern in Berlin und Pullach, wenn sie dabei blind und abhängig blieben von den Brosamen, die vom reich gedeckten Tisch des CIA abfielen?

Die Jungs im Ministerium für Staatssicherheit waren ausgeschlafener gewesen. Immer gut informiert. Sie hatten Stasi- und SED-Vermögen beiseitegeschafft und nach der Wiedervereinigung eins zu eins gegen D-Mark eingetauscht. Aus wertloser DDR-Mark war eine harte Währung geworden. Das Geld war nicht verschwunden. Geld verschwand nicht, es wanderte. Irgendwo lagerte und arbeitete es. Insider profitierten. Einige Alt-Stasis saßen bis heute am Drücker. Kraske gehörte eher zu den Verlierern. Er hielt sich mit dem Verkauf von brisantem Material über Wasser.

Erwin Kraske holte zwei weitere Carlsberg aus dem Kühlschrank und brachte eine Flasche Aquavit aus der Tiefkühltruhe mit. Müller akzeptierte. Er wollte Kraske in Redelaune halten, machte sich aber keine Hoffnung, dass der Kollege im Suff mehr ausplaudern würde als gewollt. Knallharte DDR-Schule. Mit ein paar Schnäpsen kriegte man solche Spezialisten nicht unter. Der alte Stasi-Offizier hatte keine Eile. Er genoss das Gespräch unter Kollegen sichtlich, bediente sich im zweiten Gang an einer Flasche Gammel Dansk.

»Für den Magen«, grinste er und prostete Müller zu. »Auf die guten alten Zeiten.«

Die guten alten Zeiten – vielleicht für Stasi-Mitarbeiter. Sie hatten Privilegien genossen, durften teilweise im Ausland leben, es sich gut gehen lassen beim Klassenfeind, indem sie sich an dessen Lebensweise anpassten, im Auftrag des sozialistischen Staates und für die höheren Ziele. Trösteten nette Frauen von Mitarbeitern im westdeutschen Verteidigungsministerium mit Söhnlein Brillant, hörten aufmerksam zu. Methode »Romeo« nannten sie es im Ministerium für Staatssicherheit. Methode »Romeo« meinte, einsame Sekretärinnen von Politikern und hohen Militärs durch Liebesbekundungen zu gewinnen und emotional abhängig zu machen. Scheinheirat nicht ausgeschlossen. Im rüden Stasi-Jargon hieß die Taktik: »Intim betreuen« oder brutaler: »Ficken fürs Vaterland«. Unwissentlich gaben unzählige Frauen nachrichtendienstlich wichtige Erkenntnisse weiter. Wenn die Geliebte misstrauisch wurde, steckte sie schon so tief drinnen, dass man sie erpressen konnte.

Auch zu Hause im sozialistischen Einheitsstaat, wo die eigene brave Ehefrau saß, genossen die Stasi-Offiziere Exklusivität. Datschen und Zugang zu Waren gehörten dazu. Während Stasi-Mitarbeiter und ihre inoffiziellen Helfer die Bevölkerung bespitzelten, hatten die Funktionäre keine Ahnung, was die Menschen wirklich dachten. Darin glichen sich Monarchien und kommunistische Diktaturen wie ein Ei dem anderen. Sie verloren die Verbindung zu ihrem Volk. Selbst in den Demokratien: Wusste denn Frau Merkel, was in den Köpfen ihrer Mitbürger vorging?

Die Stasi hatte den Untergang der DDR vielleicht aus Millionen abgehörten Telefonaten herausgehört, aber das starre Regime war zu Reformen nicht fähig gewesen. Der wirtschaftliche Zusammenbruch zeichnete sich ab. Die Funktionäre sahen es. Eine Volkswirtschaft, die in 40 Jahren als technologisches Highlight einen Trabi präsentierte, auf den man zehn Jahre warten musste, war nicht zukunftsfähig. Das wussten die Strippenzieher des VEB-Deutschlands, die im Westen gern BMW und Audi fuhren.

Wahrscheinlich war Kraske kein großer Fisch gewesen, aber er hatte Zugang zu geheimem Material gehabt und selbst Berichte geliefert. Er erzählte dem Wessi-Kollegen von seinem Einsatz in Dänemark.

»Was haben euch denn die Dänen interessiert?«, wollte Müller wissen.

»Die Nordschleswiger«, erklärte Kraske. »Ich gab der Zentrale eine Lageeinschätzung zur politisch-operativen Entwicklung in der deutschen Minderheit in Dänemark. Durch die Nordschleswiger konnten wir das Bundesland Schleswig-Holstein beackern. Die deutsche Minderheit in Dänemark hat immer exklusive Kontakte nach Schleswig-Holstein gehabt. Wir nutzten auch die Spannungen zwischen Deutschen und Dänen. Ziemlich viele Leute waren vorbelastet durch den Krieg, also durch eine Nazi-Vergangenheit. Dadurch waren sie für die Stasi erpressbar.«

Kraske zündete sich eine Zigarre an und kippte einen weiteren Gammel Dansk, bevor er fortfuhr.

»Für uns war Nordschleswig in einem weiteren Punkt interessant. Hier wird Deutsch gesprochen, das gab uns die Möglichkeit, Bürgern der DDR oder sonstigen Deutschsprachigen eine neue Identität als dänische Staatsbürger zu geben. Sie fielen nicht auf.«

Das war das Stichwort. Es war das, was Müller vermutet hatte. Sie kamen zum Geschäft. Kraske überreichte dem Kollegen eine Mappe. Müller blätterte sie durch.

»Nur ein Name?«, fragte er. »Grundmann. Nie gehört.«

»Ein Name! Ein Honorar«, bestätigte Kraske. »Mach deinen Job, dann komm wieder. Es gibt mehr Namen – für mehr Geld.«

Müller zahlte den vereinbarten Betrag.

»Mach ihm etwas Feuer unter dem Hintern. Mach es ihm ungemütlich in seinem dänischen Refugium«, bat der Ex-BKA-Mann. »Ich will Grundmann raus aus Dänemark haben.«

Müller grinste: »Du kannst ein fettes Honorar für die Rückführung ins Vaterland von ihm kassieren. Die Kerle wussten immer schon, wie man sich Moneten beschafft.«

»Wird erledigt«, versprach Kraske. »Ich habe sowieso nie Sympathie für die Jungs von der Terroristentruppe gehabt, auch nicht für die Mädels. Alles Querköpfe.«

# KEIN VERHANDLUNGSSPIELRAUM

Das Telefonat mit Ronald Grundmann verlief wie gewünscht. Kraske hatte offensichtlich gute Vorarbeit geleistet. Grundmann ging auf alles ein. Treffen in Köln, Angebot eines neuen Wohnsitzes, Eupen, Deutschsprachige Gemeinschaft in Belgien, gleich hinter der Grenze bei Aachen. Es wurde über das Honorar verhandelt, was heißt verhandelt? Müller stellte eine Forderung: 50.000. Grundmann schluckte, vor allem schluckte er, dass es hier nur ums Geld ging. Ein Geschäft, nichts weiter. Er versuchte den Preis zu drücken. Müller blieb hart.

»Großer Aufwand, großes Risiko, kein Verhandlungsspielraum«, hatte er gesagt. Müller ließ durchsickern, dass er ein ehemaliger Stasi-Agent war. Das klang plausibel und überzeugte Grundmann. Hilfe von den Stasis gegen Geld.

»Man müsse von etwas leben«, hatte Müller unverhohlen mitgeteilt.

»Klar. Ich mach's«, antwortete Grundmann kurz angebunden.

Müller ging davon aus, dass der Exterrorist knapp bei Kasse war. Wie er an frisches Geld käme, konnte er sich denken. Wahrscheinlich besorgte er es sich auf die alte Tour – Banküberfall. Umso besser, dann hatte Müller ihn in der Hand. Vielleicht überzeugte er den Mann auszupacken, überlegte Müller. Er sah eine Chance.

# DIE FILIALE

Der Biturbo heulte auf. Gummi verbrannte auf dem Asphalt der Hauptstraße. Wie eine Rakete schoss der Audi A6 auf die Sparkassenfiliale in Langerwehe zu. Mit einer Vollbremsung kam er zum Stehen. Der Motor schnurrte im Leerlauf. Eine maskierte Person sprang heraus. Der Typ trug eine Heckler & Koch MP 5, schwarze Jacke, Turnschuhe, Jeans. Der erste Feuerstoß verwandelte die Deckenverkleidung in ein Millionenpuzzle. Der zweite Feuerstoß erwischte die Thermoskanne des Filialleiters, der Beruhigungstee beruhigte nun Kontoauszüge, die Titelseite der Lokalzeitung und die Tastatur eines Computers. Frau Wamich, 45 Jahre im Dienst der Girokonten, zuckte zusammen, fiel in Ohnmacht. Auszubildender Willi Kuckertz behielt die Nerven, erreichte aber nicht den Alarmknopf.

»Alles einpacken. Zacki, zacki!« Der Maskierte fackelte nicht lange. Bankangestellte Marlene Rosarius griff alle Scheine aus der Kasse und steckte sie in die Plastiktüte.

»Zeitschloss. Mehr kommt nur durch das Zeitschloss. Das geht nicht so schnell«, stotterte sie.

Filialleiter Egbert Laufenberg kam mit erhobenen Händen und einer Hose, über die sich der Morgenkaffee ergossen hatte, mutig auf den Maskierten zu.

»Was wollen Sie?«

»Saublöde Frage. Knete. Alles. Sonst gibt es hier Tote«, grunzte eine verstellte Stimme hinter der Maske.

»Folgen Sie mir.«

Egbert Laufenberg hatte mehrere Seminare zum Thema Überfall durchlaufen. Oberstes Gebot: Ruhe bewahren. Die Realität sah anders aus. »Ruhe bewahren«, ratterte es in seinem Kopf. »Personenschutz hat Vorrang. Geld herausgeben. Deeskalieren.« Für Laufenberg war es das erste Mal. Er machte seine Sache ganz gut, ging zum Tresor in Raum 003, öffnete ihn und verwies auf die Geldscheine in den abgepackten Klarsichtpaketen.

»Geht doch«, grunzte es wieder.

Alle Scheine verschwanden in Aldi-Plastiktüten. Frau Wamich wurde von Willi Kuckertz liebevoll versorgt. Die drei Frühkunden standen mit erhobenen Händen im Schalterraum und wagten keinen Mucks, keine Bewegung.

Der Spuk war nach zehn Minuten vorbei. Zehn lange Minuten. War ihm nie so bewusst gewesen, die Sache mit den langen Minuten. »Haben alle 60 Sekunden«, hatte Laufenberg immer geblödelt, wenn ihm Leute mit den langen Minuten kamen. Dieses waren die längsten seines bisherigen Lebens gewesen.

Der Biturbo heulte erneut auf. Die Reifen hinterließen schwarze Spuren. Der Audi jagte auf der Hauptstraße in Richtung A 4. Im selben Moment ging der Alarm bei der Polizei in Düren ein. Mehrere BMW verließen das Präsidium und rasten Richtung Langerwehe. Sie kamen zu spät. Der Audi A6 war bereits am Autobahnkreuz Aachen.

# ENDE DER SENDUNG

Die Autos der Mitarbeiter des Belgischen Rundfunks in Eupen standen oft viele Stunden unbenutzt auf dem Parkplatz. Manche Redakteure begannen um neun Uhr morgens mit der Arbeit und stiegen erst gegen 22 Uhr in ihren PKW, um am Kehrwegstadion vorbei, Spielort des Erstligisten »Allgemeine Sportvereinigung Eupen«, hinab in die Unterstadt zu fahren. Andere brachen in Richtung Hohes Venn auf, dem Quellort der Rur, eigenwillige Landschaft mit herbem Charme.

Er hatte alles recherchiert. Mittwochs stand der Renault Megane ab neun Uhr auf einem abgelegenen Parkplatz des Rundfunkgebäudes. Mit zwei Griffen klackte die Türsicherung auf. Modernste Elektronik ließ den Anlasser sofort anspringen. In drei Minuten verschwand der Neuwagen aus dem Hause Weymans und tauchte erst eine Woche später wieder in Köln auf.

Als Robert Cremer, zuständig für Lokalberichterstattung im Hörfunk des BRF, um 21.45 Uhr in bester Laune den Belgischen Rundfunk verließ, dauerte es ungefähr fünf Minuten, bis die Laune in Ärger umschlug. Zuerst glaubte er an ein Missverständnis, dann an einen Scherz der Kollegen. Um 21.50 Uhr stürmte er wütend zurück an die Rezeption.

»Das ist effektiv nicht wahr!«

»Robert, hast du was vergessen?« Isabell Schüren, Spätschicht am Empfang, kannte Robert lange. So aufgebracht war er nie gewesen.

»Die haben mir meinen neuen Renault geklaut!«
»Nicht möglich.«
»Wenn ich es doch sage.«
»Bist du sicher?«
»Steht hier oben ›blöd‹ auf der Stirn, oder was?«
»Ich mein ja nur. Hast du ihn nicht in der Werkstatt?«
»Bin ich mit dem Mopedhelm reingekommen? Siehst du irgendwo da draußen eine Kutsche?«
»Okay, ich ruf die Polizei an.«

Robert Cremer nickte, frustriert darüber, dass er seinen Feierabend mit Protokollaufnahmen verbringen würde.

»Belgischer Rundfunk, Schüren. Dem Robert sein Auto ist gestohlen worden. Was? Ja heute. Wann? Keine Ahnung. Robert, wann ist dir der Wagen gestohlen worden?«

»Gib mal her. Ja, Cremer, Robert. Dunkelroter Renault Megane. Kennzeichen kommt gleich. Heute Morgen geparkt. So gegen neun Uhr. Jetzt will ich nach Hause. Da ist der Wagen weg. Kameras? Haben wir Kameras, Isabell? Ja, wir haben Kameras. Aber nicht da, wo mein neuer Renault parkte. Super. Ja. Find ich auch. Einfach super.«

Um 22 Uhr kamen die Beamten Jeanne Emontspool und Peter Gentgarten. Sie schauten lange auf den leeren Parkplatz. Schüttelten bedächtig den Kopf. Danach gingen sie an den Empfangstresen des BRF und schrieben das Protokoll.

Peter kannte den Robert aus gemeinsamen Zeiten in der Städtischen Grundschule Unterstadt. Im Grunde kannten sich alle in Eupen.

»Ja, Robert. Was soll ich sagen. Weg ist weg. Da führt effektiv kein Weg dran vorbei. Der zehnte Fall in diesem Monat. Der ist bestimmt schon raus aus der Deutschsprachigen Gemeinschaft. Futschneu? Ich tippe auf Moldawien. Zweitwagen für die Frau von einem Mogul oder wie die so heißen.«

»Oligarch, Peter, Oligarch. Mehr Hoffnung kannst du mir nicht machen?«

»Spricht die Statistik dagegen. Effektiv.«

»Effektive Scheiße, Peter. Yasmin wartet seit einer halben Stunde mit einem Fondue auf mich. Und ich steh hier, schau auf einen leeren Parkplatz und kann mir was von moldawischen Oligarchentussen anhören. Scheiße ist das. Hätt' ich bloß den alten Golf behalten. Aber nein. Madame wollte ja eine Familienkutsche.«

»Robert, wir fahren dich. Ist doch klar. Die Versicherung wird ihn ersetzen. In zwei Wochen hast du einen neuen. Nimm eine andere Farbe. Rot bleicht aus.«

»Danke, großer Trost. Der nächste dann in Weiß. Essen auf Rädern oder so. Abflug. Sonst mach ich eine Sondersendung über die Eupener Polizei.«

Robert, Peter und Jeanne verließen den BRF, fuhren in Richtung Baraque Michel und fachsimpelten über die effektive Aufstellung von Überwachungskameras.

Bis Moldawien kam der Renault nie. Als Robert ihn vermisste, parkte er bereits in einer Garage in Köln-Rodenkirchen. Eine wichtige Fahrt stand dem Wagen noch bevor.

## SCHNELLE ENTSCHEIDUNG

Müller bekam keine Information aus Grundmann heraus. Sie saßen im Auto. Der Ex-BKA-Mann verhandelte, machte Druck: Den neuen Wohnsitz, die neue Identität gäbe es nur gegen Namen. Grundmann blieb stur. Es sei nur ein Geldbetrag vereinbart gewesen.

»Stichwort Langerwehe.« Es war Müllers letzter Versuch. »Wie viel hast du erbeutet? – Könnte Schwierigkeiten geben«, drohte er nach kurzer Bedenkzeit für den Alt-Terroristen. Der schwieg. Ein harter Brocken.

Müller stieg aus, gab dem Fahrer eines vor ihnen parkenden Autos ein Zeichen. Grundmann war überrascht, dass es einen zweiten Mann vor Ort gab, ein alter Kollege von Müller, Sven Hubens, lange Jahre Fahnder beim Verfassungsschutz in Düsseldorf. Mittlerweile arbeitete Hubens auf eigene Rechnung, für wen, hatte er Müller nicht verraten, aber Sven besaß offensichtlich gute Kontakte zum ehemaligen Team. Die alten Seilschaften funktionierten.

»Bis dass der Tod uns scheidet«, hatte Sven lachend gesagt und half Müller mit einigen relevanten Informationen aus. »Eine Hand wäscht die andere. Wenn du mit dem Arschloch fertig bist, übernehme ich. Ich brauche auch etwas«, forderte er von Müller. Der stimmte zu. Schließlich hatte Hubens den Kaufbetrag für die Stasi-Akte besorgt. Mit einem Handshake wurde die Vereinbarung besiegelt. Nichts Schriftliches, ein Gefallen unter alten Kumpels.

Müller übernahm Hubens Auto und fuhr in Richtung Militärring davon, während Hubens auf der Fahrerseite des Renaults mit belgischem Kennzeichen einstieg und sich Grundmann vornahm.

Der Gebrauch der Waffe war nicht geplant gewesen. Hubens hatte diesen Ausgang des Gesprächs nicht ausgeschlossen, aber er hätte die andere Variante vorgezogen. Leider schwieg Ronald Grundmann: keine Reue, vielleicht ein paar Zweifel, aber keine Gewissensbisse. Keine relevanten Informationen. Keine Täternamen. Sie bunkerten immer noch. Grundmann bunkerte. Nicht einmal, als der Mann auf dem Fahrersitz eine nicht registrierte Walther PPK auf ihn richtete, rückte er mit einem Täternamen heraus. Wer hat Herrhausen getötet? Rohwedder? Grundmann blieb verstockt. Ob er geglaubt hatte, sein Gegenüber pokere nur?

»Lily?«, fragte Hubens. »Wo ist sie?«

Hubens entsicherte die Waffe. Er sah, wie dem Mann auf dem Beifahrersitz der Schweiß ausbrach.

»Halle«, sagte Grundmann mit zitternder Stimme. Dann machte der Exterrorist den Fehler, in seine Tasche zu greifen. Hubens wusste, mit wem er es zu tun hatte. Grundmann war ein Desperado. Kein Risiko. Der Schuss aus kurzer Distanz ging glatt durch die Stirnwand. Dem Getroffenen blieb nicht einmal Zeit für ein Gefühl der Überraschung. In den gegenüberliegenden Häusern hörte niemand den Schuss. Hubens hatte einen Schalldämpfer benutzt. Die Patronenhülse hob er von der Fußmatte des Wagens auf und steckte sie in die Jackentasche.

Ohne Hast öffnete der alte Profi die Tür des Wagens, stieg mit gemächlichen Bewegungen aus, ging um den Renault herum, öffnete die Beifahrertür und fasste in

Grundmanns Jackentasche. Er fühlte hartes, glattes Metall. Vorsichtig zog er Grundmanns Hand aus der Tasche. Die Hand umklammerte eine Waffe.

»Dachte ich es mir doch«, zischte Hubens. »Immer noch dieselben Wichser. Eine Makarow. Wahrscheinlich von den Freunden aus dem Osten.« Hubens hätte schwören können, dass das Ding nicht registriert war.

Er legte die Hand mit der Pistole auf Grundmanns Schoß. Es machte den Eindruck, als halte der Terrorist die Makarow anschlagbereit. In der anderen Jackentasche fand er das Handy. Er nahm es an sich und verschwand im angrenzenden Stadtwald. Mit ruhigen Schritten passierte er den hohen, dunkelgrauen, obeliskartigen Gedenkstein, der in der Mitte des Parkzugangs platziert war. Wege durchkreuzten den Park, er ging vorbei an einem Spielplatz. Eine dunkle Nacht. Menschen traf er keine. Nicht einmal die Hundebesitzer trieben sich zu dieser Stunde im einsamen Park herum. Keine Junkies. Keine Liebespaare. Er ging zu Fuß vorbei am Kahnweiher, drehte sich um, kein Mensch zu sehen. Er zog die SIM-Karte aus dem Handy und warf es ins Wasser des Tümpels. Die Walther PPK, mit der er auf Grundmann geschossen hatte, flog hinterher. Sie sank auf den Grund des trüben Wassers und versackte im Schlamm. Hubens schlenderte weiter bis zur Dürener Straße. Alles ohne Hast. Ein Mann beim abendlichen Spaziergang. Ecke Stadtwaldgürtel bestieg er den schwarzen Golf, den er zurzeit benutzte, und fuhr in Richtung Süden.

# HUSTENKONZERT

Theresa Rosenthal parkte ihren grünen Mini Cooper um Punkt 18.00 Uhr vor dem Haus ihrer Lieblingsverwandten in Köln-Marienburg. Sie hatte am Morgen einen Anruf von Tante Clarissa erhalten.

»Kind«, hatte die Tante mit ihrer kräftigen Stimme in den Hörer gedröhnt. Sie sagte immer noch Kind zu Theresa, obwohl die mit ihren fast 50 Jahren schon länger aus dem Gröbsten heraus war. »Kind, begleitest du mich heute Abend ins Konzert? Londoner Philharmoniker unter Sir Eliot Gardiner. Ein Leckerbissen.«

»Und den willst du mit mir teilen?«, fragte Theresa überrascht. »Ist Elsa krank?« Elsa war Tante Clarissas Abo-Freundin.

»Ja, die postkarnevalistische Grippewelle hat sie erwischt. Ich weiß nicht, warum sie mit ihren lächerlichen 82 Jahren jeden Virus aufschnappt.«

»Was treibt sie sich in ihrem Alter auch im Karneval herum?« Theresa lachte. Die absurde Vorstellung, dass die elegante Elsa sich im Karneval tummelte, amüsierte sie. Nun war Theresa also dran und musste Tantchen ins Konzert begleiten. Einer 93-Jährigen schlug man keinen Wunsch ab, wenn er irgendwie erfüllbar war. Theresa hatte zwar Bereitschaftsdienst, aber sie würde ihr Handy stumm schalten und das Beste hoffen. Der dauernde Stand-by-Modus ging ihr auf die Nerven. Jedes Jahr dasselbe Theater. Von Weiberfastnacht bis Karnevalsdienstag schunkelten die Kollegen halbnackt in den Straßen herum, bis auch der Letzte sich mit dem Grippevirus infiziert hatte. Dieses Jahr wütete er besonders arg. Sie arbeiteten im Morddezernat KK 11 mit halber Mannschaft. Verbrecher hatten gute Chancen, ungestraft davonzukommen. Theresa gehörte wie jedes Jahr, weil sie dem Mummenschanz fernblieb, zu den Gesunden und Leidtragenden. So wie ihre Tante, die trotz ihres Alters robust war. Ostpreußische Gutsherrengene.

Auf Theresas Klingeln hin stand die alte Dame fertig angekleidet im eleganten schwarzen Yves-Saint-Laurent-Mantel bereit.

»Da bist du ja, Kind.« Die Tante verriegelte die Türschlösser oben und unten, drehte den Schlüssel jeweils zweimal um.

»Immer noch keine Alarmanlage?«, fragte Theresa, die Antwort kennend. Vergeblich bat sie bei jedem Besuch, endlich eine Sicherung einzubauen. Die wohlhabende Verwandte lebte in dem teuren Kölner Villenviertel allein in ihrem Haus. Es hatte mehrere Einbruchversuche gegeben, und Trickdiebe hatten erst kürzlich versucht, die Arme mit irgendeiner Dachdeckernummer zu übertölpeln, worauf sie wenigstens eine Gegensprechanlage installieren ließ, damit Gangster nicht gleich in ihrem Flur standen. Aber wahrscheinlich haut sie ihnen die Handtasche um die Ohren, dachte Theresa, als Tante Clarissa mit eiligem Schritt die Zufahrt hinuntereilte. Der flotte Gang verriet ihr Alter nicht, nur das von Osteoporose zerbröselnde Rückgrat, das sich wie ein Flitzbogen krümmte. Sie schrumpelt langsam weg, bemerkte Theresa, während sie der Tante die Fahrzeugtür aufhielt. Als sie sich ins Auto hineinbeugte, um beim Anschnallen zu helfen, pfiff Clarissa Hammerstadt ihre Nichte an.

»Ich kann das selbst. Bin doch kein Kind mehr.«

»Aber vielleicht wieder«, lachte Theresa. Mit ihrer Tante pflegte sie einen lockeren Umgangston, den die ihr nie übelnahm, anders als ihre eigene Mutter, mit der Theresa bei jedem der seltenen Telefonate aneinandergeriet.

Das Konzert begann erst um acht Uhr, aber die Kommissarin, die immer mal wieder für die kränkelnde Elsa einsprang, kannte das Prozedere der musikalischen Abende. Sie begannen mit einem Glas Champagner und einem Imbiss im »La Brasserie«, gegenüber der Philharmonie. Früher waren sie ins Dom-Hotel gegangen. Das fiel aus, es war im fünften Jahre geschlossen – und damit hatte die einzige Gastronomie auf dem Domplatz den Betrieb eingestellt. In Köln schaffte es nicht nur die Stadt, Chaos im Bausektor anzurichten, auch auswärtige Investoren kriegten das in der Jeckenmetropole hin. Es gab in Köln für ein Hotel keinen attraktiveren Standort als die Lage am Roncalliplatz mit Blick auf das Weltkulturerbe, aber irgendetwas lief bei der Renovierung des altehrwürdigen Hotels schief, und nun bröckelte das Gebäude traurig vor sich hin. Ähnlich wie die Oper. Bauprobleme hatten in der Rheinmetropole Tradition. Für ihren Dom benötigten die Kölner schlappe 623 Jahre bis zur Fertigstellung.

Im Foyer der Philharmonie wurde Theresa Zeuge der fleischgewordenen Statistik zur Überalterung der deutschen Gesellschaft. Die Folgen bekam sie sofort zu spüren. Trotz des erfreulichen Anlasses mufften die alten Leute herum, überfordert durch die Anstrengungen, die es sie kostete, die lädierten Körper vom gemütlichen Eigenheimsessel bis in den Sitz des Konzertsaals zu überführen. Theresa hatte es verpasst, die Restauranttoilette aufzusuchen. Sie musste Tantchen auf einer Sitzbank deponieren und sich im Waschraum der Philharmonie anstellen, wo sich vor den Häusern eine Schlange der von Inkontinenz Geplagten bildete, unter denen schlechte Stimmung herrschte. Besorgte Blicke auf die Uhren.

»Eigentlich bin ich für das Konzert hergekommen und nicht zur Toilettenbesichtigung«, nörgelte Theresa gut vernehmbar. »Können die hier nicht eine angemessene Anzahl an Scheißhäusern bereitstellen?«, fügte sie wütend hinzu. Strafende Blicke trafen sie. In letzter Zeit nahm Theresa gewisse Anzeichen des Tourettesyndroms an sich wahr. Immer häufiger überfiel sie eine unbändige Lust, ausfallend zu werden. Umso mehr, je distinguierter die Szene war. Vielleicht eine Folge ihrer strengen Erziehung. Die adligen Eltern hatten jegliches Fluchen im Keim erstickt. Womöglich drängte jetzt alle aufgestaute Wut aufs Mal aus ihr heraus.

Eine aus der Toilette herausstolpernde Alte rempelte die Kommissarin an und brummte vergrätzt: »Wenn sich hier nicht all die Musikkretins tummelten, müsste man nicht anstehen.«

Sie waren nicht gut drauf, die reichen deutschen Rentner. Manche der älteren Leute hatten diesen Anspruch auf Vorfahrt im Gesichtsausdruck. Hoffentlich verabschiede ich mich von der Welt, bevor ich solche Attitüden annehme, überlegte Theresa. Frühzeitig und mit üblen Flüchen auf den Lippen. Bei dem Gedanken verbesserte sich ihre Laune. Die Chancen, eine seltsame Alte zu werden, standen eh schlecht. Ihre beiden erwachsenen Söhne würden sie zurechtstutzen. Die ließen ihr nichts durchgehen.

Theresa und ihre Tante schafften es kurz vor acht Uhr, die Sitze einzunehmen. Vor dem eigentlichen Konzert begann das Hustenkonzert. Theresa war froh, dass sie den Außenplatz erwischt hatte. Die letzten Ausläufer der Grippewelle schwappten durch die Sitzreihen. Durch die hervorragende Raumakustik war jeder Hustenakkord perfekt zu vernehmen. Auch Damen, die auf dem oberhalb des Konzertsaals liegenden Heinrich-Böll-Platz mit Stöckelschuhen klapperten, hörte man innen ausgezeichnet. Die Geräusche wurden von den schwingenden Trägern in den Konzertsaal übertragen. Während der Aufführungen wurde der Platz deshalb abgesperrt und bewacht, was jährlich etwa 100.000 Euro Kosten verursachte. Seit der Philharmonie-Eröffnung 1986 hatte die Stadt es nicht geschafft, diese Fehlkonstruktion zu korrigieren.

Bei den ersten Takten von Robert Schumann, Ouvertüre, Scherzo von Opus irgendwas, dämmerte Theresa hinweg. Die schlaflosen Nächte, in denen sie sich gefühlt seit 20 Jahren mit Lesen von üblen Gedanken ablenkte, führten dazu, dass sie einnickte, sobald in einem Kino, Theater oder Konzertsaal die Lichter erloschen. Die Londoner Philharmoniker bemühten sich vergeblich, was Theresa anging. Anders als Tantchen hatte die Kommissarin kein fein ausgebildetes Gehör für Musik. Ihr Kopf fiel abrupt nach vorn. Sie erwachte von dem Ruck, blickte verstohlen zu Clarissa hinüber, ob die sie beim Sekundenschlaf erwischt hatte, und dämmerte bei Schumanns sanften Klängen sofort wieder weg. Applaus weckte Theresa. Sie klatschte kräftig mit.

»Ein paar Ungenauigkeiten, aber überwiegend gut gespielt«, kommentierte die Musikkennerin neben ihr.

Als Theresa ihr zustimmte, lachte die Tante und gab ihrer Nichte einen Klaps auf das Knie. »Heuchlerin, du hast durchgeschlummert. Weiterhin diese schlaflosen Nächte?«, fragte die Tante. »Ich mache mir Sorgen um dich.«

»Keine Angst, solange du mich mit ins Konzert nimmst, kann ich den Schlaf ja nachholen. In der zweiten Halbzeit bin ich topfit«, versprach Theresa.

Sie blätterte im Programm: »Piotr Anderszewski, Feingeist und Fabulierer am Klavier ist berühmt für seine Eigensinnigkeit, mit der er die Hörer entzückt, bisweilen auch verstört«, las sie vor. Das Klavierkonzert von Beethoven dudelte an ihr vorbei. Theresa hätte es auch nicht wiedererkannt, wäre es ihr bereits am Vortag vorgespielt worden. Musikalisch brauchte sie stärkere Kost. Strawinskys »Sacre du printemps« wühlte sie auf. Da war sie ganz Ohr und der Körper wollte tanzen. Bei Robert Schumanns Sinfonie Nr. 4 in d-Moll brummte das Handy in ihrer Jackentasche. Sie zog es verstohlen heraus, verdeckte den leuchtenden Bildschirm mit ihrem Schal und sah die Nummer ihres Kollegen Marco Bär, der die Grippe gerade überstanden hatte und wieder einsatzbereit schien.

Sie antwortete per SMS: »Bin im Konzert, was gibt's?« Die Zuhörer in der Reihe über ihr fingen an zu zischeln. Peinlich. Sie hatte größtes Verständnis, aber die Alternative war, ihren Platz zu verlassen, an allen vorbei die steilen Treppen zu erklimmen, um draußen zu telefonieren. Das Theater wollte sie nicht erleben. Greise Musikliebhaber konnten sehr aggressiv werden.

Bärs Antwort erschien umgehend auf ihrem Bildschirm: »Mordfall!«

»Wo?«

»Friedrich-Schmidt-Str., Ecke Vincenz-Statz-Straße.«

»30 Min.«

Das Zischeln von oben wurde bedrohlich.

Schumann neigte sich dem Ende zu. Noch vor dem Einsetzen des Beifalls keifte die Musikliebhaberin aus der

Reihe neun: »Unverschämtheit, das Konzert mit Ihrem Herumgespiele am Handy zu stören.«

Tante Clarissa, die Theresas Notsituation kannte, drehte sich empört um und donnerte der Kritikerin entgegen: »Sie ist bei der Mordkommission, und eines verspreche ich Ihnen, wenn Ihr Mann Sie demnächst umbringt, wird meine Nichte nicht auftauchen.«

»Das kann mir dann ja egal sein«, murrte die Alte und fiel danach in den Applaus ein.

Theresa setzte Tante Clarissa ins Taxi, gab dem Fahrer die Anweisung, die alte Dame bis zu ihrer Haustür zu begleiten, und fuhr danach direkt zum Tatort. Es war kurz nach 21.30 Uhr und kaum Verkehr auf den Straßen. Sie brauchte von der Philharmonie 15 Minuten hinaus nach Lindenthal.

# ERINNERUNGEN WERDEN WACH

»Schick!«, kommentierte Marco Bär und deutete auf die schwarze Pashmina, die die Kollegin zum blauen Hosenanzug trug.

»Für Beethoven«, lächelte die Kommissarin. »Auch Schumann, glaube ich.«

»Ach – wieder mal im Konzert geschnarcht?«, grinste Bär, der die Schlafprobleme seiner Kollegin kannte.

»Ja, dafür topfit für unseren Toten – oder ist es eine Tote?«

»Ein Toter – er sitzt dort im Wagen.« Bär zeigte auf einen dunkelroten Renault Megane am Straßenrand.

»Wo ist die Kollegin Burrenscheidt?«

»Grippe.«

»Gerade erst bei uns angetreten und gleich mal krank?«

»Karneval!«

»Ich kann's nicht mehr hören. Karneval – ist das eine Krankheit?« Rosenthal war wütend. Erst feierten die Leute tagelang, und danach kam der Arzt.

Der eher gemütliche, aber sehr akribisch arbeitende Kollege Oliver Korte hatte sie verlassen. Er war nach Bielefeld gegangen. Bielefeld – gab es die Stadt überhaupt? Rosenthal kannte sie nur als Autobahnabfahrt.

»Ich vermisse Korte«, sagte die Kommissarin. »Was macht der bloß in Bielefeld?«

»Ich vermisse Korte auch, aber ich glaube, die Eva ist okay.«

»Eva ist die Burrenscheidt, oder was?«

»Ja. Sie hörte sich gestern wirklich total erkältet am Telefon an, will aber morgen trotzdem kommen.«

»Viren verteilen?«

»Theresa!«, ermahnte Marco Bär. »Gib ihr eine Chance.«

Rosenthal schaute sich am Tatort um. Durch den hektischen Aufbruch nach dem Konzert und die Verfrachtung von Tante Clarissa in ein Taxi kam sie erst jetzt zu sich. Ein ungutes Gefühl beschlich die Kommissarin. Die Szenerie. Der Tatort. Zufall?

»Was ist los?« Bär schaute seine Kollegin prüfend an.

»Wieso?«

»Du siehst gerade aus, als sei dir ein Gespenst begegnet«, erklärte Marco Bär besorgt.

»Nein, nein. Alles bestens.« Die Kommissarin beschloss, vorerst zu schweigen. Es war wichtig, dass das Team sich unvoreingenommen an die Arbeit machte. Sie ging hinüber zu dem Auto, das am Straßenrand, auf der Seite zum Stadtwald hin, parkte.

»Kopfschuss«, erklärte der junge Gerichtsmediziner, dem sie das erste Mal begegnete. Er hatte Schnupfen und verbrauchte ein Papiertaschentuch nach dem anderen.

»Ach was«, sagte Rosenthal trocken und begutachtete die Einschussstelle an der Schläfe eines Mannes mittleren Alters, vielleicht 50, der mit nach vorn gefallenem Kopf zusammengesackt und nach rechts gegen die Scheibe geneigt auf dem Beifahrersitz saß. Auf dem Schoß hielt der Mann eine Pistole. Sie zielte in Richtung Fahrersitz. Anscheinend war der Fahrer nicht getötet worden. Offensichtlich hatte er seine Waffe schneller gezogen.

»Wo ist Herr Bellutt?«, fragte sie den jungen Rechtsmediziner. Sie arbeitete gern mit dem alten Kollegen zusammen. Bellutt war nicht nur Pathologe, er war nach 30 Jahren Tätigkeit in der Rechtsmedizin auch zum Philosophen mutiert, berufsbedingt.

»Und Sie?« Rosenthal schaute den jungen Mann fragend an.

»Markus Czerny, ich bin neu in der Abteilung von Dr. Bellutt.«

»Rosenthal, willkommen. – Identität?«, wollte die Kommissarin wissen.

»Ich hab' meinen Ausweis nicht ...«, stotterte der junge Rechtsmediziner.

»Nicht Ihre Identität, die des Toten.« Theresa wusste selbst nicht, warum sie so ungeduldig reagierte. Irgendetwas saß ihr quer.

»Nichts. Keine Papiere. Mal sehen, was die Fingerabdrücke uns verraten«, meldete sich Bär zu Wort.

»Und der Wagen, belgisches Kennzeichen, oder?«

»Ja, genau. Die Nummer habe ich an die Zentrale gegeben. Die recherchieren.«

»Toll, dass überhaupt jemand zum Recherchieren da ist. In den letzten Tagen war ich allein auf weiter Flur. – Da der Tote sich wohl kaum nach dem Kopfschuss auf den Beifahrersitz rübergeschoben hat, suchen wir nach einem Fahrer, richtig?«

»Richtig. Aber ich wäre dankbar, wenn wir wenigstens wüssten, wer der Tote ist«, nörgelte Bär. Er sah Arbeit auf die Abteilung zukommen. Unbekannte Tote machten erfahrungsgemäß mehr Umstände als die identifizierten. Manche der Unbekannten verschwanden in den Archiven auf nimmer Wiedersehen, andere Untote tauchten Jahre später wieder auf, konnten plötzlich zugeordnet werden. Hoffentlich machte das Opfer vom Stadtwald weniger Ärger.

# AUF DER STELLE TRETEN

Sie tappten im Dunkeln – seit Tagen. Sie hatten nichts, fast nichts. Den Halter des Wagens konnten sie schnell identifizieren. Ein Mitarbeiter des Belgischen Rundfunks in Eupen, Robert Cremer. Rosenthal hatte die junge Kollegin Burrenscheidt zu dem Redakteur geschickt.

Eva Burrenscheidt war ein üppiges Vollweib mit blonden schulterlangen Haaren und verschmitzten blauen Augen. Die Jeans saß knackig, die Bluse auch. Sie war in Marco Bärs Alter, Mitte 30. Die männlichen Kollegen legten in ihrer Gegenwart eine Überbietungshaltung an den Tag. Theresa Rosenthal mochte die neue Mitarbeiterin, fand es aber besser, sie sporadisch zu Außenrecherchen zu schicken, damit die Herren mal wieder an die Arbeit gingen und sich nicht wie die Gockel produzierten.

Der Redakteur in Eupen hatte der jungen Kommissarin willig Auskunft gegeben. Cremer hatte seinen Wagen eine Woche vor dem Wiederauftauchen am Kölner Stadtwald als gestohlen gemeldet. Für die Tatzeit in Sachen Mord legte er ein wasserdichtes Alibi vor. Während der Unbekannte am Stadtwald erschossen wurde, saß Cremer im Rundfunk vor dem Mikrofon. Er berichtete live über das Thema Lebensmittelverschwendung: Jeder belgische Haushalt entsorge im Jahr Lebensmittel im Wert von 174 Euro in die Abfalltonne. »In der Wallonie werfen wir in diesem Jahr wieder Essbares im Wert von 1,4 Milliarden Euro effektiv weg. Jeder von uns muss sich darüber Gedanken machen, sein eigenes Gewissen erforschen«, forderte Cremer gerade in dem Moment, als sich das Drama am Kölner Stadtwald in seinem dunkelroten Renault abspielte. Die vollgestopften Plastiktüten hatten sich im wiederentdeckten Wagen übrigens nicht angefunden, was Robert Cremer zusätzlich verärgerte. Eine Lebensmittelverschwendung, die ihn schuldlos traf. Um sich aufzumuntern, lud er die Kommissarin Burrenscheidt zum Mittagessen ein. Ein kleiner Flirt – musste seine Ehefrau nicht erfahren. Eva lehnte freundlich ab. War vielleicht besser für Robert. Eupen war klein, und ein Geheimnis ließ sich dort schlecht hüten.

»Warum macht sich jemand die Mühe, ein Auto in Belgien zu klauen, um darin in Köln einen Mann umzubringen?«, überlegte Bär daheim im Kommissariat. »Fälscht nicht einmal das Kennzeichen.«

»Frag mich was Leichteres«, maulte Rosenthal. »Vielleicht hat er einen Hass auf Renaults.« Sie war genervt, weil sie in dem Fall kein Stück vorwärtskamen. In solchen Situationen gab es kräftig Druck von oben. »Mein erster Wagen war übrigens ein alter Renault 4, mittelblau, kastenförmig, mit so einer komischen Knüppelschaltung am Armaturenbrett, unglaublich, die Scheibenwischer musste ich mit der Hand bedienen.«

»Sag mal, in welchem Jahrhundert bist du geboren?«, staunte Bär.

»Die Kiste übernahm ich von einem älteren Cousin, so ein 68er, der auf den umgeklappten Rücksitzen die Mädels vernascht hatte. Ich fand zwischen den Sitzen tatsächlich einen schwarzen BH«, erinnerte sich Rosenthal. Ihre Laune hob sich kurzfristig, bis sie auf den aktuellen Fall zurückkamen.

Die KTU hatte magere Ausbeute geliefert. Das Mordopfer war Mitte 50. Der Mann trug Kleidung, die man in jedem Aldi, H&M-Laden oder bei Kik kaufen konnte. Sie hatten die Hersteller herausbekommen, aber in den Einkaufszonen jeder mittelgroßen Stadt gab es Filialen. Adidas-Turnschuhe – Massenware. Fingerabdrücke nicht in der Datei. In den Zähnen ein paar Plomben, die jeder Zahnarzt verfüllt haben konnte. Raucher. Kein Ehering. Kein Tattoo. Kein Handy. Wenn das Opfer irgendetwas bei sich trug, was die Identifizierung erleichtert hätte, dann hatte der Täter es mitgenommen. Ein Profi.

Ein Profi, ein Profi, hämmerte es im Kopf der Kommissarin Theresa Rosenthal.

Sie las den Bericht des Gerichtsmediziners. Das Abendessen des Ermordeten hatte aus einer Currywurst und einem Bier bestanden. Herkunft unbekannt. Noch nicht ganz verdaut. Vielleicht könnten sie die Imbissbuden in der Umgebung abklappern und ein Foto des Ermordeten vorzeigen. Was hatte sie noch? Alkoholpegel des Toten: 0,1 Promille. Guter Gesundheitszustand. Lange Lebenserwartung, wenn da nicht das Loch im Kopf gewesen wäre. Die KTU hatte die Kugel vom Kaliber 7,65 Millimeter im Türrahmen des PKWs gefunden. Sie passte zu einer Walther PPK.

# EIN SACK VOLL WEISHEITEN UND NÜTZLICHE INFORMATIONEN

Theresa erreichte Tante Clarissa beim Morgentee. Zwölf Uhr vormittags. Frühstückszeit bei der alten Dame.

»Wieso sollte ich beim ersten Hahnenschrei aufstehen, da ist die Welt für eine Olle wie mich noch geschlossen«, erklärte die Tante.

»Wo gibt es denn Hähne bei dir in Köln-Marienburg?«, spottete Theresa.

»Du wirst lachen, jemand in der Nachbarschaft hält Pfauen, die schreien viel schrecklicher als Hähne, aber egal, ich verstehe nicht, warum alte Leute gern so früh auf den Beinen sind. Präsenile Bettflucht.« Sie lachte ihr raues, amüsiertes Lachen, das voller Weisheit und Humor steckte. »Abends, wenn die Kinder und Enkel mit uns chatten wollen, sind die meisten Oldies bereits in den Federn. So wie deine Mama.« Die Betonung lag auf dem letzten »a«. Das klang distinguiert.

Tante Clarissa sagte wirklich chatten. Theresa konnte sich nicht vorstellen, dass ihre eigene Mutter überhaupt wusste, was das war, geschweige denn, es praktizierte. Jede Modernisierung war in den Augen ihrer alten Dame Teufelszeug. Sie war Mitte des vergangenen Jahrhunderts stehen geblieben. Das erklärte Theresa der Tante.

»Deine Mutter verließ den Geburtskanal ziemlich schlecht gelaunt. Als sie den Arzt erblickte, rümpfte sie ihr hübsches Näschen und sagte: ›Mir geht es gar nicht gut, im Übrigen ist mir hier alles zu vulgär – und wer sind Sie überhaupt, junger Mann?‹« Clarissa lachte erneut heiser, während sie kräftig an ihrem Zigarillo zog, das konnte Theresa durch das Telefon hören. Es machte wohl keinen Sinn, eine über 90-Jährige vor Gesundheitsrisiken zu warnen.

»Ach Kind«, hatte sie bei der letzten Ermahnung geantwortet, »Gesundheit ist doch nur die langsamste Form zu sterben.«

Der nahende Tod war mittlerweile Thema Nummer eins bei all ihren Telefonaten. Theresa verstand, dass man sich im Alter von 93 täglich mit seinem Ableben beschäftigte, was Clarissa mit ungebrochen guter Laune tat. Zudem übermittelte sie bei jedem Zusammentreffen eine Todesnachricht aus dem Umfeld. In ihrem Alter hatte man ziemlich alle Verwandte und Freunde überlebt.

»Katharina ist gestorben«, bekam Theresa beim aktuellen Telefonat mitgeteilt.

»Welche Katharina?«

»Katharina Kramer.«

»Ach, die Katharina.«

»Wusste seit vielen Jahren schon nicht mehr, wie sie heißt und wer sie ist. Die Ärmste. Der Tod tut nicht weh, das Leben tut es«, erklärte die Tante. Weisheiten, die man in Gesprächen mit ihr en passant mitgeliefert bekam. »Ich bin auch bald dran«, teilte sie mit. Ihre kräftige Stimme strafte sie Lügen.

»Du hast noch ein paar Jährchen Zeit, Tantchen, und dann marschierst du direkt durch zu Gottes Thron und wirst den Platz zu seiner Rechten einnehmen«, versprach Theresa und überlegte amüsiert, ob Clarissa sich nicht eher Gottes komfortablen Platz erobern würde. Zuzutrauen war es ihr.

»Das Fegefeuer wird mir nicht erspart bleiben, Kind!«

»Möglich, wegen deines Schandmauls«, bestätigte Theresa.

»Und weißt du, was das Furchtbare am Fegefeuer ist? Du musst dir anhören, was die Menschen auf Erden wirklich über dich gedacht und gesagt haben.«

»Autsch, eine grausame Strafe«, jaulte Theresa auf. »Es wird leichter, je weniger Illusionen du dir über dich selbst gemacht hast. In der Beziehung bin ich recht realistisch.«

Theresa kam zum Punkt. »Siebziger Jahre – ich war gerade erst geboren und weiß Fakten über die Studentenbewegung und die Radikalisierung einiger nur aus zweiter Hand. Wie war die Stimmung? Studentenrevolte, RAF? Onkel Ferdi war doch im Auswärtigen Amt.« Der diplomatische Dienst hatte Tante Clarissa und ihren Ehemann Ferdinand in alle vier Ecken der Welt verschlagen.

Clarissa zog erneut kräftig an ihrem Zigarillo. Theresa meinte, die Rauchschwaden durch das Telefon riechen zu können.

»Schlimme Zeit«, erinnerte sich die Tante. »Die Stimmung war so aufgeheizt. Weißt du, Kind, für die Studentenbewegung hatten wir Verständnis, das war eine Abrechnung mit den Nazi-Eltern und den Nazis, die noch überall in staatlichen Funktionen saßen, an höchsten Stellen. Denk nur an Hans Globke, Mitverfasser der Kommentare zu den Nürnberger Rassengesetzen und später zehn Jahre Chef des Bundeskanzleramts unter Adenauer. Es war zum Kotzen. Diese Nazis saßen überall und besonders im Auswärtigen Amt.«

»Nicht zu fassen. Und Adenauer? Wie verhielt der sich dazu?«

»Kann ich dir sagen, Kind. Von Adenauer stammt

das schöne Zitat: ›Wir sollten jetzt mit der Naziriecherei einmal Schluss machen, denn, verlassen Sie sich darauf, wenn wir damit anfangen, weiß man nicht, wo es aufhört.‹ Und deshalb haben sie lieber mal schnell aufgehört. Aber irgendwann kommt der Dreck, der unter den Teppich gekehrt wird, wieder hervor. Das haben die 68er besorgt. Zu Recht. Aber in einigen Köpfen lief etwas schief. Bis heute – die sitzen ja noch überall herum mit ihren verqueren Ansichten. Und damals erst. Es gab viele Mitläufer und Sympathisanten der Terroristenszene. Unter Akademikern, an den Universitäten, in der Kunstwelt, Regisseure. Schlöndorff, Margarethe von Trotta. ›Die bleierne Zeit‹, hast du den Film gesehen, in dem sie den Selbstmord von Ensslin anzweifelt und ihn als Mord darstellt?«

Clarissas Gedächtnis funktionierte wie geölt. Sie stieß ihr zorniges Lachen in den Telefonhörer. Zornig, das konnte sie auch, so überzeugend, dass man in seinem Sessel zusammensackte.

»Zurück zur RAF«, erinnerte Theresa die alte Dame.

»Die RAF-Leute, die waren brutal und menschenverachtend. Wie will man mit Hass und Menschenverachtung eine bessere Welt aufbauen? Sie verbreiteten Angst in der Gesellschaft. Die Menschen fürchteten sich vor diesen Radikalen, und der Staat reagierte mit radikalen Maßnahmen. Oder besser gesagt – mal so, mal so. Bei der Entführung von Peter Lorenz, du erinnerst dich, das war der Spitzenkandidat der CDU bei der Berliner Bürgermeisterwahl. Wann war das? Mitte der 70er. Den Tätern gelang es, verurteilte Terroristen freizupressen. Sie ließen Peter Lorenz laufen, schwer traumatisiert, der Mann. Bei der Schleyer-Entführung blieb der Staat hart. Die Folgen kennst du.«

Clarissa machte eine Pause, und Theresa überließ die Tante ihren Gedanken.

»Weißt du, Kind, die Einschläge kamen näher. Attentat auf die Botschaft in Stockholm, Kollegen starben. Wir waren geschockt, hatten 1970 die Entführung von Botschafter Holleben in Brasilien miterlebt, linke brasilianische Terroristen, das saß uns in den Knochen. Dann Schweden, wieder Kollegen, Schleyer, Jürgen Ponto, Herrhausen, Rohwedder – alles Bekannte, teils Freunde. An jedem Opfer hing eine Vielzahl von Menschen, deren Leben sich in einer Sekunde änderte: Frauen, die zu Witwen, Kinder, die zu Waisen wurden; Freunde, die mitlitten. Von den Opfern wird so wenig geredet, viel von den Tätern. Denk an den Tatort-Krimi – war das im letzten Jahr, dieser RAF-Tatort? Ich schau mir so einen Quatsch gar nicht an, aber gelesen habe ich darüber. Der Staat soll die Terroristen im Gefängnis umgebracht haben. Verschwörungstheorien.«

»Ja«, bestätigte Theresa. »Ich habe den Film sogar gesehen. Mir wurde ganz mulmig. Die Ermordung der Gefangenen durch ein staatliches Geheimkommando wurde sehr realistisch dargestellt, als ob es wirklich so geschehen sei. Ich fand das unverantwortlich, weil jüngere Zuschauer den Plot für bare Münze nahmen. Die haben doch keine Ahnung von den Geschehnissen damals.«

»Was für ein dummes Zeug. Dass das überhaupt für möglich gehalten wird. Wir sind eine Demokratie, mit vielen Fehlern, aber sie ist das Beste, was wir je hatten. Nie wieder Radikale, bitte: keine linken und keine rechten Fanatiker. Das sagt eine, die von beiden Varianten eine Kostprobe erhielt. Erst die Nazis und dann die Kommunisten. Wir waren vier Jahre an der Botschaft in Moskau. Herzliche Grüße an die Bolschewiken, aber, merci, nein danke!«

Sie schmauchte wieder – ein tiefer Zug. Danach kam die unausweichliche Frage. »Warum willst du das alles wissen? Du kommst nicht weiter mit dem Toten am Stadtwald – stimmt's?«

Im Alter hatte Clarissa nichts von ihrer Scharfsinnigkeit eingebüßt.

»Musst du ja nicht unbedingt weitererzählen – aber, ja, du hast recht. Wir stecken fest. Wir kennen nicht einmal die Identität des Opfers.«

»Rache?«

»Kann sein. Der Ort spricht dafür – wenn es kein Zufall ist.« Theresa überlegte: »Nein, an Zufall glaube ich nicht. Ein Mann wird erschossen, genau an der Stelle, an der einst der Arbeitgeberpräsident Hanns Martin Schleyer entführt wurde.«

»Schau mal bei den Ossis – die haben die RAF-Täter reihenweise beherbergt«, erinnerte sich Clarissa.

»Ein Gespräch mit dir lohnt sich immer«, lobte Theresa und wünschte der Tante einen angenehmen Tag.

»DDR«, sagte sie zum Kollegen Bär. Der schaute ratlos.

»Wir müssen an die Öffentlichkeit, auch im Osten.« Sie erklärte ihm die Gründe.

Bär nickte.

# BLICK IM REGEN NACH KÖLN

Der Regen hörte nicht auf. Nie mehr, dachte Kommissar Michael Fett. Seit Ende Januar regnete es täglich. Der Himmel war grau. 50 Arten von Grau. Tiefes Grau, dunkles Grau, helles Grau. Grau mit Streifen und ohne. Graue Wolkengebirge zogen von Westen heran. Man sollte in Aktien von Regenschirmfabrikanten investieren, dachte Fett.

In Aachen regnete es oft, aber wenig. Den Spruch des Meteorologen von der RWTH Aachen kannte sogar der alte Inhaber des Schuhgeschäftes am Theaterplatz. Fett kaufte dort seine Schuhe mit Gummisohle. Rutschfest. Der Inhaber hinkte aus dem Hintergrund des Geschäftes in den Verkaufsraum. Beredt erklärte er den Stammkundinnen, die um einen Preisnachlass baten, dass er nichts an den Schuhen verdiene, ja quasi Geld drauflege. Im Grunde sei er ein selbstloser Diener am Fuße der Menschheit, ein armer Geschäftsmann, der gerade eben sein täglich Brot erwirtschafte. Als die Kundin erneut nach einem Rabatt fragte, konterte er mit seiner Standardantwort im Aachener Singsang: »Oes, es dat nett ejen Stadt en Marokko. Janz jewiss.« Das Thema erledigte sich damit von selbst.

Die aparte Verkäuferin, ob sie quasi ohne Lohn ihren Dienst verrichtete, blieb unbekannt, half Fett in den Schuh, lobte seinen Geschmack und bemerkte, dass der rechte Fuß größer sei als der linke. Zum Glück nicht umgekehrt, sagte Fett. Sonst sei er ja der Teufel aus Aachen. König Hinkefuß mit Schwefelgeruch. Er tätigte den Kaufakt ohne Anfrage um einen Preisnachlass. Er hatte alle Argumente dagegen mitgehört.

Es regnete in einem fort. Die neuen Schuhe trug er in einer Tüte, zehn Cent wegen der Umwelt. Fast wäre er am Dom zwischen den massiven Steinpollern ausgerutscht. Mitten auf den AIDS-Toten, ging ihm durch den Kopf. Nicht auf Gräbern, sondern auf Namen. In die Pflastersteine waren die Namen von AIDS-Toten eingemeißelt. Wieso, fragte er sich. Warum nicht die Namen von Bergleuten, die an Staublunge elend gestorben waren? Oder von krebskranken Kindern? Ungleiche Tote? War der AIDS-Tod denkmalgeschützt? Er stand im Regen und schaute auf die Namen in den Steinen. Er ärgerte sich über diese Klassifizierung des Todes. Junge Kollegen waren im Einsatz gestorben. Nicht mal im Präsidium eine Gedenkplakette. Aber Stolpersteine für AIDS-Tote. Was war so ehrenvoll an diesem Tod, dass die Opfer nun in Stein gemeißelt hier verewigt wurden? Sein Unverständnis wuchs, der Regen prasselte heftiger.

Mit nassen Füßen machte er sich auf den Weg zu seiner Wohnung am Templergraben. Meditatives Schuhputzen stand auf dem Programm. Die Anleitungen zum richtigen Putzen füllten ganze Webseiten. Schuhfetischisten tummelten sich darauf. Er betrat den Hausflur. Frau Kleinjohann, seine alte Nachbarin, hatte er seit Tagen nicht mehr gesehen. Er klingelte bei ihr.

»Alles in Ordnung, Frau Kleinjohann? Habe Sie lange nicht gesehen.«

»Ach, Herr Fett. Danke. Bei dem Wetter kann doch kein Mensch vor die Tür. Möchten Sie einen Kaffee?«

»Nett von Ihnen. Muss gleich wieder raus. Danke. Ein anderes Mal.«

Sie lebte. Alleine sterben die alten Menschen. Frau Kleinjohann hatte keine Angehörigen. Wer würde sie begraben, sie, die Krieg und Wiederaufbau mitgemacht hatte. Arbeiterin in der Nadelfabrik. Kein Gedenkstein am Dom. Tod durch Altersschwäche, dafür gab es kein Ehrenmal.

Freitagnachmittag. Schuhe gekauft. Cappuccino im Café zum Mohren. Heute Abend »Three Billboards outside Ebbing, Missouri« mit Iska im Programmkino. Im Grunde alles in Ordnung. Fast.

Vorbereitung auf Kurdendemo in Köln. SEK Bonn in Bereitschaft. Schwere Ausschreitungen möglich. Die Absage von Iska, Leiterin des SEK Bonn, kam wie so oft, wenn sie verabredet waren. Die Zahl der Überstunden wuchs ins Unendliche. Reichsbürger, Linksautonome, sogenannte Aktivisten in Hambach, kriminelle Flüchtlinge, darunter Folterknechte verschiedener Regime. Ihm war die Lust vergangen. Spaghetti Bolo, ein Krimi von Takis Würger und danach Aspekte im ZDF. Sein Abendprogramm stand. Oder doch ein rascher Kontrollgang durch die Innenstadt? Besuch bei seinen griechischen Freunden. Es regnete ununterbrochen. Fett blieb zu Hause.

Samstagmorgen. Er las im Feuilleton der ZEIT über die Angriffe auf das Café Mohrenkopf in Ingolstadt. Absurde Vorwürfe. Sprachpolizei, dachte Fett. Danach die Lokalzeitung. Eine Professorin der Aachener Uni sollte entlassen werden, weil sie sich weigerte, in ihren Schriften korrekt zu gendern. Ihre Texte seien mittlerweile ein Zehntel länger und unlesbar, wenn sie jedes »Bürger und Bürgerinnen« einfüge, beklagte sich die Betroffene. Wo lebte er eigentlich? Ein Land im Dauererregungszustand. Er blätterte weiter. Keine Fortschritte im Fall des unbekannten Toten in Köln. Na, da hat Theresa ein Problem, dachte Fett, und fast konnte man meinen, er seufze ein wenig. Er kannte Kommissarin Theresa Rosenthal gut aus dem Verhülsten-Fall. Aachener Verleger, der tot in einer Pferdebox auf der Kölner Rennbahn gefunden wurde. Städteübergreifende Ermittlungen. Sie waren sich nähergekommen. Beidseitig. Er blickte suchend aus seinem Küchenfenster in Richtung Köln. Theresa, sie hatte sich lange nicht gemeldet. Abstand halten. Wie beim Autofahren. Sicherheitsabstand.

# VERGANGENHEIT, DIE NICHT VERGEHT

Monika Münzer saß an ihrem Schreibtisch mit Blick auf die gegenüberliegenden Häuser in der Schillerstraße. Sie hatte Glück gehabt, eine Wohnung in Bayenthal zu finden, ein Eckhaus, ehemals für eine Familie gebaut. Die betagte Besitzerin hatte ihr die zwei oberen Etagen zu einem annehmbaren Preis überlassen. Die Mieten in der Gegend waren in letzter Zeit explodiert, aber Frau Schänzel ging auf die 85 zu und hatte eine zuverlässige, sympathische und hilfsbereite Mitbewohnerin gesucht. Das war Monika Münzer. Sie liebte diese Gegend. Alles fußläufig erreichbar. Aldi, Rewe, Penny, alles um die Ecke. Ihr täglicher Einkauf garantierte Frische und passte problemlos ins Fahrradkörbchen, selbst wenn sie Gäste mit ihrem beliebten Ratatouille an Roastbeef bewirtete. Milch, Butter und Schinken für Frau Schänzel fanden auch noch Platz im Einkaufskorb.

Monika nahm einen Schluck von ihrer frisch gebrühten Latte Macchiato und checkte am Samstagmorgen die Online-Medien: Welt, Spiegel, FAZ – Thema Flüchtlinge, Merkel, wie immer auf Tauchstation; Trump, der Bösewicht; Macron, der Hoffnungsträger. Ferienbilder von Macrons Frau Brigitte an der Cote d'Azur. Motsi Mabuse bekommt ein Kind. Who the hell war Motsi Mabuse? Miss Tagesschau frisch verliebt und irgendwas mit Dieter Bohlen, lebte der überhaupt noch? Bild textete: »Machte Hollywood-Star extra ins Bett? Sie sagt, es war der Hund.«

Was für eine Schlagzeile! Mit was für Zeug dröhnten sich die Leute bloß zu? Irgendetwas war in den letzten Jahren geschehen. Das Niveau der Berichterstattung sackte auf der nach unten offenen Skala stetig ab. Danach Kölner Stadtanzeiger, mal gucken, was so los war in ihrer Jeckenstadt. Das Abonnement hatte sie vor Jahren gekündigt. Sie hatte von gutem Journalismus eine andere Vorstellung. Monika Münzer selbst recherchierte akribisch, sauber. Ohne abgesicherte Fakten gab es keine Veröffentlichung. Beim WDR hatte sie gekündigt, mit Verzicht auf eine beamtenartige Lebensstellung mit Pensionsansprüchen. Sie konnte diesen Gesinnungs- und Haltungsjournalismus nicht mehr guten Gewissens vertreten. Besser gesagt – er kotzte sie an. Zuletzt waren ihre Beiträge immer häufiger zensiert oder nicht gesendet worden mit meist fadenscheinigen Argumenten. Keine Karriere ohne eine gewisse Haltung zu Themen. Nun arbeitete sie als Freie. Die Aufgabe eines Journalisten – so wie sie es sah – bestand darin, neugierig zu sein, die Fenster nach allen Seiten zu öffnen, Informationen zu beschaffen, die Leser mit Fakten zu versorgen, ohne eine vorgefasste eigene Meinung zu verwursten. Wie eine Krake hatte der Gesinnungsjournalismus sich im Lande ausgebreitet. Es gab eine Art stillen Konsens zu gewissen Themen, eine Übereinstimmung, was gerade noch politisch korrekt war, und einen Shitstorm, sobald man bestimmte Themen hinterfragte. Migration, Umwelt, Gendergedöns, Ehe für alle, künstliche Befruchtung für alle, Organe für alle, Me-too-Hype. Als aber der Redaktionsleiter beim WDR ihr unter den Rock griff, verlief ihre Beschwerde im Sand. Ein verdienter SPD-Genosse, der Herr Redakteur, mit guten Kontakten in die Parteizentrale. So einer bekam keine Abmahnung.

Als Buße hatte er einen Sonderbericht in Sachen Frauenbewegung ins Programm genommen. »Frauenbewegungen – haha«, witzelten die männlichen Kollegen. »Frauenbewegungen – dagegen haben wir doch nichts.« Blinzeln mit schmierigem Grinsen gewürzt. Idioten.

Egal. Mit solchem Kinderkram verschwendete sie ihre Zeit nicht. Sie kam zurecht mit den Chauvis. Weniger mit der Meinungsdiktatur, der sich die meisten ihrer Journalistenkollegen unterwarfen, um nicht in die rechte Schmuddelecke verbannt zu werden. Münzer hielt die Selbstzensur für gefährlich. Wo endete das? Im Totalitarismus.

Sie hatte versucht, den Dauererregungszustand wegzumeditieren, aber der Ärger kam beim Nachrichten lesen immer wieder mal hoch. Im Kölner Stadtanzeiger stieß sie auf den Bericht über einen Todesfall in der Nacht vom Freitag auf Samstag, ein unbekannter Toter. Täter ebenfalls unbekannt – flüchtig. Der Fundort irritierte sie. Friedrich-Schmidt-Straße, Ecke Vincenz-Statz-Straße. Monika Münzer wusste alles, was am 5. September 1977 dort passiert war, jedes zugängliche Detail, obwohl sie zu dem Zeitpunkt ein Kind war, als Hanns Martin Schleyer an genau dieser Stelle von Mitgliedern der RAF entführt wurde.

Sie blickte auf die Pinnwand in ihrem Arbeitszimmer. Dort hingen die Fahndungsplakate: RAF-Täter der ersten Generation, RAF-Täter der zweiten Generation. Und teils gesuchte RAF-Mitglieder der dritten Generation, einige nicht identifiziert. Ein Mitglied der Gruppe hatte Monika Münzer aufgespürt, in akribischer Kleinarbeit, jahrelangen Recherchen und mit Unterstützung eines Spezialisten.

Wer war der Tote am Stadtwald? Sie las. Keine Angaben über die Identität des Ermordeten. Münzer griff zum Telefonhörer und wählte die Nummer von Müller. Es meldete sich der Anrufbeantworter: Bitte hinterlassen Sie eine Nachricht. Monika Münzer überlegte einen Moment, ob sie auflegen sollte, später wieder versuchen. Sie entschied sich für eine kurze Bitte um Rückruf. Für ihr robustes Aussehen hatte Monika Münzer eine überraschend zarte Stimme, fast einschmeichelnd, einnehmend und eindringlich in ihrer sanften Art, mit der sie Menschen zu den erstaunlichsten Dingen überreden konnte.

Monika Münzer griff in ihr schulterlanges blondes Haar, drehte die widerspenstigen Locken zu einem Zopf zusammen und steckte ihn hoch, eine Geste, die sie immer dann gedankenverloren wiederholte, wenn sie nervös war. Sie widerstand dem Impuls, ins Auto zu steigen, um zur Friedrich-Schmidt-Straße zu fahren, eine Strecke von 15 Minuten. No big deal, dachte sie, kurz mal schauen. Stattdessen hockte sie sich auf ihr Sofa, zog die Beine ganz nah an ihren Körper heran und wickelte sich den flauschigen Bademantel eng um den frierenden Leib, sodass sie zu einer kleinen Kugel zusammenschrumpfte. Wie damals.

Zwei Stunden später rief Müller zurück.

»Ich will nur wissen, ob du etwas damit zu tun hast?«, fragte Monika Münzer.

»Er lebte, als ich ihn verließ«, sagte Müller wahrheitsgemäß.

Mehr wollte sie nicht wissen.

# EIN KOLLEGE

Theresa Rosenthal und ihr Team steckten weiterhin fest im Fall des unbekannten Toten. Wie hieß es so schön: Recherchen in alle Richtungen. Endeten alle in Sackgassen. Sie überlegte, ihren Aachener Kollegen Michael Fett anzurufen. Michel – französisch ausgesprochen – nannte sie ihn seit einer gemeinsamen Untersuchung in Lüttich. Es tat gut, mit einem klugen Kollegen zu sprechen. Grund genug gab es, denn das Fahrzeug, in dem das Opfer lag, hatte ein belgisches Kennzeichen. Fett war oft grenzübergreifend tätig, hatte gute Kontakte zu belgischen Kollegen. Warum hatte sie ihn nicht früher angerufen? Theresa seufzte. Keine einfache Geschichte – sie und Fett. Lüttich. War ein paar Monate her. Sie hatten nicht nur ermittelt. Ein schöner Abend. Fett kannte sich aus in Lüttich. Abendessen in einem algerischen Restaurant. Wie hieß es gleich? Chez Rabah? Danach ins »Les Olivettes«, eine Bar chantant. Klavierspiel, alte französische Chansons, die Gäste sangen mit und danach. Hotel. Eine Nacht mit Michel. Peinlich? Nein, es war eine schöne – Theresa stockte. Doch, schöne Nacht, nur. Theresa lebte in dritter Ehe. Mit Georg. Drei Ehen sind genug, dachte sie, und Fett ist nicht der Mann für Spielchen. Sie hatte plötzlich große Lust, seine Stimme zu hören, seine klugen Gedanken, seine Sicht der Dinge. Die ganz eigene Sicht eines Eigenbrötlers. Ein berufliches Telefonat, redete sie sich ein und griff zum Hörer.

»Fett.«

Als seine Stimme durch den Apparat drang, war Auflegen der erste Impuls. Sie antwortete nicht sofort, wartete einen Moment zu lange, bis er erneut seinen Namen nannte und sie in gezwungen lockerem Ton sagte:

»Hallo, ich hörte nicht, wollte gerade auflegen. Hier ist Theresa.«

Sie war froh, dass ihr Kollege Marco Bär sich nicht in der Nähe aufhielt. Sein unverschämtes Grinsen hätte sie nicht ertragen. Bär war in mancher Hinsicht ein Kind, hatte aber ein feines Gespür für Stimmungen. Ihren gekünstelt heiteren Tonfall im Gespräch mit Fett hätte der Junge mit Spott quittiert.

»Theresa, welche Theresa?«, hörte sie Fett.

»Rosenthal«, antwortete sie verwirrt und wusste gleichzeitig, dass er sie auf den Arm nahm. Kleine Rache.

»Ah, Theresa, die schöne Vergessliche.«

»Michel«, stotterte sie. »Ich rufe dich an, also wegen …«

»Du willst sicher hören, wie es mir geht«, half Fett ihr.

»Ja, selbstverständlich, das vor allem.«

»Mal abgesehen davon, dass ich seit Monaten auf diese Nachfrage warte, doch ja, davon abgesehen geht es mir gut.« Fett lachte, was der Anklage die Härte nahm.

»Michel, du weißt …«

»Schön, wie du das sagst, Michel, habe ich vermisst. Und du?«

»Das Übliche. Es wird in Köln weiterhin gemordet. Und bei euch?« Sie war froh, dass sie sich ins Berufliche retten konnte.

»Ich hatte gerade einen Toten an einer Brücke hängen«, berichtete Fett. »Große Nummer bei uns in Aachen. Baulöwe.«

»Victor Neels oder so, nicht wahr?«

»Die Brücke, an der er hing, hieß Victor-Neels-Brücke«, erklärte Fett. »Neels war zehn Jahre lang Kommandant der belgischen Streitkräfte im Camp Vogelsang und bemühte sich in der Zeit um eine Annäherung an die lokale Bevölkerung. Ihm zu Ehren wurde die Brücke auf den Namen Victor Neels getauft. Hast du Lust auf eine Tatortbesichtigung? Ein schöner Ausflug in die Eifel. Wanderung um den Urftsee, Kaffee trinken bei Bernd Hilger auf der Staumauer. Grandioser Blick.«

»Hat Hilger zufällig auch ein paar Hotelzimmer?« Theresa war froh, dass sie zu einem lockeren Umgangston fanden. Ohne auf Fetts Antwort zu warten, fragte sie: »Habt ihr den Fall aufgeklärt?«

»Nein. Und ihr? Was ist mit dem unbekannten Toten am Stadtwald. Kommt ihr weiter?«

»Nein, Michel. Deshalb rufe ich an.«

»Ah, deshalb.« Seine Stimme klang enttäuscht. Sie widerstand der Versuchung, ihm etwas Tröstendes zu sagen.

»Du bist über den Fall informiert?«, fragte sie stattdessen.

»Ich weiß alles, was in der Zeitung stand.«

»Das ist auch fast alles, was wir wissen. Ungefähr alles. Es wird niemand vermisst, auf den die Beschreibung des Opfers passt. Die Spur nach Belgien verläuft im Nichts. Der Fundort gibt Anlass zu Spekulationen, aber ...«

Sie war ratlos. Fett hörte das. Er wollte ihr gern helfen, etwas Kluges beitragen. Es fiel ihm nichts Kluges ein.

»Geht ihr an die Öffentlichkeit?«, fragte er, vor allem, um im Gespräch zu bleiben.

»Ich glaube schon«, antwortete sie zögernd. »Du kennst die Vor- und Nachteile. Es gibt die Chance, dass jemand das Opfer erkennt, aber du bekommst unendlich viele Anrufe, du weißt, von Wichtigtuern, gelangweilten Rentnern, Spaßvögeln und so. Viel Arbeit, ohne Erfolgsgarantie.« Sie schwieg.

»Theresa?«

»Ich bin noch da, Michel.«

»Es bringt niemand rein zufällig einen Mann um an der Stelle, an der die RAF damals Schleyer entführt hat. Wann war das genau? 1978?«

»77«, korrigierte Rosenthal.

Fett zögerte. »Es gibt einen Zusammenhang. Konzentriere dich auf die RAF-Spur. Das ist mein Rat. – Wenn du einen Rat willst.«

»Doch, ja, danke, Michel.«

»Und geht möglichst bald an die Öffentlichkeit, sonst wächst zu viel Gras über die Spuren.«

»Du kennst das Prozedere, Michel. Müssen wir uns genehmigen lassen.«

»Das klappt sicher. Du bist eine gute Polizistin. – Wir sollten wieder mal zusammen in Lüttich recherchieren. Da sind wir doch immer sehr erfolgreich.« Er lachte.

Theresa Rosenthal war froh, dass sie ein entspanntes, na ja, entspannt, überlegte sie, traf die Sache nicht ganz, aber immerhin freundliches Telefonat mit Michel geführt hatte. Damals, bei der Lösung des gemeinsamen Falls, hatten sie viel gelacht. »Lachend waren sie leichter als Luft.« Wo nur hatte sie diesen Satz gelesen? Er hatte sie tief berührt. So musste eine Beziehung sein. Mit Fett hatte es solche Momente gegeben. War schön gewesen. – »Don DeLillo«, in einem seiner Romane hatte sie diesen Satz gelesen. Er passte zu ihr. So sollte Zusammenleben sein.

Was Fett und Rosenthal zu dem Zeitpunkt ihres Telefonats nicht ahnten: Sie würden in dem Stadtwaldfall bald miteinander zu tun haben.

# EIN BISSCHEN WEHMUT

Theresa Rosenthal starrte Löcher in die Luft. Das Telefonat mit Fett hatte sie – ja was? Aufgewühlt war übertrieben, aber irritiert. Nee, aufgewühlt, gestand sie sich widerwillig ein. One-Night-Stand mit emotionalem Kollateralschaden. Fett war nicht der Typus Mann für eine Nacht. Zu tiefgründig, wenn sie das überhaupt beurteilen konnte. Sie kannten sich nur aus der Zusammenarbeit in einem Fall. Mord an dem großen Aachener Verleger Verhülsten. Lag damals in der Pferdebox in Weidenpesch. Ein städteübergreifender Fall. Sie wurden in die Zusammenarbeit hineingezwungen. Und dann Lüttich. Es wäre interessant, lustvoll, mit Fett das Dreiländereck zu erkunden. Ihr Kollege kannte sich dort hervorragend aus. Auch auf der belgischen Seite. Exzellente Französischkenntnisse. Er parlierte lässig mit dem belgischen Kollegen Didier. Expedition in die Champagne mit Fett. Reims vielleicht. Kannte sie nicht. Ihre Freunde erzählten andauernd von Fidschi, Oman und Seychellen. Theresa zog es nicht mehr in die Ferne. Sie hatte Lust auf Naherkundung. Mit Fett, dachte sie trotzig.

»Na, kleines Mittagsschläfchen!« Kollege Marco Bär betrat, zwei Teller jonglierend, das Büro und störte sie in ihren Träumereien.

»Schinkenbrötchen!«, sagte er und stellte ihr den einen Teller vor die Nase. »Wenn du nicht magst, nehme ich es.«

»Danke.« Sie biss geistesabwesend in das Brötchen. »Wir müssen endlich an die Öffentlichkeit gehen.«

»Als Popstars? Höhle des Löwen, Dschungelcamp?«
Rosenthal schaute den Kollegen verwirrt an. »Der unbekannte Tote.«

»Ach, was!« Marco lachte. »Du bist nicht so ganz hier, oder?«

»Also, was sagst du?«

»Ich bin dafür – unbedingt. Ein Riesenspaß. Letztes Mal hatte ich gefühlt 1.000 Menschen, die unter dem Motto ›Bei der Gelegenheit‹ von mir verlangten, ihre weggelaufene Katze zu suchen; den lauten Nachbarn mal ordentlich den Marsch zu blasen; Laubbläser gesetzlich zu untersagen; eine Frau forderte, dass ich eine Geschwindigkeitskontrolle in ihrem Treppenhaus durchführe oder so ähnlich. Aber, wie dem auch sei, ich bin trotzdem dafür. Wir kommen nicht voran.«

»Kümmerst du dich bitte um die Bürokratie, Marco?«

»Und du träumst ein bisschen weiter?«

»Nee, ich will mich um die RAF-Spur kümmern. Gerade habe ich mit dem Kollegen Fett aus Aachen telefoniert …«

»Ach, der Kollege Fett«, betonte Bär süffisant. Er hatte gemerkt, dass damals bei den gemeinsamen Ermittlungen irgendwas im Gang gewesen war.

»Ja, Fett. Meine Generation. Wir haben die RAF-Zeit miterlebt. Die letzten Attentate in den 90ern. Dritte RAF-Generation. Brutaler als die erste.«

»Scheißzeit gewesen, was?«, kommentierte Bär auf seine lakonische Art.

»Ja. Die Menschen waren verunsichert. Eigentlich schlimmer als heute durch die Attentate von Rechten und Islamisten. Auf jeden Fall stellten die letzten RAF-Täter den Kampf ein. Viele von denen verschwanden in irgendwelchen Löchern. Gerüchte besagten, im Nahen Osten.

Osten stimmte, er war aber näher, als wir dachten. Die DDR gab den Terroristen ein neues Zuhause. Es gingen bereits früh Vermutungen darüber um. Fakten gerieten erst nach dem Fall der Mauer in unsere Hände. Fett meint, wir sollten an der RAF-Spur dranbleiben. Ich möchte ein paar Dinge nachlesen. Mich in das Thema einarbeiten.«

»Und ich darf Bürokratie? Toll!«, meckerte Bär.

»Kannst die Sache an die junge Kollegin abschieben«, schlug Rosenthal vor. »Eva muss noch viel lernen auf diesem Gebiet. Oder ihr macht es gemeinsam«, bot sie süffisant lächelnd an. Kleine Retourkutsche. Mit Bär ging das. Sie kamen gut miteinander zurecht.

# RECHERCHEN

Theresa Rosenthal hatte vor Jahren das Buch »Der Baader Meinhof Komplex« von Stefan Aust gelesen, sich auch sonst bei Gelegenheit mit der RAF befasst, Dokus im Fernsehen angeschaut. Sie versuchte zu verstehen, was die jungen Leute getrieben hatte und unter welchem Druck die Polizei damals stand. Die Stimmung im Land, gab es Parallelen zu heute? Hambacher Forst, die Linken, die sich radikalisierten, importierte Gewalttäter, einige, die zu allem bereit waren. Auf der rechten Seite sah es ähnlich aus. Rosenthal fürchtete sich vor Ideologen. Sie glaubten im Besitz der Wahrheit zu sein und respektierten nicht, dass andere Menschen zu anderen Lösungen fanden. Es gab in dieser Hinsicht keinen Unterschied zwischen Rechten und Linken.

Als die Kommissarin sich in die RAF-Thematik einarbeitete, staunte sie, wie früh die DDR die Rote Armee Fraktion unterstützt hatte. Schon 1970 waren gesuchte Terroristen über Ostberlin in den Nahen Osten geflogen, um sich von palästinensischen Kämpfern ausbilden zu lassen. Die Rückkehr wurde ebenfalls über Ostberlin organisiert. Was hatte die DDR davon gehabt? Unruhe stiften im Westen? Oder Ruhe im eigenen Land erkaufen. Es gab wohl Absprachen, dass RAF-Terroristen auf DDR-Gebiet nicht aktiv würden. Das ganze Ausmaß der Rolle, die die Deutsche Demokratische Republik spielte, wurde erst nach der Wiedervereinigung bekannt. Deutsche Demokratische

Republik. Rosenthal schnaubte verächtlich. Ihr Vater hatte immer die sogenannte Demokratische Republik gesagt. Schriftlich setzte er das »Demokratisch« in Anführungszeichen. Sie hatte sich bei politischen Themen viel gefetzt mit ihrem alten Herrn, aber in der Sache gab sie ihm recht.

Sogenannte Deutsche Demokratische Republik, Rosenthal grinste, obwohl das Ganze nicht zum Lachen war, weil die Ossis tatsächlich verantwortlich für die Radikalisierung der Studentenbewegung waren. So sah sie es. Zum Anlass dafür wurde der gewaltsame Tod von Benno Ohnesorg. Im Zuge der Proteste rund um den Deutschlandbesuch des persischen Schahs schoss der Berliner Polizist Karl-Heinz Kurras dem Studenten aus kurzer Entfernung in den Hinterkopf. Dieser Tod führte zu weitreichenden gesellschaftspolitischen Folgen. Plötzlich solidarisierten sich viele Intellektuelle und Künstler mit der Studentenbewegung, selbst als einige Radikale nicht vor Gewalttaten zurückschreckten. Es begann mit Kaufhausbränden und Banküberfällen, Gefangenbefreiung, später machten die Radikalisierten auch vor Mord nicht Halt. Die »big raushole«, bei der Prominente entführt wurden, um sie dann gegen inhaftierte RAF-Kämpfer auszutauschen.

Kurras wurde nach zwei Gerichtsverfahren freigesprochen, wohl auch aufgrund von Falschaussagen. Erst 2009 stellte sich heraus, dass derselbe Kurras als Geheimer Informant für die DDR-Staatssicherheit gearbeitet und gezielt auf Ohnesorg geschossen hatte, ohne selbst in Bedrängnis zu sein. Wieso er für dieses Verbrechen nach Bekanntwerden nicht angeklagt wurde, fand Rosenthal nicht heraus.

Ob die Radikalisierung der Studentenbewegung auch ohne diesen Mord stattgefunden hätte, überlegte die Kommissarin. »Sternstunden der Menschheit«. In diesem kleinen Buch erzählt der Schriftsteller Stefan Zweig von historischen Begebenheiten, deren Auswirkungen die Geschichte der Menschheit in andere Bahnen lenkte. Der Tod von Benno Ohnesorg, war das so ein Ereignis? Oder wäre das Rad der Geschichte nicht aufzuhalten gewesen – so oder so?

Was hatte Tante Clarissa gesagt? Große Sympathisantenszene. Auch interessant. Die Kommissarin holte sich ein paar Namen aus dem Internet, erstaunt, wie viel Prominenz sich darunter fand. Sartre, klar, sie wusste, dass er die Terroristen im Gefängnis besucht hatte und danach die Haftbedingungen öffentlich anklagte. Baaders Luxuszelle hatte er nie gesehen. Der französische Starautor verließ das Gefängnis in dem Glauben, dass der karg ausgestattete Besprechungsraum Baaders Zelle gewesen sei. Die linken Anwälte korrigierten Sartres Falscheinschätzung nicht. Manchmal waren Intellektuelle naiv.

Bölls Rolle kannte die Kommissarin ebenfalls. Der deutsche Schriftsteller hatte sich immer wieder für die Terroristen eingesetzt und den deutschen Staat kritisiert: »Ich kann in diesem Lande, in diesem Hetzklima nicht arbeiten und in einem Land, in dem ich nicht arbeite, kann ich auch nicht leben.« Das Zitat machte Rosenthal nachdenklich. Wieso hatten sich kluge Leute wie Böll auf die Seite von Verbrechern geschlagen? Sie wähnten sich auf der Seite des Guten: von Trotta, Schlöndorff, der Schauspieler Wackernagel, Erich Fried, der Verleger Wagenbach. Jede Menge Namen aus dem Who-is-Who der deutschen Intellektuellenszene. Sie schaute sich ein paar Videos an mit O-Tönen dieser Wohlgesinnten, einige aus einer aktuellen Dokumentation. Darin wurde viel vom brutalen Staat und Folterhaft gefaselt. Von den Opfern wurde nicht gesprochen.

Die Sympathisanten spreizten sich vor den Kameras, saßen in ihren mit Holzböden ausgelegten Altbauwohnungen auf weißen Sofas. Das fiel Rosenthal auf; diese ehemaligen Revoluzzer-Freunde hockten wirklich in ihren weißen Polstermöbeln und sinnierten über ihr vergangenes Engagement, teilten ihre Erinnerungen an die Unterstützung einer Mördertruppe, als sei das damals alles nur ein Spiel gewesen, so ein bisschen Räuber- und Gendarmgeplänkel, ein wenig Nervenkitzel in ihren eigentlich grundsoliden, unspektakulären bürgerlichen Existenzen. Später, als die RAF-Terroristen immer rücksichts- und wahlloser mordeten, machten sich die Bürgersöhne und -töchter in die Hosen, fürchteten um ihren Job und die Pensionsansprüche. Man zog sich zurück in die Fincas auf Ibiza und die Häuser in der Toskana oder auf La Gomera.

»Mann, was geht in euren Köpfen vor?«, brüllte Rosenthal die Menschen auf ihrem Bildschirm an. »Das waren Mörder. Was immer die für politische Gründe vorgeschoben haben, am Ende waren das Mörder, eiskalt, ohne Mitgefühl für ihre Opfer.« Was hatte Meinhof gesagt? – Rosenthal suchte nach dem Zitat und las es laut: »Wir sagen natürlich, die Bullen sind Schweine. Wir sagen, der Typ in Uniform ist ein Schwein, das ist kein Mensch, und so haben wir uns mit ihm auseinanderzusetzen. Das heißt, wir haben nicht mit ihm zu reden und es ist falsch, überhaupt mit diesen Leuten zu reden, und natürlich kann geschossen werden.«

Was für eine widerliche Sprache. Solche Menschenverächter wollten die Welt verbessern und hatten jede Menge Sympathisanten auf ihrer Seite gehabt. Keine Vollidioten, nein, angeblich kluge Leute, Menschen der europäischen Elite. Die Kommissarin wusste nicht, ob die Unterstützerszene, die wohl mal Geld und Autos, mal Unterschlupf gewährt hatte, von irgendeiner Bedeutung für ihren Fall war. Sie beließ es bei den ersten Rechercheergebnissen und klappte den Laptop zu.

Rosenthal war deprimiert. Sie versuchte sich aufzumuntern mit dem Gedanken an einen Sundowner. Sundowner ohne Sonne. Die war bereits untergegangen. Zur Not ging es auch ohne. In der Hoffnung, dass ihr Ehemann für etwas Essbares gesorgt hatte, fuhr sie in Richtung Innenstadt, wo sie im Belgischen Viertel ein Penthouse besaß, was sie nicht an die große Glocke hängte. Ihre finanzielle Unabhängigkeit war ihr ein wenig peinlich vor den Kollegen, die froh sein konnten, wenn sie ein Reihenhaus in den Vorstädten fanden. Oder wie der bekennende Junggeselle Marco, der auf 45 Quadratmetern in der Südstadt hauste. Heimlich genoss sie die Freiheit, die ihr das Erbe ihres verstorbenen zweiten Mannes verschaffte. Sie musste sich nicht verbiegen.

Sie hatte genug von diesem Tag und hätte gern vor ihrem Haus geparkt, um ihn schnell zu beenden. Ab nach oben in die Wohnung, heiße Dusche, Drinks. Guter Versuch, dachte sie, aber keine Chance, nicht in der Partyzone des Belgischen Viertels. Sie musste ihre 500 Meter entfernte Garage anfahren. Auf dem Rückweg begegneten ihr fast ausschließlich Menschen, die auf Handys starrten. Dicke tätowierte und gepiercte Mädchen, die auf ihre Smartphones glotzen, bemerkte Theresa wütend. Niemand lächelte sie an. Wenn früher ein Mensch vor sich hin brabbelnd durch die Straßen zog, wusste man wenigstens: Der hat ein Schräubchen locker, erinnerte sie sich. Heutzutage konnte man sich nie sicher sein, womit man es zu tun hatte; die meisten scheinbar Gestörten sprachen in ein unsichtbares Mikro. Mit ihren Kindern redeten sie schon lange nicht mehr. Während Mütter die an Tüten mit süßer Flüssigkeit saugenden Babys in der Karre schoben, quatschten sie am Smartphone mit einer Freundin. Quality Time für Mama. Kinder nur lästig? Theresa erinnerte sich daran, wie sie mit ihren Söhnen durch den Park gestapft war, an jedem Baum Halt machend, jeden Vogel, jedes Eichhörnchen benennend. Wie Kinder heute wohl sprechen lernten? Verrückte Welt. Ich werde alt, konstatierte sie. Man versteht seine Zeit nicht mehr, das ist das sicherste Zeichen.

Diese kommunikationslose Gesellschaft machte sie aggressiv. Wann zuletzt hatte mal jemand sie nach dem Weg gefragt? Das waren noch Zeiten, als man nach dem Weg fragte. Danke, Google Maps! Google machte jegliche zwischenmenschliche Kommunikation überflüssig. Ob sie schon eine Möglichkeit gefunden hatten, das Schnackseln online zu erledigen. Riesige Chancen für ein neues Start-up, musste sie mal ihren Söhnen vorschlagen. Die Schnacksel-App. Theresas Laune besserte sich. Humor half und die Aussicht auf ein Abendessen, wahrscheinlich etwas Fertiges. Ihr dritter Ehemann Georg war eher nicht der große Küchenchef – geistige Arbeit fiel ihm leichter als praktische.

»Meine Frau kocht wirklich wahnsinnig gut«, hatte er sie neulich bei einem Abendessen vor allen Gästen gelobt.

»Und was trägst du bei?«, fragte ein Freund.

»Ich habe dauernd Hunger«, lachte Georg. Der Satz sagte alles über ihn. Ein kleiner Pascha, aber mit viel Humor. Deshalb kamen sie miteinander aus.

Georg hielt sich tatsächlich in der Küche auf, als Theresa die Wohnung betrat.

»Nicht hier reinkommen! Überraschung!«, brüllte Georg und steckte seinen verschwitzten Kopf durch die Tür.

»Könnte es sein, dass die Überraschung eine verdreckte unordentliche Küche ist?« Sie biss sich selbst auf die Zunge.

»Sag doch so was Böses nicht«, jaulte ihr Ehemann auf. Er sah bemitleidenswert aus. Völlig fertig. »Ich mache Pizza, also frisch, nicht bestellt und aufgewärmt.«

Sie küsste ihn liebevoll auf seine mit Mehl und Schweiß verklebten Wangen.

»Was möchtest du trinken?«

Georg strahlte, als sie ihn beim Essen für seine Kreation lobte.

»Wie links warst du eigentlich in deiner Studentenzeit?«, fragte sie ihn bei der Nachspeise, Tiramisu – die hatte er tatsächlich nur aus der Umverpackung befreit. Auf ihre Frage reagierte er erstaunt.

»Wie kommst du gerade jetzt darauf?«

»Du bist Verleger, du schreibst Bücher, du lebst in der Intellektuellenszene, in der sympathisierten viele mit den Linksradikalen.«

»Stimmt, aber ich bin höchstens Salonsozialist gewesen.«

# MARCO WIRD SAUER

Marco Bär war nicht so der Schreibtischtyp. Rein in den Puff, ein paar Zuhälter am Schlafittchen packen, ein bisschen Druck machen, zur Not auch mal ein paar in die Fresse hauen – das war mehr sein Ding. Er konnte auch anders. Er konnte verstörte Frauen sensibel befragen und ihnen die erstaunlichsten Informationen entlocken. Eine Razzia im Clan-Milieu war auch okay für ihn. Ein paar Sesselfurzern eine Genehmigung für eine öffentliche Fahndung zu entlocken, das ging ihm richtig auf die Nerven. Manche der Paragrafenfüchse machten sich geradezu einen Spaß daraus, polizeiliche Arbeit zu behindern. Einhaltung der Gesetze forderten sie mit bedeutungsschwangerem Blick. Natürlich, dafür war die Polizei da. Nur hatten sie es täglich mit einer Phalanx zu tun, die auf Gesetze schissen, sie allerdings bis ins Letzte ausnutzten, wenn es darum ging, ihren eigenen Hintern zu retten. Okay, so war das in einer funktionierenden Demokratie, aber manchmal platzte der Kragen.

Hehemann half, Kriminalrat Dr. Karl Hehemann, Leiter der Mordkommission und Spezialist für die Raffinessen und Fallstricke des Rechtssystems. Sie brauchten den richterlichen Beschluss – Hehemann lieferte.

»Viel Spaß!«, grinste der Kriminalrat, als er Bär die Bestätigung des Gerichts übergab. »Riecht nach Überstunden.«

Bär verzog das Gesicht. »Ich habe am Wochenende eh nichts Besseres zu tun.«

»Wie – ist dein Skateboard kaputt, oder was?«, fragte Theresa Rosenthal, die in diesem Moment zur Tür hereinkam und Marcos letzten Satz aufschnappte. Sie ließ selten eine Gelegenheit aus, den Kollegen damit aufzuziehen, dass er sich mit Pubertierenden auf der Skaterbahn am Rheinufer tummelte.

»Theresa!«, jaulte Marco auf. »Ich habe gerade einen Superjob erhalten: Betreuung von alleinstehenden Rentnern. Wenn die sich am Samstag, Sonntag einsam fühlen, erkennen sie plötzlich in jeder Hundeschnauze ihren Schwiegersohn. Und dann habe ich sie in der Leitung.«

»Entnehme ich deiner Aussage, dass wir an die Öffentlichkeit gehen können?«, wollte Rosenthal wissen, die in der Sache nicht auf dem neuesten Stand war.

»So isses!« Hehemann nickte bestätigend.

Die Kommissarin mochte Hehemann, auch wenn sie seine kastenartigen, zu großen Jacken mit den überlangen Ärmeln extrem unerotisch fand. Kleine Männer neigten dazu, sich überdimensionierte Anzüge zu kaufen. Vielleicht wuchsen sie insgeheim, wenn sie in eine Größe 54 schlüpften. Womöglich lag das Malheur aber auch an der Schnapsidee der Textilbranche, es gebe standardisierte Menschen, die man mit zehn Konfektionsgrößen bedienen konnte, was dazu führte, dass kleine breitschultrige Männer in Clownsanzügen herumliefen und große mit zu kurzen Hosen. Das waren so die Gedanken, die sie sich machte, während Dr. Hehemann die Kommissare wieder einmal über die rechtlichen Fallstricke der öffentlichen Fahndung aufklärte.

»Gut, ich bereite mich auf jede Menge Spaß vor«, nörgelte Marco.

»Hilft Ihnen mein Mitgefühl«, fragte Hehemann, »oder

kommen Sie so zurecht? Am Ende ist es aber die richtige Entscheidung.« Er klopfte Bär auf die Schulter. »Wird schon«, sagte er jovial und schob den jungen Kommissar aus der Tür.

Rosenthal blieb, um ihren Chef über die RAF-Recherchen zu informieren.

»Ich glaube, es gibt eine Verbindung«, überlegte sie laut. »Der Tatort ist kein Zufall. Was meinen Sie, Chef? Sie waren doch schon im Dienst, als die RAF noch mordete.«

»Lassen Sie mir Zeit für einige Telefonate, Rosenthal. Ich kenne ein paar Kollegen beim BKA. Ich werde mal auf den Busch klopfen«, überlegte Hehemann. »Informell.«

# BARBARA REITER-BECK

»Immer diese unbekannten Toten.« Rolf Beck, er war der Beck, legte die Zeitung neben die Kaffeetasse. Aufsichtsratssitzung der Sparkasse Aachen. An diesen Tagen war die Laune brüchig.

Ehefrau Barbara, Grundschullehrerin in Aachen-Nord, warf im Vorbeigehen einen kurzen Blick auf das Bild des Toten. Verwirrt stellte sie die Packung Milch in die Brotschublade und legte das halbe Streuselbrötchen in den Kühlschrank.

»Schlecht geschlafen, Babs?«

»Du weißt, dass ich Babs nicht mag. Männer neigen zu Verkleinerungsformen. Bloß nicht unter dem Bauchnabel.«

»Warum so gereizt? Ich freu mich nur auf gekühlte Streuselbrötchen und zimmerwarme Milch.«

»Was soll das?«

»Schau in den Kühlschrank, meine Liebe.«

»Blöd. Kommt davon, wenn man eine gerammelt volle Klasse hat, Kinder mit Handicap, ohne Deutschkenntnisse, jeder Zweite hyperaktiv.«

»BSE, oder was?«, fragte Rolf mit todernster Miene.

»ADS, du Idiot!«

»Sollte ein Witz sein.« Humor war nicht die Stärke von Babs. Sie neigte dazu, ironische Bemerkungen wörtlich zu nehmen. Das machte ein eheliches Zusammenleben nicht einfacher.

»Wir sehen uns heute Abend. Aufsichtsrat. Danach Abendessen im Quellenhof. Wie immer.«

»Wie immer.«

Rolf Beck nahm seine lederne Aktentasche, ein Geschenk von Babs, warf einen Blick in den Spiegel und verließ das Haus in der Nizzaallee, das sie vor acht Jahren erworben hatten. Sie konnten es sich leisten. Kredit war bereits abbezahlt.

Barbara Reiter, die forsche Lehrerin, war ihm bei einer Veranstaltung in der Sparkasse aufgefallen. Kulturelle Bildung. Die Sparkassen-Stiftung engagierte sich. Rolf überreichte den Scheck. Barbara gewann mit ihrer Klasse den Wettbewerb »Mein Aachen«. Kinder malten ihre Stadt. Lange her. Er leitete die Filiale Theaterstraße. Bald Vorstandsassistent, Leiter Sparkassen-Immobilien, Mitglied des Vorstands, dann Vorsitzender.

Barbara nahm die Zeitung zur Hand, studierte das Foto eingehend. Vielleicht eine Täuschung, alles lange her, fast 30 Jahre? Sie prüfte die Gesichtszüge auf dem Foto: Nase, Mund. Den Leberfleck am Kinn. Sie legte das Blatt aus der Hand. Kein Irrtum möglich. Sie kannte den Toten. Sie waren sich nähergekommen, ziemlich nah sogar. Damals in Hasenfeld. Barbara Reiter-Beck zitterte kaum wahrnehmbar. Die Vergangenheit kehrte zurück. Sie stand auf. Nur um irgendetwas zu tun, stellte sie die Milch in den Kühlschrank. Biomilch, ehrliche Kühe, humorvolle Bauern oder umgekehrt. Das Dinkelbrot – handgebacken. Fair gehandelter Kaffee aus Nicaragua. Eine Reminiszenz an die Verbesserung der Welt. Damals. Als sie engagiert war. Sich für eine Städtepartnerschaft mit Rama in Nicaragua engagierte, sie sich mit langhaarigen Studienkollegen im Parka in zugequalmten Kneipen die Köpfe heißredete.

Dann kam Rolf. Rolf sorgenfrei, so nannte sie ihn. Lustig, erfolgreich, ein Vertreter aus der bösen Kapitalistenwelt, einer, den man eigentlich bekämpfen musste – in ihrer Szene. Anfangs redete sie sich ein, dass sie ihn für ihre Zwecke missbrauchte. Selbst wenn Rolf etwas ahnte, ließ er sich nichts anmerken. Er war ein zielstrebiger Typ. Er lud sie in Sternerestaurants ein, machte hübsche Geschenke, reiste mit ihr ans Mittelmeer. Mit ihm war es anders als in der ruppigen Atmosphäre der linken Szene, in der Frauen nicht gerade respektvoll behandelt wurden. Das hatte Andreas Baader den Revoluzzern vorgelebt. Er nannte Frauen gern Fotzen. Die coolen Studi-Kollegen an der RWTH Aachen übernahmen den abfälligen Tonfall. Vorneweg Rinaldo, der Draufgänger, der Antreiber, der Freund von radikalen Lösungen. Rinaldo war sein Kampfnahme, sein Vorbild Rinaldo Rinaldini, der gute Räuberhauptmann, der die Reichen bestahl und den Armen spendete. Die Serie nach dem gleichnamigen Roman von Christian August Vulpius lief im Fernsehen. Barbaras Rinaldo neigte zu melodramatischen Gesten.

Rolf war anders. Wenn Barbara mit ihm erwischt wurde, redete sie sich bei den Kumpanen heraus: Sie suche nach sicheren Schlafstätten für die Untergetauchten. Irgendwann war Barbara die Manipulierte. Sie erlag dem Ansturm von Komplimenten, Geschenken und der Aussicht auf ein Leben mit Haus, Garten, Hund und Kindern. Rolfs zweiten Heiratsantrag nahm sie an.

# KAFFEE, RETSINA, DON CAMILLO

Professor emeritus Dr. Rudolf-Friedrich Schulze hatte bereits Frankfurter Allgemeine Zeitung, Süddeutsche Zeitung, den Tagesspiegel und die Frankfurter Rundschau seziert. Sein Küchentisch war ein Schlachtfeld der Innen- und Außenpolitik. Abkürzungen markierten die Abheftungskriterien. Ordnung musste sein, selbst wenn die Welt aus den Fugen geriet. Rudolf-Friedrich Schulze lebte allein. Er heiratete während des Studiums die Politische Wissenschaft. Mit ihr ging er ins Bett und stand mit ihr auf. Alles ist von Menschen gemacht – so seine Kernthese. Die Zeit in der Frankfurter Schule, bei den Großmeistern der 68er-Generation, sie prägte ihn.

Er wischte die unnützen Restartikel beiseite. Seine Papiertonne war seit Jahren zu klein. Auf dem Weg zur Kaffeemaschine griff er die Aachener Lokalzeitung. Auch die kommunalen Themen interessierten ihn. Schließlich konstatierte er das Versagen der gemeinwohlorientierten Politik auf allen Ebenen. Das predigte er täglich seinem Kater Platon und schrieb es in Aufsätzen für alle möglichen Publikationsorgane. Der WDR suchte ihn regelmäßig auf, wenn die Systemkrise analysiert werden musste. Schulze sprach druckreif, klar, erhellend. Er war stolz auf seinen wachen Geist. Im Grunde war er stolz auf sich. Er, der Kämpfer für die offene Gesellschaft.

Aus dem Regio-Teil blickte ihn mit starrem Blick der Tote an, zu dem Kommissar Fett, nur ein paar Hundert Meter

Luftlinie entfernt, andere Assoziationen entwickelt hatte. Rudolf-Friedrich Schulze schüttete weiter Kaffee in die Tasse, bis sich auf der Untertasse ein schwarzer See bildete, die beste Bohne langsam vom Küchentisch auf den Parkettfußboden seiner Großbürgerwohnung am Lousberg tropfte und die Maserung des Eichenholzes mit einem weiteren Farbton bereicherte. Die Gesichtsfarbe des Emeritus wurde dagegen weiß, die Züge starr. Er kannte den Toten. Aus einer anderen Zeit.

Platon leckte am Kaffee und zog angewidert maunzend ab ins Körbchen. Da erst bemerkte Schulze das Malheur. Sein analytisches Gehirn schaltete um auf Reinigung und Ordnung. Danach nahm er wieder Platz vor dem Angesicht des Toten. Erinnerungen wurden wach, Erinnerungen und Ängste. Wann war das gewesen? Ende der 80er-Jahre-Jahre. Im »Labyrinth«, der Studentenkneipe, wo er nach dem Seminar zur Dreispaltung des Marxismus mit seinen besten Studenten Pita-Gyros mit einem Liter Retsina wegspülte. Man unterstützte die Griechen, die PASOK-Partei, die KKE-Partei. Linke Parolen und engagierte Studentinnen. Schwarzer Krauser, Roth-Händle, diese Lungentorpedos, Lederjacken, enge Jeans, wilde Haare. Er thronte unter ihnen, war ihr Rudi Dutschke. Er war der Aachener Rudi vom Institut für Politische Wissenschaft der RWTH Aachen. Er kannte seinen Spitznamen. Die Studentinnen hingen im Seminar und im »Labyrinth« an seinen Lippen. Manche von ihnen nahmen in seinem Bett Nachhilfe mit einer Lektion Antonio Gramsci. Rudi lieferte und fühlte sich wie ein wahrer Revolutionär. Freie Liebe, freie Gedanken, freies Leben. Friedrich-Rudolf Schulze stand auf der Seite des Fortschritts. Die dunklen 50er- und 60er-Jahre waren die Inkubationszeit für den Salonmarxisten, der pünktlich mit dem Jahr 1968 an die Spitze der politischen Bewegung strebte, zumindest bei der Avantgarde der Politikwissenschaft mitmischte. Aufruhr im Audimax, Hausbesetzungen, Demos gegen den Vietnamkrieg, Gründung der Grünen, Sozialistischer Studentenbund, ASTA-Grabenkämpfe, Kommunistischer Bund Westdeutschland – seine Sozialisation war fast die eines Stadtguerilleros. Fast. Die Wissenschaft fing ihn auf. Er kniete sich in die Dreispaltung des Marxismus, den Euromarxismus italienischer Prägung, reiste zu den Kooperativen in der Emilia Romagna, interviewte Enrico Berlinguer und verfiel dem Revoluzzer-Schick der kommunistischen Italienerinnen. Nicht nur dem Chic. Er töpferte ohne Ton in der Toskana, trank ehrlichen Chianti an grob gehobelten Bänken und war immer auf der Seite von Peppone, nie bei Don Camillo.

Mit Kampfgeist geladen, kehrte er in das katholische Aachen zurück, um sich von dort aus für eine bessere Welt einzusetzen. Barbara, die blonde Barbara, seine schönste und beste Studentin, Verfechterin der Promiskuität, auf sie war er nach den italienischen Abenteuern nicht mehr so eifersüchtig. Allein ihr selbstsicheres Auftreten, ihr klarer Blick für konterrevolutionäre Ansichten der Studenten aus großbürgerlichem Elternhaus, das fand Rudi gut und stellte ihr beste Noten aus. Sie gründeten zusammen die Kuba AG, rauchten Zigarren aus der Manufaktur Maximo Lider und berauschten sich an Fidels Reden. Che Guevara war der BRAVO-Starschnitt für alle Politikstudentinnen. Sie hätten sich dem schönen bärtigen Revolutionär Tag und Nacht hingegeben für eine Welt ohne Ausbeutung. Tauchte ein konterrevolutionäres Bürschlein auf, das nach Pressefreiheit auf Kuba fragte und warum Menschenrechte dort eingeschränkt seien, spielte Barbara ihr Spiel mit Nähe und Ferne. Sie ließ die Reaktionäre zappeln, um sie als konterrevolutionäre Schweinehunde mit herunterhängender Hose aus ihrem WG-Bett zu jagen. Ihre Mitbewohner, die rote Lisa und Grigoris, der griechische Kuba-Beauftragte, sie stellten die Uhr danach und schossen mit einer alten Polaroid-Kamera Fotos von den fliehenden Reaktionären in Unterhosen. Die schlichen sich durch die Promenadenstraße davon. Danach feierten Barbara, Lisa und Grigoris in der Eckkneipe »Hauptquartier« wieder einen Sieg der Revolution über das falsche Bewusstsein. Denn das war klar: Alles, was nicht ihren Ansichten entsprach, war falsch. So einfach war die Welt damals.

Kein Sex mit Reaktionären. Darauf tranken sie zunächst etliche Lagen Dortmunder Union-Bier und, nachdem die Wirtin die Tür abgeschlossen hatte, Chianti aus der bauchigen Literflasche bis zum Abwinken. Die Aktion Frühschicht, das Verteilen der Flugblätter vor den Werkstoren von ZENTIS und Talbot, überließen sie den Jungsozialisten.

Die Umwälzung der Produktionsverhältnisse stand nach Ansicht der Avantgarde damals kurz bevor. Schade, dass die wahren Arbeiter, die mit Blaumännern am Fließband standen oder unter Tage malochten, das nicht bemerkten, während sie BILD-Zeitung lasen und an der Costa Brava auf die Bundesligaergebnisse warteten. Sie waren noch nicht so weit. In jedem Seminar hieß es, dass das Bewusstsein der Arbeiterklasse geschärft werden müsse. Das Sein bestimme nun einmal das Bewusstsein. Und wenn das Sein vom Auf und Ab der Alemannia Aachen geprägt wurde, blieb kein Platz mehr für Ho Chi Minh. Die größte Niederlage erlitt das versammelte Oberseminar, als es vor das Tivoli-Fußballstadion in Aachen zog, um gegen Fußball als Opium für das Volk zu demonstrieren. Die Ordner hatten Mühe, die Fans zurückzuhalten. Die Studiosi ernteten reichlich Beschimpfungen und wurden mit Bier getauft.

Barbara fasste zusammen: »Sport ist der Religionsersatz im spätkapitalistischen System. Der Tanz um das Goldene Kalb aus Leder muss als dialektische Etappe auf dem Weg zur Umwandlung der Produktionsverhältnisse gesehen werden.« Alle klatschten und rochen nach dem Dosenbier aus der Fankurve. Anschließend widmete sich Barbara einem geheimnisvollen Revoluzzer, der den bewusstseinserhellenden Reinfall des Seminars beobachtet hatte. Mit entsprechender Arroganz und Verachtung für die studentischen Stümper, nicht für Barbara. Deren Futonbett roch später nach Pils und Gras.

# DIE REVOLUTION RUFT

»Rudi, du wirst gebraucht. Die Revolution braucht dich.« Mit diesen Sätzen hatte Barbara ihren Lehrer, den damaligen Akademischen Oberrat Dr. Rudolf-Friedrich Schulze, in ihren Bann gezogen.

»Allzeit bereit!« Rudi lächelte sie an. Sie sah verdammt gut aus. Der vergammelte Hippie- oder Revoluzzer-Schick stand ihr. Zerschlissene Jeans, die selbst abgetragen und nicht – wie in den 2000ern – prewashed und an vom Designer vormarkierten Stellen gelöchert wurden. Barbara ohne BH und durchsichtiger Schlabberbluse. Selbstbewusst. Immer voller Energie. Das süße Spiel von Daniela aus Orbetello beherrschte sie nicht, dafür konnte Barbara den heiligen Gramsci sogar in der Badewanne zitieren.

»Ein Genosse braucht Unterstützung. Er muss für einige Zeit von der Bildfläche verschwinden«, erklärte Barbara. »Du hast doch die Hütte in Hasenberg bei Heimbach.«

»Hasenfeld«, korrigierte Rudi.

»Genau. Da könnte er doch ein paar Tage unterschlüpfen.«

»Klar!«, sagte Rudi großzügig, obwohl ihm die Idee nicht wirklich gefiel, aber das hätte er vor Barbara nie zugegeben. »Wie heißt der Genosse? Was macht er?«

»Egal, Rudi. Besser, du weißt nichts Genaues. Vertrau mir.«

Da blieb nur die Frage nach dem »Wann«.

»Am besten jetzt?« Barbara lächelte fast sanft.

»Klar.« Er umarmte sie in der Hoffnung auf eine kleine Belohnung, aber die junge Studentin war in Eile.

»Die Bewegung wird dir das nicht vergessen.« Sie gab ihm einen flüchtigen Kuss, bei dem er ihren straffen Körper spürte, den Geruch ihres starken Parfums, irgendetwas Indisches.

»Wenn du Geld brauchst, Barbara.«

»Kann nie schaden.« Großzügig nahm sie die vier Fünfziger entgegen, die er aus seiner Geldbörse klaubte.

»Ich werde morgen im Seminar fehlen. Praktische Politik sozusagen – geht vor. Du verstehst.« Babara zwinkerte verschmitzt mit dem linken Auge.

Rudi verstand es und auch wieder nicht. Bewegung, welche Bewegung? Natürlich kannte er die verschiedenen K-Gruppen, wusste auch von einigen, die in den bewaffneten Kampf eingetreten waren. Ja, in gewissem Sinne konnte er das nachvollziehen, selbst wenn er seine Sympathie nie öffentlich äußerte, seine Existenz als beamteter Oberrat mochte er nicht gefährden. Die Pension stand auf dem Spiel. Außerdem war er Mitglied der SPD, leitete die AG »Theorie des Sozialismus« und liebäugelte mit einem Sitz im Stadtrat.

Hasenfeld. Seine Schreibhütte. Dort entstanden seine berühmten Aufsätze und Artikel über das Ende des Kapitalismus. Manchmal nahm er auch eine seiner Studentinnen mit in das Wochenendhaus. Der Name des Ortes passte: Hasenfeld. Rudi schmunzelte. Er versuchte, alle Hasen zu addieren, die er dort in die Dreispaltung des Marxismus eingeführt hatte. Barbara gehörte dazu. Die Wochenenden mit den Kuba-Anhängern waren dagegen ätzend langweilig gewesen. Ausreisepläne wurden geschmiedet, Geld gesammelt für irgendeine Zigarrenkolchose, Texte von Fidel analysiert, Flugblätter entworfen. Ein Student nervte ihn besonders. Vielleicht, weil er sehr sportlich und durchtrainiert war. Studierte Romanistik und zitierte ständig Baudelaire, Verlaine und Sartre. Darauf standen die Frauen. Auch Barbara. War sie damals mit ihm in seiner Eifelhütte verschwunden?

Rudi blickte auf den unbekannten Toten in der Zeitung. Verlaine, Baudelaire, Sartre. Scheiße. Das war der Romanist. Was tun?, fragte er sich, Lenin zitierend. Sein Appetit war futschikato.

# MONIKA MÜNZER

Es hatte Ronald Grundmann erwischt. Die Erkenntnis kostete Monika Münzer einen Blick auf das Foto auf ihrem Bildschirm. Ronald Grundmann alias Rinaldo, oder mit bürgerlichem Namen: Ulrich Braunfels, einer von den polizeilich gesuchten Terroristen der dritten Generation. Rinaldo war eine Art Phantom. Durch einen eingeschleusten Spitzel wusste das Bundeskriminalamt von seiner Existenz, kannte aber seinen richtigen Namen nicht.

Münzer wusste wenig von ihm. Sie war ihm ein paar Mal begegnet, damals, kurz vor ihrem Abi. Seine Fotos hingen an ihrer Pinnwand: Rinaldo, alias Uli Braunfels mal mit langen blonden Locken, Rinaldo mit kurzen schwarzen Haaren, mit Schnurrbart und ohne, mit schwarzer Kastenbrille, mit dunkler Sonnenbrille, mit Nickelbrille. Monika kannte sein Aussehen, als er damals in der Szene unterwegs war, sie hatte ihn durch Lily kennengelernt. Rinaldo den Schwätzer mit einem gespaltenen Verhältnis zu Recht und Gesetz, mit seinem Gelaber über eine gerechtere Welt, die man sich erbomben müsse, seinen endlosen Tiraden über den Kampf gegen den Kapitalismus, bei denen Monikas Freundin Lily schweigend an seinen Lippen hing. Lily, die Hübsche, die Niedliche, die Beliebte, sie warf ihre Partykleider in den Müll, trug zerrissene Jeans und speckige Lederjacken, alles, um Rinaldo zu imponieren, ihm zu beweisen, dass sie ihre großbürgerliche Existenz über Bord geworfen hatte. Er behandelte sie wie Dreck, nutzte sie aus, nahm

Geld von ihr, Lilys Auto, benutzte ihr Bett, ihr Bad, kam und verschwand, wie er Lust hatte. Rinaldo war ein Arsch. Monika hatte ihrer Freundin das Hundert Mal nachgewiesen. Sie drang nicht mehr vor zu ihr. Lily war ihrem Terroristenfreund hörig geworden. Eines Tages waren beide weg, verschwunden aus Monikas Leben. Um Rinaldo tat es ihr nicht leid, aber sie vermisste Lily. Lily, mit der sie ihre Kindheit verbracht hatte, ihre Jugend, erste Bravo-Hefte, erster Cola-Rum-Rausch, erster Joint, erstes Knutschen. Sie kamen aus unterschiedlichen Welten, aber das hatte sie nie gestört. Wie Schwestern fühlten sie sich in ihrer Jugend, nur besser. Monika besuchte noch die Schule, das katholische Gymnasium in Köln-Bayenthal. Lily, fast zwei Jahre älter, hatte ihr Studium an der RWTH Aachen begonnen, hatte Rinaldo kennengelernt, war durch ihn in die linke Szene hineingerutscht, ein neues Zuhause, das ihr Geborgenheit bot, zumindest vortäuschte.

Sie hatten Lily Possmann geschröpft und ausgenutzt und zum Dank für die Aufnahme in ihren Kreis immer deutlichere Zeichen gefordert, dass sie die Ideen der Szene teilte. Welche, das konnte Lily damals nicht so richtig erklären. Sie plapperte Rindaldos Geschwätz nach. Lieferte sie am Ende die Zusicherung ihrer Treue? Mord? Monika fehlte der letzte Beweis, aber sie besaß Hinweise darauf, dass Lily beteiligt war am Lühringhoff-Attentat. Sie fürchtete sich vor dieser Erkenntnis, denn mit dem Unternehmer Lühringhoff starb Monika Münzers eigener Vater. Er hatte Paul Lühringhoff an dem 30. März im Jahr 1987 chauffiert.

Dieser Tag, die Katastrophe hatte alles geändert. Ihr Leben auf den Kopf gestellt. Ihre Mutter war in monatelange Depression verfallen, pendelte von Krankenhausaufenthalten zu Kuren. Wenn sie zu Hause war, hockte sie zusammengesackt auf dem Sofa, stierte vor sich hin und murmelte eine Litanei aus Wortfetzen: »Kann nicht sein«, »nicht möglich«, »wieso er?«, während Monika zusammengerollt wie ein Hündchen in ihrem Bett lag und bettelte, das alles möge nur ein böser Traum sein. Sie kümmerte und sorgte sich um die Mutter, beendete ihr Abitur, funktionierte. In der Zeit danach stützten und unterstützten die Lühringhoffs sie. Auch die Possmanns halfen, Lilys Eltern. Sie finanzierten ihr Studium, ließen Monikas Mutter weiter in dem Chauffeurhäuschen wohnen, bezahlten Rechnungen. Das Leben ging weiter. An diesem Satz stimmte etwas nicht. Es ging nicht einfach weiter, weil sich alles nach einer Katastrophe änderte.

# ÖFFENTLICHE FAHNDUNG

»Nein, dafür sind wir nicht zuständig. Ich kann das aber intern weiterreichen.« Marco Bär war genervt, blieb aber höflich. Wieder eine Querulantin, die sich über die Penner und Bettler vor ihrem Rewe-Laden in der Severinstraße beschwerte.

»Nein, ich bin nicht verantwortlich für die Clan-Kriminalität. Da müssen Sie sich an den Innenminister wenden«, hörte Marco sich mit dem nächsten Anrufer verhandeln, während er überlegte, welches Teilchen er sich zur Tasse Kaffee gönnen würde. »Sie können aber auch mal bei unserem Stadtrat anfangen. Da finden Sie die richtigen Ansprechpartner.« Er vermied das Wort »Schuldige«. Marco war genervt. 30 Telefonate in einer Stunde. Zwei weitere Kolleginnen waren im Einsatz und verdrehten ebenfalls die Augen. Die Neue, Eva Burrenscheidt, hatte eine besondere Art entwickelt, die Augen nach innen zu drehen und dabei mit der einen Hand die Schnatterbewegung des Gesprächspartners zu simulieren. Marco Bär fand, dass sie dabei sehr süß aussah.

»Der vom Nachbarhaus parkt meine Garage zu«, meckerte derweil eine krächzende Altfrauenstimme durch die Leitung.

»Den Toten aus der Zeitung, den kennen Sie aber nicht?«, fragte Bär.

»Nö, wieso?« Die Krächzerin wirkte erstaunt. Bär verabschiedete sich höflich.

»Wenden Sie sich in dieser Sache bitte an die Kollegen auf Ihrer nächstgelegenen Wache«, hörte Bär seine Kollegin Eva im selben Moment sagen. Sie legte auf und schickte ein Victoryzeichen zu Bär hinüber.

»Nur zehn Sekunden bis zum Cut«, triumphierte sie.

Bär mochte die neue Kollegin. Sie war intelligent, flott bei der Arbeit und lustig. Eine Einladung zum Abendessen stand in der Luft. Nur sie und er. War aber irgendwie in der Schwebe geblieben. Er musste nachfassen. Ob sie einen festen Freund hatte, würde er herausbekommen. Verheiratet war sie auf jeden Fall nicht. Seine Chancen standen nicht schlecht. Rosenthals ironische Blicke hielt er tapfer aus. Sie kannte ihn lange genug und wusste, was los war. Ihre witzigen Bemerkungen trafen entsprechend ins Schwarze.

Theresa hatte mit Bär um ein Abendessen beim Tapas-Laden in der Severinstraße gewettet, dass der entscheidende Tipp aus dem Osten kommen würde.

»Leipzig, Rostock, Erfurt – irgend so was«, hatte Theresa vermutet. Marco hatte gegengehalten und auf null Erfolg gesetzt. Das Foto war an alle Medien gegangen. »Tagesschau« und »Heute« hatten berichtet, die regionalen und überregionalen Zeitungen, alle Online-Kanäle waren gefüttert worden. Die Ermittler vom KK 11 waren Profis – sie kannten die Vor- und Nachteile, die man sich mit dem Schritt in die Öffentlichkeit einhandelte. Rosenthal war sicher, dass in diesem Fall die Vorteile überwiegen würden, vorausgesetzt, es gab die RAF-Verbindung. Mit dem Foto in den Medien stocherten sie im Wespennest, und das darauffolgende Summen und Surren würden sie deutlich vernehmen.

»Sei mal ganz still, Marco, kannst du nicht das Surren hören?«

Bär schaute ratlos.

»Marco, wir haben im Wespennest gestochert.«

»Ach so, du meinst, dass wir einige aufgescheucht haben?«

»Es gab eine große RAF-Sympathisantenszene. Unterstützer, die sich in der Grauzone, auch in der Illegalität bewegten. Heute wahrscheinlich alles brave Bürger mit Pensionsanspruch. Ich bin sicher, dass einige gerade in diesem Moment ordentlich zittern.«

»Wir werden ins Leere laufen«, prognostizierte Bär, er war schlecht drauf. Manchmal übermannte ihn der Hang zum Pessimismus.

»Wieso ins Leere?«

»So ein Gefühl«, fand Marco sich bestätigt, als eine Anruferin auf Kölsch ins Telefon quäkte:

»Der Mann süht us wie dä ahle Knießkopp von de Nohbor in mie Huus.«

»Wie bitte?«

»Jo, in dä Zeidung, dä.«

Bär nahm alles gewissenhaft auf.

»Wie alt ist denn der Mann der Nachbarin?«

»Jo, so sibbenzich.«

»70?«

»Jo, sag ich doch, sibbenzich.«

Er atmete auf, als die nächste Anruferin sich in sauberem Hochdeutsch mit leicht norddeutscher Färbung meldete. Sie hieß Maja Björnsen. Das Foto von dem Kölner Mordopfer habe sie in den Kieler Nachrichten gesehen. Sie meine den Mann zu erkennen. »Meinte zu erkennen« war schlecht, das wusste Bär. Erfahrungswert. Selbst »ich bin sicher, ihn zu erkennen« garantierte keinen Treffer. Das menschliche Gehirn war ein gar unzulängliches Ding, hatte er in einem Fortbildungskurs zum Thema »Zeugenaussagen« gelernt. Das Hirn liebte Wiedererkennung oder so ähnlich. Eigentlich logisch. Holozän! In der freien Wildbahn mussten Menschen, Tiere natürlich auch, die Dinge, die ihnen begegneten, schnell einordnen, um angemessen zu reagieren. Eine wichtige Überlebensfunktion.

»Merkwürdig«, hatte Theresa bei dem Kurs laut nachgedacht, im Alter scheint diese Funktion stärker zu arbeiten. »Meine Mutter meint, an jeder Ecke einen Bekannten zu identifizieren, oder sie behauptet bei jedem zweiten Passanten, der sehe doch dem Vater oder ihrem Enkel oder sonst wem ähnlich.«

»Wahrscheinlich hat das mit dem nachlassenden Gedächtnis zu tun«, erklärte der Psychologe, der den Kurs leitete. »Wenn die Erinnerungen brüchiger werden, klammert sich der Kopf an alles, was an Informationen gespeichert ist.«

Bär fragte die Kieler Anruferin nach Details. Wann und wo hatte sie den Mann auf dem Foto erkannt?

»Wir mieten immer mal wieder ein Ferienhaus in Dänemark, eine Ferienanlage, Skærbæk, das ist an der Nordsee, ganz in der Nähe von Ripen.«

Bär sagte das alles nichts. Er war ein kölscher Jung, und seine Ferien verbrachte er auf Ibiza oder Malle mit Sonne satt und nicht in dunklen skandinavischen Löchern. Er war nie nördlicher als Hamburg gekommen und pflegte liebevoll sein Vorurteil gegen den Norden und seine Menschen. Humorlos, hatte er beschlossen und kam davon auch nicht ab, als Theresa versuchte zu erklären, dass der norddeutsche Humor dem britischen ähnle. Man brauche dort oben nicht hinter jedem Witz einen Tusch, die Leute amüsierten sich über subtilere Scherze. Sie gab es bald auf, ihm die Feinheiten der Ironie zu erläutern, der man von Bremen aufwärts begegnete.

»Ripen also«, wiederholte der Kommissar und erwischte sich dabei, dass er den norddeutschen Schnack ein wenig imitierte.

»Ripen, ja, das gehört zu Nordschleswig, also heute Dänemark. Viele Ferienhäuser dort. Schöne Gegend.«

»Und daher kennen Sie den Mann auf dem Foto?«, hakte Bär nach und ermahnte sich, nicht bei allen Anrufern voreingenommen auf Erfolglosigkeit zu setzen. Die Gefahr bestand, dass man wichtige Hinweise übersah. Es war hart, sich bei jedem Gespräch neu zu motivieren.

»Sie kennen den Mann also?«, wiederholte er deshalb aufmunternd.

»Ja, ich bin mir ziemlich sicher. Ich erinnere mich deshalb ganz gut, weil wir ihn in den letzten Jahren fast jedes Mal antrafen, wenn wir Ferien in Skærbæk verbrachten. Wir sind oft dort.« Sie machte eine Pause, und Bär ließ ihr Zeit. »Der Ort ist nicht groß, ein paar Geschäfte, ein paar Kneipen. Man begegnet sich. Beim zweiten Mal lächelt man sich zu, beim dritten Mal grüßt man, irgendwann kommt man ins Gespräch.«

»Und – haben Sie mit ihm gesprochen?« Bär wurde neugierig.

»Nein, eben nicht, das war so komisch. Der Mann war immer abweisend, ließ sich nicht anmerken, dass er uns wiedererkannte.«

»Wissen Sie, ob er Deutscher war?«

»An der Supermarktkasse hörte ich ihn einmal mit der

Kassiererin reden, deutsch, ohne Akzent. Das heißt aber nichts. In Nordschleswig gibt es viele Deutschsprachige. Hängt mit der wechselvollen Geschichte zusammen.«

So tief wollte Bär nicht in das Thema einsteigen. Deshalb unterbrach er Frau Björnsen.

»Seinen Namen kennen Sie vermutlich nicht?«

»Nein, ich weiß nur, wo er wohnt, also nicht genau, in Skærbæk gibt es eine größere Feriensiedlung, dort sah ich ihn ein Appartementhaus betreten. Ich vermute, dass er fest dort lebte. Wäre doch ein komischer Zufall, dass wir immer gleichzeitig die Ferien dort verbrachten. Nein, ich denke, dass er dort angesiedelt war.«

Zur Absicherung schickte Bär der Kieler Anruferin ein Foto per Mail. Die Vergrößerung konnte sie sich in aller Ruhe angucken, auch ihrem Mann zeigen.

»Unsere erste heiße Spur«, berichtete Bär der Kollegin Rosenthal kurz darauf. »Na ja, sagen wir besser lauwarme. Dänemark – merkwürdig. Klingt nicht nach RAF-Connection.«

»Mmh.« Rosenthal sah nachdenklich aus.

»Was ist?«, wollte Bär wissen.

»Weiß nicht genau. RAF – Dänemark. Ein Glöckchen klingelt. Ich bin mir nicht sicher, was es mir sagen will. Ich lass die Nachricht mal sacken.«

»Am besten mit ein paar Tapas – ich fühle mich eingeladen«, frohlockte Bär. »Dänemark ist nicht Ostdeutschland, oder?«

»Nur zur Erinnerung – du hattest auf null Erfolg gesetzt, mein Lieber. Noch tapa'n wir im Dunkeln, aber warte ab – es gibt die DDR-Connection. Und wenn was dran ist an dem Tipp, kannst du das morgen vor Ort recherchieren«, versprach Rosenthal ihm. »Du darfst den Reiseantrag fertig machen.«

Bär verzog das Gesicht.

»Nun tu mal nicht so, als ob das Höchststrafe wäre«, ermahnte ihn die Kommissarin.

»Doch, morgen FC, Heimspiel und ich hab' eine Karte.«

»Effzeh? Sag das doch gleich. Ich übernehme!« Rosenthal klappte die Hacken zusammen und grüßte militärisch.

»Schade, ich wollte dich eigentlich zusammen mit der Burrenscheidt schicken. Na ja, ein anderes Mal.«

Theresa grinst fies – fand Bär.

Bei der Nachfrage eine Stunde nach dem Versand des Fotos waren sich Björnsens fast sicher, dass es sich um den gesuchten Mann handelte. Daraufhin kamen die Kommissare in Gang.

Der Kontakt zu den dänischen Kollegen in Ripen gestaltete sich entspannt. Rosenthal stellte den Lautsprecher an zum Mithören für Eva und Marco.

Smilla Nielsen sprach Deutsch ein bisschen wie Vivi Bach und lispelte das »S« so süß, dass Bär umgehend zwischen Effzeh und Dänemark hin- und hergerissen war. Er gab der Kollegin ein Zeichen, imitierte mit beiden Händen das Steuern eines Autos an und deutete auf sich.

»Ich – Dänemark«, flüsterte er, vielleicht, um Eva ein wenig eifersüchtig zu machen.

Rosenthal schüttelte den Kopf, bedeckte die Hörermuschel mit der Hand und flüsterte:

»Effzeh.«

Sie verabredete sich mit Smilla, die sofort ins lockere skandinavische »Du« verfiel, für den übernächsten Tag.

»Vorher mache ich einen Abstecher nach Kiel, um die

Björnsens zu befragen. Am besten fahre ich mit dem Zug nach Kiel, dann kann ich ein paar Stunden arbeiten«, überlegte Rosenthal.

»Ha ha, die deutsche Bundesbahn – Allwetter und voll mit WLAN ausgestattet«, spottete Bär. »Wo lebst du? Mit ein wenig Glück wirst du von Funkloch zu Funkloch hüpfen.«

»Egal. Ich habe da eine Sache im Kopf. Irgendeine Geschichte mit der Stasi, RAF und Dänemark. Ich brauche ein bisschen Zeit und Ruhe für die Recherche. Von Kiel aus nehme ich einen Wagen und kutschiere Richtung Ripen oder wie immer dieses Kaff heißt.«

»Skærbæk in Nordsleswig«, lispelte Bär. »Klang süß, die Smilla.«

»Ich fahre!«, entschied Rosenthal. »Du Effzeh, und Eva kümmert sich um die Heimarbeit.«

# DAS SUMMEN BEGINNT

Barbaras Telefon klingelte.

»Rudi«, rief sie in den Hörer. »Was für eine Überraschung!«

Das war es wirklich. Barbara und Professor emeritus Dr. Rudolf-Friedrich Schulze pflegten kaum Kontakt. Die letzte Begegnung lag fünf Jahre zurück. Sie waren zufällig auf dem Katschhof am Aachener Dom ineinandergelaufen, hatten einen Kaffee im »Karl's« getrunken. Ein bisschen in alten Zeiten geschwelgt und sich mit der Floskel verabschiedet, man müsse dringend mal miteinander essen gehen. Dabei beließen sie es. Nun der Anruf. Barbara konnte sich den Grund denken, aber Rudi redete in seinem professoralen Stil um den heißen Brei herum, scheute sich vielleicht auch, das glühende Eisen am Telefon anzurühren. Schwätzer, dachte sie. Wie hatte sie sich einst in ihren Seminarleiter verlieben können, nur kurz, aber doch heftig, erinnerte sie sich beklommen. Der gute alte Vaterkomplex? Bis der junge dynamische Linksaktivist, der Draufgänger Rinaldo, auftauchte und sie sich Hals über Kopf in ein Abenteuer mit ihm stürzte. Rinaldo rückte sofort an die erste Stelle in der Rangordnung und verdrängte den Seminarleiter auf Platz zwei, wo er aber gehätschelt wurde, weil man ihn in der Szene brauchte.

»Mal wieder auf einen Kaffee treffen?«, schlug Rudi vor. Barbara ging darauf ein. Redebedürfnis gab es auch von ihrer Seite. Die Vergangenheit, die sie plötzlich eingeholt hatte, war ihr in eine schlaflose Nacht gefolgt, in der sie sich mit dem Gedanken herumwälzte, was man ihr anlasten könne. Oder war sowieso alles verjährt? Ihren Anwalt mochte sie nicht fragen. Bloß keine schlafenden Hunde wecken.

Der Fundort des Toten. Der Gedanke daran ließ sie nicht ruhen. In den Medien wurde viel spekuliert. Barbara, die über den Hintergrund des Opfers Bescheid wusste, hatte keine Zweifel. Sie war sich sicher, dass der Mord an Rindaldo in Zusammenhang mit den Gewalttaten in der Vergangenheit stand. Das drückte auf ihre Stimmung. Sie hatte damals durch Rindaldo andere Aktivisten kennengelernt, gewaltbereite und vermutlich auch Mittäter bei Mordanschlägen. Von einigen wurde die Identität nie festgestellt. Sie liefen irgendwo herum. Worum ging es bei dem Stadtwald-Mord? Sie konnte über die Motive nur spekulieren. Eine interne Auseinandersetzung unter alten Weggefährten oder ein Racheakt aus dem Umfeld der Opfer? Barbara musste mit jemandem über ihre Ängste reden. Professor Rudolf-Friedrich Schulzes Anruf kam gerade recht.

Als sie den Hörer auflegte, betrat Rinaldo Zwei den Raum, Barbaras 15-jähriger Sohn. Er war ihr einziger Nachkomme, zu dem sie sich von ihrem Ehemann hatte überreden lassen. Als sie heirateten, vertrat Barbara noch die Meinung, dass man in diese von Kapitalisten entmenschlichte Welt keine Kinder setzen sollte. Letztlich hatte sie sich für das chinesische Modell der Ein-Kind-Politik entschieden. Als kleine Reminiszenz an ihre linken Aktivistenzeiten hatte sie den gezeugten Sohn Rinaldo getauft. Heute fasste sie sich an den Kopf, wenn sie über diese Schnapsidee nachdachte. Es war eine romantische Anwandlung gewesen, völlig daneben. Sie hoffte, dass ihr Mann Rolf nie davon erfahren würde.

Der schlaksige Pubertierende mit dem zurzeit angesagten Fußballerhaarschnitt – Schädel abrasiert, bis auf ein kraushaariges Toupet – schlurfte ins Zimmer, als stände sein Ableben kurz bevor.

»Alles cool?«, fragte Rinaldo so irgendwie allgemein in den Raum hinein.

»Kommt darauf an, Rino, was du damit meinst. Du kommentierst ja ziemlich alle Gemütszustände mit cool.« Die Beschränktheit des Wortschatzes dieser Generation ging Barbara auf den Wecker. Als Lehrerin durfte sie sich täglich damit auseinandersetzen.

»Mammaaa!«, war der Kurzkommentar. Sie rätselte erneut, wie viele »A« er in dem Wort Mama unterbrachte, bevor Rino ihr den Rücken zukehrte und den Raum über seine riesigen, mit Turnschuhen bekleideten Füße stolpernd verließ. Die Schnürsenkel hingen seitlich hinunter, sodass Barbara sich Sorgen machte, ob ihr kleiner Rino den Gang zur Küche überleben würde.

Barbara wunderte sich darüber, dass die junge Generation ihren Eltern genauso feindselig gegenüberstand wie sie selbst einst ihren Erzeugern. Alles Pampern, Ansätze von antiautoritärer Erziehung, verständnisvolle Gespräche, emotionales und finanzielles Entgegenkommen hatten nichts daran geändert, dass zwischen ihr und dem Sohn Dauerkrieg herrschte. Dabei übersah Barbara, dass die Kinder des 21. Jahrhunderts vom frühkindlichen Turnen bis hin zum Schach-, Tanz- und Tenniskurs unter permanentem Stress gehalten wurden. Sport, Musik, selbst Spaß gab es nur in Verbindung mit Competition. Die Psychologen waren im Dauereinsatz, beklagten, dass immer mehr Kinder Macken hatten und die Wartezimmer der Zunftkollegen besetzten. Barbara bedrückte das Gefühl, keine gute Mutter zu sein.

Das Telefon klingelte erneut. Fidel war am Apparat. Eigentlich hieß er Udo Münch; den Kampfnamen Fidel hatte er sich in seiner Aktivistenzeit zugelegt als Hommage an den Máximo Lider, dem er damals huldigte. Fidel leitete seit einigen Jahren die Kunst- und Kulturstiftung des Landes NRW. Beim Marsch durch die Institutionen hatten die Linken sich lukrative, vom Staat finanzierte Jobs zugeschoben. Barbara sah das durchaus kritisch, aber ein Rest an Loyalität zu den alten K-Gruppen hinderte sie daran, ganz mit den Freunden aus der Vergangenheit zu brechen. Zumindest mit einigen hielt sie Kontakt. Sie bemerkte wohl, dass die alten Weggefährten mit der Besetzung der Schaltstellen in Kunst, Kultur und Medien mittlerweile den Ton im Land angaben, teils mit ideologischer Vernagelung, wenn es etwa um Gender- oder Migrationsthemen ging. Mit der Realität war sie im Schulalltag konfrontiert. Die Lehrer mussten vieles, was die Politik beschloss, ausbaden. Das hatte Barbaras Sichtweise auf die Welt verändert, aber sie traute sich kaum, ihre Meinung bei den Treffen mit den »Happy Few« der Kulturszene zu äußern. Zu schnell landete man in der rechten Ecke, und da gehörte sie nun wirklich nicht hin.

»Wie geht es denn so, Fidel?«, fragte sie den Anrufer.

»Sag nicht immer Fidel zu mir«, maulte Udo Münch schlecht gelaunt.

Wahrscheinlich macht er sich gerade in die Hose. Schiss um seinen Job, dachte Barbara verächtlich. Fidel hatte die Klappe in den 80ern und 90ern weit aufgerissen und die linken Delinquenten unterstützt. Passte nicht mehr zu seiner heutigen Karriere. Im kleinen Kreis, unter alten Vertrauten kokettierte er mit seiner Revoluzzer-Vergangenheit, besonders, wenn er ein paar jungen Hühnern imponieren wollte. Barbara wusste nicht, ob Fidel sich an Gewalttaten beteiligt hatte. Auf der Fahndungsliste stand er nicht. Hatte aber immer dicke mit dem Revoluzzer Rinaldo getan. Schnee von gestern. In seinem warmen Nest hatte er es sich mittlerweile komfortabel eingerichtet und dachte nicht daran, die Annehmlichkeiten für ein paar Jugendsünden aufzugeben.

»Schon Zeitung gelesen?«, fragte Fidel, ohne konkret zu werden.

»Klar.«

»Und?«

»Was und?« Barbara ließ ihn zappeln.

»Das Foto?«

»Ja?«

»Er ist es – oder?«

»Ja – isser wohl.«

»Was machen wir?«

»Was meinst du?«

»Du hast ihm ja mal nahegestanden, Barbara. Von uns allen am nächsten, würde ich sagen.«

»Und?«

»Na ja, vielleicht solltest du …?« Fidel klang unschlüssig.

»Weißt du was, Fidel, kümmere dich um deine Kunstgeschichtestudentinnen, und ich mach' hier mal meinen Kram weiter.« Er kotzte sie an.

Barbara führte drei weitere Telefonate, die alle nach ähnlichem Muster verliefen. Als das Telefon zum fünften Mal klingelte, meldete sie sich mit spanischem Akzent und tat so, als sei sie die Putzfrau.

»Holá, die Senora nix zu Hause.« Sie lachte sich kaputt

und verdrängte damit die Abneigung gegen die alten Genossen.

Kleine Opportunisten, dachte sie. Rinaldo ist ihnen egal. Sie vergoss ein paar Tränen und überlegte, ob sie dem Toten seine Identität zurückgeben sollte. Zögerlich griff sie zum Telefonhörer, drückte die Eins, bis 110 wählte sie nicht. Sie legte auf.

# SPURENSUCHE

Theresa saß im Zug nach Kiel. Sie hatte den durchgehenden gewählt. Er war pünktlich gestartet, was nicht hieß, dass er auch pünktlich sein Ziel erreichen würde. Vorerst war ihr das egal. Sie saß bei einem Cappuccino im sogenannten Bordbistro und kramte in ihrer vollgestopften Handtasche nach dem Material, das sie sich als Reiselektüre mitgenommen hatte.

Nach dem Lesen der Einleitung ahnte sie, dass es sich bei dem Artikel in der Tageszeitung »Der Nordschleswiger« um eine Provinzposse oder Schmierenkomödie handelte, aber durchaus mit Relevanz für ihren aktuellen Fall. Die Geschichte drehte sich um den ehemaligen Stasi-Offizier Eckardt Nickol. Der WDR hatte in einer Serie darüber berichtet, die Rosenthal verpasst hatte, aber eine kurze Besprechung in der Zeitung war ihr im Gedächtnis haften geblieben. Die hatte das Alarmglöckchen ausgelöst.

Die Story war haarsträubend und ein Sinnbild des Wahnsinns von Diktaturen. Oberst Nickol war zu DDR-Zeiten im deutschsprachigen Teil Dänemarks eingesetzt worden, um von dort aus das BRD-Bundesland Schleswig-Holstein im Auge zu behalten. Später nutzte die Stasi den Standort, um Bürgern der DDR, auch ehemaligen RAF-Mitgliedern, Unterschlupf und eine neue Identität zu verschaffen.

Na bravo, dachte Rosenthal, da bin ich ja mitten im Thema. Passt alles zusammen. Eine heiße Spur in Sachen

Mord am Stadtwald. Falls Maja Björnsen bei ihrer Aussage blieb.

Nach der Wende verlor Nickol seinen Job beim Ministerium für Staatssicherheit in der Eisenacher Hauptverwaltung Aufklärung, Auslandsspionage. Der Generalbundesanwalt in Karlsruhe ermittelte gegen ihn wegen geheimdienstlicher Tätigkeit, stellte das Verfahren aber 1996 ein. Daraufhin ging Nickol zurück an seine alte Wirkungsstätte, siedelte sich in Dänemark an, wo er sich mit einer Dänin anfreundete und mit ihr in der Nähe von Hadersleben zusammenzog. Um an Geld zu kommen, bot Nickol verschiedenen Personen, auch Redakteuren und Abgeordneten, brisantes geheimes Material aus dem Stasi-Giftschrank an. Darunter vertrauliche Informationen über den ehemaligen schleswig-holsteinischen Ministerpräsidenten Uwe Barschel, der tot in einem Genfer Hotel aufgefunden wurde, von der Stasi ermordet, so behauptete Nickol. Um den Tod von Barschel gingen wilde Gerüchte um, die nicht abrissen, wie das in dubiosen Fällen so war; es tauchte immer mal wieder ein Journalist auf mit neuen Spekulationen, und sei es, um mit einer heißen Story in die Schlagzeilen zu kommen. Nickol war mittlerweile unter mysteriösen Umständen gestorben und von seiner Freundin aufgefunden worden. Ob Selbstmord oder Mord blieb im Dunkeln. Tatsächlich wurde der Fall nie ganz aufgeklärt und bot viel Material für Verschwörungstheorien.

Nickol tot, überlegte Rosenthal, aber das hieß gar nichts. Sie war überzeugt, dass jede Menge solcher Ex-Stasis durchs Land irrten und ihre Informationen auf dem Markt an den Meistbietenden feilboten. Vielleicht hatte einer von ihnen Material über ehemalige RAF-Verbrecher verkauft – Identitäten, Aufenthaltsorte. Aber wer interessierte sich für solches Material? Circa 20 Jahre nach der Auflösung der terroristischen Vereinigung.

Rosenthal wählte Marcos Nummer. Vorübergehend nicht erreichbar. Ihr Kollege hatte recht. Ein funktionierendes Netz stellte die Bahn nach wie vor nicht bereit. Irgendwo bei Bielefeld, die Stadt, die es eigentlich nicht gab, erreichte sie Bär.

»Ich brauche mal jemanden zum laut nachdenken«, erklärte sie.

»Ich bin dein Mann, Theresa«, lachte Marco. »Ich liebe dein lautes Nachdenken, vor allem, wenn du dann zu brüllen anfängst. So endete es letztes Mal, wenn ich mich richtig erinnere. Los geht's!«

Rosenthal klärte Marco kurz über das gesichtete Material auf und spekulierte: »Irgendetwas ging da oben bei den dänischen Nachbarn vor. Vorausgesetzt, unser Toter hat tatsächlich in diesem Kaff bei Ripen gelebt. Was, wenn er ein Ex-RAF-Terrorist war, von unseren ostdeutschen Brüdern vor der Wende dort versteckt wurde?«

»Wer gibt denn Geld für diese Info?«, zweifelte Bär.

»Jetzt kommt das laute Denken. Vielleicht der Hinterbliebene eines Ermordeten. Davon gibt es Hunderte, wie du weißt. Die RAF hat eine breite Spur von Opfern hinterlassen, auch völlig Unbeteiligte nicht verschont. Das wurde als ›Kollateralschaden‹ bezeichnet. Die haben richtig menschenverachtend agiert. Einige der Morde wurden nie aufgeklärt. Vielleicht möchte sich jemand damit nicht abfinden.«

»Mmh.«

»Überzeugt dich nicht?«

»Doch.«

»Dann nimm dir bitte mal die Liste der Opfer vor und konzentriere dich auf die Fälle, die nicht aufgeklärt wurden. Schau, ob es da ein paar Anverwandte gibt, die mit Hartnäckigkeit aufgefallen sind.« Es knackte in der Leitung. »Marco! Marco!« Stille. Sie wählte erneut. Sendepause.

Fünf Minuten später rief Marco zurück.

»Hab ich's doch gesagt – Loch an Loch«, triumphierte er. »Ich wusste es. Wenn Theresa nachdenkt, gibt es hinterher immer Arbeit, aber, ich stimme dir zu, es lohnt sich, die Spur zu verfolgen. Ich könnte sogar verstehen, wenn da jemand durchdreht. Der Staat hat sich nicht gerade mit Ruhm bekleckert bei der Suche nach den RAF-Mördern. Ich habe auch ein bisschen recherchiert. Die Fahnder sind total gescheitert an der Aufklärung der letzten RAF-Verbrechen.«

»Das kannst du laut sagen. Überhaupt wird kaum über die Opfer geredet. Während es so eine Art morbider Faszination an den Tätern gibt – bis heute.«

Nach dem Telefonat mit Bär konzentrierte sich die Kommissarin erneut auf die Sympathisantenszene. Was hatte Intellektuelle so fasziniert an den RAF-Terroristen? Statt deren Menschenverachtung zu dekuvrieren, hatten viele, vor allem Intellektuelle, den verächtlichen Tonfall übernommen. Nach dem Mord an Generalstaatsanwalt Buback 1977 meldete sich ein Mann unter dem Pseudonym »Mescalero« in der ASTA-Zeitung der Uni Göttingen mit einer Sympathiekundgebung zu Wort:

»Meine unmittelbare Reaktion, meine ›Betroffenheit‹ nach dem Abschuss von Buback ist schnell geschildert: Ich konnte und wollte (und will) eine klammheimliche Freude nicht verhehlen.«

Der Artikel wurde in verschiedenen Medien nachgedruckt. Klammheimliche Freude – das beschrieb die Stimmung in der Studenten- und Professorenszene ganz gut.

Wo hockten all diese Leute heute? Von linken Seilschaften in hübsche, mit Staatsknete ausgestattete Jobs gebettet? Rosenthal wurde übel. Das alles war nicht mit dem Wort Jugendsünde zu erklären. Sie klickte sich durch verschiedene Kommentare und Buchauszüge. »Ohne sie (gemeint waren die Sympathisanten) wären die Attentäter hilflos«, hatte Willy Brandt nach dem Mord an Schleyer geäußert. »Sie bilden die ermunternde Kulisse, vor der die Mörder als Helden agieren können, agieren müssen, weil ohne psychische und psychologische Ausstattung das Leben im Untergrund und das Morden nicht zu verkraften ist.«

Rosenthal war nicht informiert genug, um zu beurteilen, in welchem Zustand sich die deutsche Demokratie in den Zeiten des RAF-Terrorismus befand. Sie vermutete, recht stabil. Was für einen Notstand hatten die Gewaltbereiten und ihre Helfer konstruiert, um Morde zu rechtfertigen? Und war die derzeitige Gesellschaft nicht gerade wieder dabei, einen Notstand zu kreieren. Diesmal war es die angebliche Vernichtung der Umwelt, die Gewalt rechtfertigte, siehe Hambacher Forst. Die Kollegen, die bei den Großdemos eingesetzt wurden, wussten zu berichten, mit welcher Aggression die sogenannten Umweltaktivisten vorgingen.

Rosenthal hatte Psychologie studiert, eine Wissenschaft, die aus der Philosophie hervorgegangen war. Sie hatte immer wieder Vorlesungen der Philosophischen Fakultät besucht und das als Horizonterweiterung empfunden. Sie erinnerte sich an Nietzsche, der vermutete, dass wir in einer Gesellschaft der Notsüchtigen lebten – nichts sei uns nötiger als Nöte, sichtbare Unglücke, auf die mit Betroffenheit und Protest reagiert werde. Die Medien sind schnell zur Stelle, um zu berichten, insbesondere wenn eine Art Heilige wie die umtriebige 16-jährige Umweltaktivistin Greta Thunberg als personifizierte Mahnung in der ganzen Welt predigte, gesponsert von Moralunternehmern. Das Wort gefiel der Kommissarin. Der Medienwissenschaftler Professor Norbert Bolz hatte es erfunden. Herrlich – Moralunternehmer. Traf den Sachverhalt auf den Punkt.

»Sie machen auf dem Markt der Gefühle Geld mit der Angst der anderen. In der Welt der Warner und Mahner wird die Apokalypse zur Ware«, schrieb Bolz. Einer unter den Intellektuellen, der den klaren Blick behielt. Was nützten einem die Intellektuellen, wenn so viele von ihnen mit Blindheit geschlagen irgendwelchen Ideologien hinterherliefen?

# FÜR DIE GROSSE SACHE

Lily Possmann hatte Rinaldos Foto in der »Tagesschau« gesehen. Sie erkannte ihn sofort, obwohl seit der letzten Begegnung mindestens zehn Jahre vergangen waren. Das war lange nach dem gemeinsam durchgeführten Terrorakt. Mit Rinaldo hatte Lily eine Aktion durchgeführt. Sie hatte Unterstützung gegeben bei der Ermordung von Paul Lühringhoff, Vorstandsmitglied des Chemie- und Pharmakonzerns FASB. Sie hatte kein Mitleid mit dem Opfer. Der Konzern enthielt Menschen in der Dritten Welt die dort dringend benötigten Medikamente vor, aus reiner Profitgier. Rinaldo hatte den Tod des Fahrers als Kollateralschaden belächelt. Tatsächlich belächelt, das hatte sie schockiert. Der hübsche Rinaldo, er gefiel sich in der Rolle des Racheengels mit Tendenz zu Größenwahn. Ein bisschen unheimlich war er ihr damals, als er den sogenannten Kollateralschaden lässig hinwegfegte. So leicht hatte Lily die Sache nicht genommen, zumal sie die Männer kannte, die sie in die Luft gesprengt hatten, beide, den Wirtschaftsboss und seinen Fahrer – Monikas Vater. Letztlich verdrängte sie ihre Gewissensbisse, redete sich ein, dass diese Opfer für die große Sache erbracht werden mussten, für den antifaschistischen Widerstand mit dem Ziel der Überwindung der kapitalistischen Gesellschaftsordnung.

Und jetzt Rinaldo – tot aufgefunden, in Köln, am Stadtwald. Lily saß, an dem Tag, als sie von Rinaldos Tod erfuhr, in ihrer Zweizimmerwohnung in Halle, Südstraße. An der

Haustür stand der Name Susanne Schwecht. Er war ihr nach 30 Jahren geläufig. Lily war tot, vergessen, sie dachte fast nie an das Mädchen, das sie einmal gewesen war. Die Erinnerung an ihre Eltern und Jugendfreunde verdrängte sie. Auch die Erinnerung an Monika – die hielt sie am wenigsten aus.

Die Wohnung in dem grauen, an allen Ecken bröckelnden Altbau hatte sie zu DDR-Zeiten zugewiesen bekommen. Nach einem intensiven Schulungsprogramm zur Eingliederung in den Alltag des realexistierenden Sozialismus machte sie eine Lehre als Buchhändlerin. Nach der Wende durfte sie in ihrer Wohnung bleiben, obwohl Westler die Miethäuser kauften und sanierten. Nach kurzer Unterbrechung bezog sie ihre mit Parkettböden und neu gekachelten Badezimmern hergerichtete Unterkunft. Die Miete war bezahlbar, weil Halle, anders als Leipzig, nach der Wende nicht so richtig in Gang kam. Sie sorgte sich nach der Wiedervereinigung nicht allzu sehr, entdeckt zu werden. Lily war als Täterin nicht identifiziert worden. Untergetauchtes Mitglied einer terroristischen Vereinigung. Das wussten sie beim BKA. Nichts über ihren Verbleib. Ihre DDR-Akte geschreddert. Das hatte ihr Führungsoffizier versprochen. Rinaldos war angeblich auch vernichtet worden. Ob man sich auf diese alten Stasis, Männer, die ihr Leben in einem Lügengespinst verbracht hatten, verlassen konnte? Viel hätte sie darauf nicht gewettet. Und nun plötzlich tauchten Gespenster aus der Vergangenheit auf. Der Mord an Rinaldo, die Leiche an einem so geschichtsträchtigen Ort, als ob jemand ein Zeichen setzen wollte.

Am Morgen, nachdem Rinaldos Foto in der »Tagesschau« gezeigt wurde, riss Lily die »Mitteldeutsche Zeitung« aus ihrem Briefschlitz. Hastig blätterte sie die

Gazette durch und fand das Foto, das sie suchte, auf der dritten Seite. Beklommen erinnerte sie sich an die Nachricht über einen Banküberfall in der Nähe von Düren. Wie lange war das her – ein paar Wochen? Sie nahm sich vor, im Netz nach dem genauen Datum zu stöbern. Lily hatte das fast vergessen: Dieser Überfall trug alle Merkmale der alten Vorgehensweise. Handschrift von Rinaldo: rein, nicht lange fackeln, Knarre vorhalten, kassieren und nichts wie weg, möglichst in einem heißen Schlitten. So hatten sie sich damals Geld beschafft. Rinaldo tollkühn voran, mehr ein Abenteurer als ein Revolutionär. Wie Baader liebte er schnelle Sportwagen und brauste nach den Banküberfällen völlig unnötigerweise mit Vollgas davon.

»War das geil«, brüllte er einmal und ballte die Faust. Das Hinterlassen von Traumatisierten interessierte ihn nicht. Waren alles »Schweinekapitalisten«. Rinaldo war zum Getriebenen seiner eigenen radikalisierten Sprache geworden. Um seinen Führungsanspruch zu zementieren, erfüllte er die Erwartungen der mittlerweile fanatisierten Gruppenmitglieder, die ihn bejubelten. Rinaldo genoss seinen Prominentenstatus.

Lily fand die Meldung: Sparkassenraub in Langerwehe. Zwischen Aachen und Köln gelegen. Seine alte Wirkungsstätte. Rinaldo hatte in Aachen studiert, kannte sich in der Gegend aus. Und seine Handschrift, dachte sie, verdrängte ihre Beklemmung aber umgehend. Konnte alles Zufall sein. Rinaldo tot. Wieso? Lily fühlte sich nicht mehr sicher in ihrer Kleinbürgeridylle in Halle an der Saale. An wen sollte sie sich wenden? Der Stasi-Apparat, der sie so lange gepäppelt und beschützt hatte, existierte nicht mehr. Nach langen Jahren des terroristischen Jetsets zwischen Rom, Aden, Paris und Karatschi war Lily in Halle zur Ruhe gekommen.

Sie hatte sich eingeredet, ins bessere Deutschland übergewechselt zu sein. Sie versuchte, so wie viele der übergesiedelten Weggefährten, die bessere Sozialistin zu sein, eine nützliche Bürgerin.

Die DDR unterstützte die Exterroristen. Jedem Neubürger wurden zwei Informelle Mitarbeiter zur Seite gestellt, die beim Einleben halfen. Regelmäßig trafen sie sich mit ihren Führungsoffizieren, die einige der Aussteiger in die Tätigkeit als IM einwiesen. Lily lieferte brav. An ihr Zuhause, an die wohlbehütete Jugend in Köln, die Eltern, die sie verwöhnt hatten, erinnerte sie sich selten. Ihr war durch die Geburt in eine gut situierte Familie etwas anderes in die Wiege gelegt worden; dieses andere hatte sie verworfen. Es war ihre Entscheidung gewesen, zu der sie bis heute stand. Das lag vielleicht auch an einem gewissen Trotz, einer Bockigkeit, die in ihrem Charakter verankert war. Jetzt war sie Anfang 50 und hatte diesen Wesenszug nicht abgelegt. Er hatte ihr im Leben viele Probleme bereitet.

# FAMILIENANGELEGENHEITEN

Sophie und Walter Possmann hatten ihre Tochter Lily Anfang 1987 zum letzten Mal gesehen. Zu dem Zeitpunkt war ihnen bereits klar, dass ihre einzige Tochter an der RWTH in Aachen in schlechte Gesellschaft, wie sie es nannten, geraten war. Lily war immer ein Trotzkopf gewesen, mit einem starken Gefühl für Gerechtigkeit. In ihrem Zorn war sie schon als Kind gegen Wände angestürmt und hatte sich selbst an offenen Türen den Kopf eingerannt. Sie wütete gegen Ungerechtigkeit. Da ging es um Kleinigkeiten: ein nicht gehaltenes Versprechen, die ungleiche Teilung einer Schokolade. Später ging es um die Ungerechtigkeit in der Welt. Als sie heranwuchs, nahm ihre Wut Züge von Wahnsinn an. Die Eltern versuchten, mäßigend auf sie einzuwirken.

»Die größten Veränderungen in der Welt sind von Halbwahnsinnigen bewirkt worden«, zitierte sie Johann Gottfried Herder als 18-Jährige. Lily war klug, belesen, neugierig, ja, und ein bisschen wahnsinnig.

Wann hatten die Possmanns ihr einziges Kind verloren? Was hatten sie übersehen? Hätten sie überhaupt etwas tun können? Diese Fragen bewegten die Eltern. Jahrelang hatten sie insbesondere Walter Possmann umgetrieben. Er hatte alle Aspekte des Unglücks widergekäut, bis seine Frau es einfach nicht mehr aushielt. Sie bekam einen sturen Blick, wenn er versuchte, mit ihr über die Tochter zu sprechen. Lily war Possmanns Ein und Alles gewesen; vielleicht hatte er sie zu sehr verwöhnt. Die Familie lebte im Luxus, in einer 300-Quadratmeter-Villa in Köln-Marienburg, eingebettet in die Gärten und Villen anderer wohlhabender Menschen. Lily hatte nicht mit den Kindern der Vorstände, Ärzte, Rechtsanwälte gespielt; Lily erwählte als beste Freundin die Tochter des Hausmeisters und Fahrers, Arnold Münzer, der nebenan in einem kleinen Chauffeurhäuschen lebte. Er war angestellt bei Paul Lühringhoff, Mitglied des Vorstands im Chemiekonzern FASB. Possmanns und Lühringhoffs waren befreundet. Mit der Tochter Sandra Lühringhoff wollte Lily nichts zu tun haben. Sie hing mit Monika Münzer herum, einem aufgeweckten, intelligenten Mädchen. Possmanns hatten nichts gegen diese Freundschaft, fanden es sogar gut, dass Lily nicht nur in den Swimming-Pool-Familien verkehrte. Lily hatte als Kind dieses Wort erfunden: Swimming-Pool-Familien.

Walter Possmann saß an seinem Schreibtisch, demselben, an dem er seit 45 Jahren arbeitete, in derselben Marienburger Villa, die er ebenso lange bewohnte, schaute auf dieselben prachtvollen alten Bäume in seinem parkartigen Garten, aber er war nicht mehr derselbe. Etwas in ihm war gestorben, zerbrochen, seit Lily verschwunden war, ohne Ankündigung, ohne Abschied. Sie war einfach so aus dem Haus gegangen und kehrte nicht zurück. Die Sprache, die sie bei diesem letzten Wiedersehen benutzte, beängstigte beide Elternteile. Es war dieser Jargon, den man aus den Bekennerschreiben der linken Terroristenszene kannte.

Possmann schloss die Augen. Er sah die fünfjährige Lily in einem Sommerkleidchen auf sich zu rennen. »Papaa!«, rief sie, stürzte sich in seine Arme und quietschte vor Vergnügen, als er sich mit ihr im Kreis drehte. Das Schlimmste war die Ungewissheit. Sie wussten nicht einmal, ob Lily tot war. »Tot« – sein quirliges kleines Mädchen, er wollte sich das nicht vorstellen. Er fand sich mit dem Verlust nicht ab, vielleicht fiel es ihm deshalb so schwer, weil er als erfolgreicher Geschäftsmann gewohnt war, die Dinge zu regeln. Also versuchte er auch die Sache mit Lily zu regeln. Nach ihrem Verschwinden engagierte er eine Kölner Detektei mit dem Auftrag, seine Tochter ausfindig zu machen. Ohne Erfolg. Wenn es neue Aspekte gab, nahm er immer mal wieder den Kontakt auf. Erst kürzlich hatten sich frische Anhaltspunkte gefunden. Walter Possmann zog die oberste Schublade seines Schreibtischs auf. Sie war gestrichen voll mit Medikamentenpackungen. Um seine Gesundheit stand es nicht zum Besten: Bluthochdruck und damit einhergehend Gefäßprobleme. Ein Bauchaneurysma hatte er vor zwei Jahren operieren müssen. Ganz auf die Beine war er danach nicht mehr gekommen. Stress reduzieren, hatte sein Hausarzt empfohlen. Der hatte gut reden. Beruflich war es weniger geworden, seit er aus dem Vorstand der Bank ausgeschieden war, ein paar Aufsichtsratssitze, das ging in Ordnung, machte ihm Spaß. Der private Stress war das Gift, das ihn tötete. Er war jetzt 76 Jahre alt und wollte seine Tochter sehen, bevor er starb. Paul Lühringhoff griff zu der Packung Aspirin in der Schublade. Mit einem kurzen Knacken löste er eine Tablette aus dem Blister und schluckte sie mit etwas Wasser.

»Scheiß drauf«, brummelte er vor sich hin, löste eine zweite Pille aus der Verpackung und spülte sie mit dem Rest des Wassers die Kehle hinunter.

»Es ist nicht fair«, murmelte er. Sie hatten das Beste für ihre Tochter gewünscht. »Phrasen«, sagte er laut und zornig. Nur das Beste! Klar, das sagten alle Eltern, auch die,

die ihre Kinder schlugen. Das hatten Sophie und er nie getan. Lily schlagen, eher wäre ihm die Hand abgefallen.

Lilys Geburtstag stand bevor, 22. Mai. Sternzeichen Zwilling, das passte zu ihr. An dem Tag ging es ihm besonders schlecht, jedes Jahr wieder. Er lief wie Falschgeld herum. Er und seine Frau versuchten, sich nicht in die Quere zu kommen. Überhaupt und an Lilys Geburtstag besonders. Alle Feiertage waren eine Qual: Weihnachten sah er die leuchtenden Augen seines Kindes im Kerzenschein des Tannenbaums; Ostern erinnerte er sich an ihr aufgeregtes Herumrennen im Garten bei der Suche nach den versteckten Eiern. Die unterschiedliche Weise, die er und seine Frau für den Umgang mit dem Verlust und der Trauer gewählt hatten, versperrte ihnen die Chance, das Leid gemeinsam zu tragen. Sophie war in Aktionismus verfallen: Soroptimisten, Inner Wheel, Freunde des Wallraf-Richartz-Museums, Golf-Club und was noch alles? Er hatte den Überblick verloren. Sie verdrängte, er vergrub sich in das Leid, wühlte sich hinein, bis die Schmerzen so unerträglich wurden, dass nur Noctamid ihm ein paar Stunden Ruhe schenkte. Walter Possmann betete jeden Tag zu Gott, dass Lily wenigstens nicht an einem dieser Morde beteiligt gewesen war. Die Einschläge waren damals nähergekommen, Ende der 80er- bis in die 90er-Jahre. Herrhausen, Rohwedder – man kannte sich. Die Katastrophe, 1987 Paul Lühringhoff. RAF-Terroristen hatten ihn in seinem Fahrzeug in die Luft gesprengt, Paul und seinen Fahrer Münzer.

Herrgott, bitte nicht Lühringhoff, er wusste nicht, ob er Lily das verzeihen könnte, Lühringhoff und Münzer, Monika Münzers Vater, der Vater ihrer liebsten Freundin. Wenn sie dazu in der Lage gewesen war – ja, was dann? Er wollte Gewissheit. Es gab eine neue Spur. Das hatte ihm Monika Münzer verraten. Er hielt Kontakt zu der ehemaligen Freundin seiner Tochter. Mit Monika konnte er am ehesten über Lily sprechen, die Trauer teilen, das Unverständnis für ihren Schritt in die Illegalität. Bei Monika kam der Verlust des Vaters dazu, der gewaltsame Tod, die Nachricht, die am Morgen des 30. März 1987 bei ihr einschlug und ihr Leben veränderte.

# ABENDROT MACHT WEDDER GODT

Die Bremsen quietschten, als der Zug im Hauptbahnhof Kiel mit 15 Minuten Verspätung einfuhr. Theresa Rosenthals Kopf kippte nach vorn. Davon wachte sie auf. Sackbahnhof. Endstation. Also keine Hektik. Sie griff nach der kleinen grünen, mit Lederecken besetzten Stofftasche auf der oberen Ablage. Die Tasche wirkte edel gealtert, ein wenig abgewetzt, ein lieb gewonnener Begleiter, der zu Theresa Rosenthal wie angegossen passte. Wir haben viel zusammen erlebt und sind zusammen zerknittert, lächelte Rosenthal, als sie das gute Stück betrachtete. Sie reiste gern mit leichtem Gepäck. Sie hatte das Nötigste für maximal zwei Übernachtungen gepackt, vielleicht klappte es aber auch mit der Rückfahrt am nächsten Tag.

Als die Kommissarin auf den Bahnhofsvorplatz trat, wehte ihr ein frischer Wind entgegen. Ein sonniger Apriltag mit klarer Luft, wie man sie in Köln selten erlebte, wo der feuchte Himmel gern bis auf das Straßenpflaster hinunterhing. Sie freute sich über den Blick nach rechts, hinüber zum Hafen, wo große Passagierdampfer am Ufer lagen. Durfte man sich darüber noch freuen oder musste man jeden $CO_2$-Emissär verfluchen, sich für ihn fremdschämen so wie bei jedem der eigenen $CO_2$-Fußabdrücke? Schämen war groß in Mode gekommen. Flugschämen, Fleischessenschämen und Dieselschämen. Es erinnerte sie an ihre Kindheit, wo manche Eltern ihre Kinder bei kleinen Frechheiten zum Schämen in die Ecke schickten. Sie hatte gehofft, die Gesellschaft habe solche Überbleibsel aus dunkleren Zeiten hinter sich gelassen. Nun kamen die Grünen und riefen zum kollektiven Schämen auf. Brrr, Rosenthal schüttelte sich.

Schade, dass sie nicht mit dem Schiff nach Dänemark weiterreisen konnte. Falsche Seite. Sie musste rüber zur Nordsee. Rum ums Skagerrak, das wär's jetzt. Oder Nord-Ostsee-Kanal und von der Elbmündung hoch nach Skandinavien. Dream on, ermahnte sie sich und bestieg ein Taxi. Den Mietwagen würde sie später besorgen, weil nicht sicher war, wie es nach dem Gespräch mit den Björnsens weitergehen würde.

»Blücherplatz zwei«, gab sie an und amüsierte sich über den freundlichen norddeutschen Schnack des Fahrers, der sie fragte, ob sie lieber die schöne, etwas längere Tour am Wasser entlang wünsche oder die kürzere, die aber nicht so attraktiv sei. Sie entschied sich für die Tour an der Förde. Das Leben war zu kurz für hässliche Abkürzungen. Köln und Kiel vereinte, dass beide Städte nicht gerade in Schönheit erstrahlten, aber an der Uferpromenade zeigte die schleswig-holsteinische Hauptstadt sich von der Schokoladenseite.

»Wie wird denn das Wetter morgen?«, fragte sie den Taxifahrer, nur um ihn ein bisschen schnacken zu hören.

»Gucken Sie Spätnachmittag mol nach Westen: Abendrot macht Wedder godt«, kam die trockene Antwort vom Fahrersitz.

Rosenthals Handy klingelte. Smilla Nielsen war am Apparat.

»Theresa?«

»Ja, am Apparat. Ich nähere mich, bin schon in Kiel.«

»Ich hab' was für dich. Du wirst dich freuen«, kündigte die dänische Kollegin an.

»Worum geht's?«

»Ich habe einen Mann für dich ausfindig gemacht. Ex-Stasi, der sich bei uns in der Gegend niedergelassen hat.«

»Ich dachte es mir doch!«, triumphierte Rosenthal.

»Was?«, wunderte sich Smilla.

»Dass da noch ein paar Stasi-Vögel bei euch rumlungern. Ich habe gerade die merkwürdige Nickol-Story gelesen«, berichtete die Kölner Kommissarin. »Erzähl ich dir morgen. Wird dein Kontakt mit uns reden?«

»Klar, wir können es ihm ansonsten etwas ungemütlich im netten Dänemark machen. – Er wird schon auspacken. Müssen!«

»Danke, Smilla. Ich bin morgen bei euch, Uhrzeit gebe ich später durch.«

Der Blücherplatz war ein mit größtenteils hübsch sanierten Altbauten eingerahmter Platz. 15 Minuten vom Bahnhof entfernt. Sie schaute auf die Uhr. Passte, Kaffeezeit. Ein bisschen Aufputschmittel konnte sie gut gebrauchen.

»Maad dat godt, mien Deern«, verabschiedete sich ihr Chauffeur am Ziel. Sie wurde das Gefühl nicht los, dass er sie verschaukelte, in der Annahme, der auswärtige Fahrgast erwarte ein bisschen plattdeutsche Folklore von einem Kieler Taxifahrer.

Maja Björnsen öffnete die Tür. Sie war eine adrette Mittsechzigerin, obwohl die Kommissarin nicht ganz sicher war, ob es sich eher um eine Dame handelte, die durch chirurgischen Eingriff um zehn Jahre verjüngt wurde. Das mit dem Altersschätzen wurde immer schwieriger, fand Rosenthal. Selbst Männer flickten an ihren Gesichtern herum und färbten die Haare blond, was man Ralf Björnsen nicht vorwerfen konnte. Er stand zu seinen grauen Haaren, mit einem womöglich etwas starken Stich ins Weiße. Dafür gab es ein spezielles Shampoo, hatte Theresa gelernt. Das schöne Wort stichig passte auf das Ehepaar, auch die rosa Hose, die Björnsen zu einem grünen Hemd trug.

Maja servierte guten Kaffee und Kekse, um die Kommissarin mit norddeutscher Gastlichkeit zu empfangen. Das Ehepaar war sich mittlerweile hundertprozentig sicher, dass der Mann auf dem Foto derselbe war, den sie an ihrem Ferienort mehrfach angetroffen hatten. Sie beschrieben der Kommissarin die Lage der Feriensiedlung und gaben ihr sogar einen Straßennamen mit.

»Wissen Sie«, plauderte Frau Björnsen, »natürlich könnten wir es uns leisten, nach Thailand oder auf die Malediven zu fliegen.«

»Oder St. Tropez«, ergänzte der Ehemann.

»Ja, natürlich, St. Tropez oder Südafrika. Alle fliegen ja jetzt nach Südafrika.«

Oh Gott, dachte Rosenthal, das kann dauern, bis sie mit allen Schickimicki-Orten dieser Welt durch sind.

»Aber Sie zieht es nicht in die Ferne«, versuchte die Kommissarin einen Abbruch weiterer Aufzählungen.

»Also, im Winter schon, im Winter sind wir oft in Lech, wunderschönes Skigebiet, nicht wahr, Ralf?«

Ralf nickte.

»Tolle Pisten. Waren Sie mal in Lech?«, fragte er.

Rosenthal verneinte, obwohl das nicht stimmte. Sie kannte jede Abfahrt am Arlberg, aber sie wollte das Gespräch darüber nicht unnötig in die Länge ziehen.

»Manchmal gehen wir auch nach Kitzbühel – wegen des Nachtlebens. Sehr schick. Waren Sie mal in Kitz?«

Eine Antwort wurde nicht erwartet, merkte die Kommissarin. Manche Leute waren so mit sich selbst beschäftigt, dass sie nicht auf die Idee kamen, dass andere Menschen auch ein Leben haben könnten.

»Kitzbühel, toll, müssen Sie mal hin. Ganz viel Prominenz dort«, plapperte Maja Björnsen weiter. »Aber teuer – sündhaft teuer.«

Der abschätzige Blick hinunter an der Kommissarin verriet, dass sie davon ausging, dass Rosenthal sich einen Aufenthalt an einem solchen Luxusort nicht leisten könne. Die abgewetzte Tasche tat das Ihre bei der Beurteilung.

Es war kurz vor sechs, als Rosenthal das Haus am Blücherplatz verließ. Skærbæk lag ungefähr 150 Kilometer entfernt von Kiel, eine Fahrt von etwa zwei Stunden. Zu müde, entschied sie. Die Nacht zuvor hatte sie mit interessanten Einschlafspielchen verbracht. Schriftsteller von A bis Z. Als sie bei Zola ankam, hatte sie bis auf Q, X und Y alle Buchstaben bedienen können, nur der Schlaf hatte sich nicht eingestellt. Sie machte weiter mit Buchtiteln. Irgendwo zwischen »Anna Karenina« und »Vom Winde verweht« war sie weggenickt. Da musste es fast sechs Uhr gewesen sein. Der Wecker klingelte um 6.30 Uhr.

Feierabend für heute, beschloss die Kommissarin. Sie hatte sich für alle Fälle ein Hotel in Kiel ausgeguckt, das »Conti Hansa« direkt am Wasser und an der Hafenpromenade gelegen. Dort checkte sie ein, schlenderte danach an der Förde entlang, vorbei an einem Seehundbecken, bewunderte auf der rechten Seite die Anleger mit Segel- und Motorbooten. Das Restaurant »Louf« gefiel ihr. In Decken gewickelt, saßen die Gäste draußen in Liegestühlen mit Blick auf das Wasser beim Sundowner. Sie hockte sich dazu, bestellte einen Crémant und ließ den Tag sacken. Sie fühlte sich ein wenig einsam, nur sie und ihr Drink, den man abends zu zweit nehmen sollte, lachen, Pläne schmieden. Sie hatte Lust zu telefonieren mit jemandem, der sich um sie sorgte. Somebody who cares, dachte sie und klingelte bei Georg an, der nicht abnahm.

Kinder sollte man mit solchen Stimmungen nicht belästigen, überlegte sie und war versucht, Michel anzurufen. Rein beruflich natürlich. Als sie sich das lange genug eingeredet hatte, drückte sie Fetts Nummer. Er war so schnell am Apparat, dass sie herumstotterte. Vielleicht spürte er ihre Melancholie, auf jeden Fall packte er nicht seine Ironie-Keule aus, mit der er sich sonst gegen aufkommende Gefühle wehrte. Er freute sich offensichtlich über ihren Anruf.

»Du kommst gerade recht«, empfing er sie aufgekratzt. »Ich sitze beim Sundowner im Restaurant Elisenbrunnen. Was kann ich dir bestellen?«

»Crémant, wie immer«, antwortete sie lachend. »Ich hab' aber schon ein Glas vor mir stehen. Leider in Kiel. Komm du lieber zu mir rüber. Schöner Blick hier, auf Wasser und Schiffe, gerade kommt ein riesiger Pott rein, aus Schweden, glaube ich.«

»Ich dachte gerade an dich!«

»Ach, woran denn? Wie schön ich singen kann?« Sie hatte damals bei ihrem gemeinsamen Aufenthalt in Lüttich in der Bar chantant auf einem Stuhl stehend eine italienische Schnulze geschmettert. Ein wenig Alkohol war wohl im Spiel gewesen. Mehr als tipsy, erinnerte sie sich, sonst hätte sie sich nicht getraut, vor allen Leuten zu trällern, denn sie sang, nach dem Urteil der musikalisch gebildeten Tante Clarissa, grauenvoll. Gut, aber es war von Herzen gekommen, und Michel hatte sie danach fest im Arm gehalten und nicht mehr losgelassen bis zum nächsten Morgen, an dem sie gemeinsam in einem Bett aufwachten.

»Du hast gesagt, du könntest besser tanzen als singen. Wann wirst du mir das beweisen?« Michel war in Flirtlaune. Theresa bremste ihn nicht; es tat ihr gut in ihrer derzeitigen Stimmung.

»Heute! Diese Kieler Sprotten tanzen bestimmt wie Fred Astaire in seinen besten Zeiten oder schunkeln nach Seemannsliedern.«

»Reiz mich nicht. Mit den Jungs vom Sondereinsatzkommando bin ich in zwei Stunden bei dir«, warnte Fett.

Es war ihm zuzutrauen.

»Du fragst gar nicht, was ich in Kiel mache.«

»Was machst du in Kiel?«

»Eine Spur im Fall des Mordes am Stadtwald führt nach Dänemark. Wusstest du, dass die Stasi aktiv in Nordschleswig war?«, fragte Theresa und erdete sie wieder, indem sie das Gespräch auf den Job lenkte.

»Nein, wusste ich nicht. Was suchten die da?«

»Alles Mögliche, aber vielleicht haben sie unter anderem RAF-Aussteiger dort angesiedelt. Möglich ist es. Die würden dort nicht sehr auffallen. Es wird Deutsch in Nordschleswig gesprochen. Lange Geschichte.« Theresa ärgerte sich, dass sie den Flirt mit blödem beruflichem Gequatsche abgewürgt hatte. Nun gab es kein Zurück mehr. »Michel, wie war das bei euch in Aachen? Große Uni, viele Studenten, Professoren. Weißt du etwas über eine Sympathisantenszene?« Fett war etwas älter als sie und eingesessener Aachener. Vielleicht gab es Verbindungen der linken Szene in die Nachbarstädte Lüttich, Eupen oder Maastricht. Immerhin war das Auto in Eupen gestohlen worden. Na ja, vielleicht etwas konstruiert. Vielleicht wünschte sie, dass es eine Verbindung gab und Fett und sie zusammen ermitteln müssten – durften.

»Theresa?«

»Ja.«

»Du fehlst mir.« Fett saß beim dritten Glas Crémant. Der löste die Zunge.

Pause.

»Michel?«

»Ja.« Sie hätte auch gern etwas Schönes gesagt, etwas, das ihn an diesem Abend glücklich gemacht hätte.

»Es war schön, mit dir zu sprechen, Michel.« Zu mehr ließ sie sich nicht hinreißen. »Gute Nacht, Michel.«

# DÄNEMARK

Die Fahrt von Kiel über Rendsburg, Flensburg, Tondern, das lag schon hinter der dänischen Grenze, und weiter nach Ripen oder auf Dänisch Ribe, war entspannt: Links und rechts grasten schwarz-weiße Kühe, viel Landschaft, wenig Bebauung. Weil sie Zeit sparen wollte, hatte Rosenthal sich mit der Kollegin Smilla direkt vor der Ferienanlage verabredet. Die dänische Polizistin sah aus wie eines der erwachsen gewordenen Kinder aus Bullerbü, auch wenn das Astrid-Lindgren-Dorf in Schweden lag. In ihrem hellblauen Hemd mit Schulterklappen, Aufnähern und dunkler Krawatte sah sie adrett aus. Unter der Uniformmütze quoll hinten ein blonder Zopf hervor. Smilla war Mitte 30, sportlich und gut gelaunt. Genau Marcos Typ, bemerkte Rosenthal. Er wird bereuen, dass er das Fußballspiel vorgezogen hat.

Smilla hatte zur Unterstützung einen männlichen Kollegen mitgebracht. Bei solchen Aktionen war das manchmal nützlich, falls es handgreiflichen Ärger gab, was schon mal passierte, wenn man in Wohnhäusern ermittelte. Irgendeiner fühlte sich meist auf die Füße getreten. Der Kollege hieß Björn. Der Däne an sich heißt Björn, dachte Rosenthal und grinste in sich hinein, war aber froh, den jungen Mann dabei zu haben. Er war groß und athletisch, genau das, was sie brauchten, falls es Auseinandersetzungen gab.

Sie drückten ein paar Klingelknöpfe.

»Um diese Jahreszeit sind während der Woche nur wenige Gäste in den Wohnungen«, erklärte Smilla und presste einen weiteren Klingelknopf.

Sie hatten Glück. Beim dritten Versuch meldete sich eine Stimme an der Gegensprechanlage. Es folgte das übliche Geplänkel.

»Polizei, würden Sie uns netterweise hineinlassen? Wir haben eine Frage.«

»Woher soll ich wissen, dass Sie von der Polizei sind?«

»Wenn Sie uns nicht öffnen wollen, können wir das verstehen, aber würden Sie netterweise herunterkommen, dann zeigen wir unsere Ausweise vor.«

Sie raspelten Süßholz.

»Moment.«

Eine sportliche 50-jährige Frau im pinken Jogginganzug erschien im Hauseingang. Sie zeigten ihr das Foto des in Köln ermordeten Mannes.

»Ja, ja, der wohnt hier«, bestätigte die Lady in Pink. »Was ist mit ihm?«

Ohne Auskunft zu erteilen, fragte Smilla: »Wissen Sie, in welchem Appartement?«

»Nicht genau, über mir. Ich wohne im ersten Stock und er fährt im Aufzug immer weiter nach oben.«

»Gut, vielen Dank, dann lassen Sie uns bitte rein, und wir versuchen es in den oberen Stockwerken.«

Rosenthal und die zwei dänischen Kollegen teilten sich auf. Björn meldete sich als Erster.

»Dritter Stock«, gab er per Telefon durch. »Kommt mal hoch.«

»Das ist Herr Schlink. Er sagt, der Mann wohnt neben ihm. Hat ihn aber länger nicht gesehen.«

Kann er ja auch nicht, dachte Rosenthal.

»Wann haben Sie Ihren Nachbarn zuletzt getroffen oder gehört?«, fragte Björn.

»Keine Ahnung«, kam die zögerliche Antwort.

»In diesem Jahr, im letzten?« Björn wurde ungeduldig.

»Im Winter, Anfang des Jahres, glaube ich.«

Zeugenaussagen. Rosenthal schaute vielsagend zu Smilla hinüber, die ihre blauen Augen zur Decke des Treppenhauses hob. Eine erneute Bestätigung, wie man Zeugenbeobachtungen einschätzen musste.

»Jetzt aber nicht so einen Tatort-Scheiß hier«, meckerte Herr Schlink. Er war ein bisschen auf Krawall gebürstet.

»Was meinen Sie mit Tatort-Scheiß?«, fragte Björn freundlich.

»Na ja, Tür eintreten, mit Gewalt die Bude stürmen oder so.«

»Nee, nee, da machen Sie sich mal keine Sorgen, Herr Schlink«, besänftigte Smilla. »Gehen Sie schön in Ihr Appartement zurück, und wir klingeln freundlich an der Tür.«

Ein Türschild gab es nicht. Kein Name, immer noch keine Identität des Opfers, wenn sie tatsächlich vor der richtigen Tür standen. Vielleicht unten am Briefkasten. Smilla klingelte erneut bei Herrn Schlink. Er öffnete umgehend, als ob er hinter der Tür gewartet hätte.

»Wissen Sie, wie Ihr Nachbar heißt? Es ist kein Name an der Tür«, fragte Björn.

»Einmal hat er sich vorgestellt. Er nuschelte irgendwas wie Gutmann, Grumann oder so ähnlich.«

Björn gab Herrn Schlink ein Zeichen, dass er sich zurückziehen dürfe.

»Falls wir doch so 'n Tatort-Scheiß machen müssen«, grinste er zu Herrn Schlink hinüber. »Könnt gefährlich für Sie werden.«

Schlink ging umgehend in Deckung, schloss die Tür. Sie hörten aber keine Schritte.

»Klemmt mit seinem Ohr immer noch an der Tür«, grinste Björn und rief laut: »Herr Schlink?«

»Ja«, klang eine kleinlaute Stimme gedämpft durch das Holz.

»Forsigtighed.«

Sie klingelten an der Tür des vorläufig Gutmann genannten Mannes. Nach dem dritten Versuch mit gleichzeitigem Klopfen antwortete niemand. So wirklich hatten sie das auch nicht erwartet.

»Ihr hört doch ein Stöhnen hinter der Tür – oder?«, fragte Smilla.

»Ja«, wenn man das Ohr an die Tür hält, kann man es deutlich vernehmen«, bestätigte Björn.

»Alles klar, Gefahr im Verzug – deshalb Wohnung öffnen! Björn, hast du zufällig ...?«

Björn hatte zufällig. Und er hatte geschickte Hände. Mit seinem Werkzeug in der Größe eines Schweizer Messers dauerte es keine 30 Sekunden; es klickte, und die Tür öffnete sich.

Die drei Ermittler waren sicher, dass Herr Schlink weiterhin hinter seiner Tür horchte. Sie gönnten ihm die kleine Abwechslung, war ja sonst nicht viel los in dem Ferienörtchen. Beim Stammtisch im Raadshuskælderen würde er am Abend etwas zu erzählen haben.

Ein Gefühl sagte ihnen, dass sie die Wohnung leer vorfinden würden, aber auf Gefühle verließ man sich als Polizist besser nicht. Björn hielt seine Waffe bereit und schob als Erster seine breite Statur durch die Tür in einen engen Flur hinein. Das Appartement hatte zwei Zimmer und eine Küche. Die Absicherung war schnell erledigt, die Durchsuchung auch. Die kleine Bude war karg eingerichtet, so als habe der Bewohner sie möbliert gemietet. Sofa, Esstisch mit vier Stühlen, im Schlafzimmer ein Bett, eher ein Einzelbett, aber in der 1,30-Meter-Breite, die man zur Not zu zweit nutzen konnte, ein Kleiderschrank mit einigen Klamotten bestückt: blaue und schwarze Jeans, Lederjacke, ein paar T-Shirts, graue Pullover, Socken, auf der unteren Ablage zwei Paar Turnschuhe, in einem Fach ein Palästinensertuch, das einzig persönlich wirkende Accessoire. Der Schal lag sorgfältig zusammengefaltet in einem Fach. Als sei er ein gehütetes Maskottchen, dachte Rosenthal. Wahrscheinlich kam ihr der Gedanke als Einzige von der Truppe, weil sie die RAF-Vergangenheit des Bewohners vermutete.

In der Fertigküche im Ikea-Style fanden sie einige wenige Gläser, Tassen und Teller, eine Schüssel, ein paar Lebensmittel: Kaffee, Kamillenteebeutel, Zucker, Salz, verschimmeltes Brot in einem Korb. Im Kühlschrank lag ein Stück gelblicher Butter, ein mittlerweile zu alter Gouda-Käse, eine geöffnete Packung Milch. Smilla roch daran und rümpfte die Nase.

»Sauer«, bemerkte sie. »Fast so schlimm wie Haut auf der Milch. Hast du dich als Kind auch so davor geekelt?«

Theresa schüttelte sich angewidert. »Kommt auf der nach oben offenen Kotz-Skala noch vor Haaren in den Ohren bei Männern. Tschuldigung, Björn!«

»Go ahead, Ladies, tut so, als sei ich gar nicht hier.« Er ließ den Blick schweifen. »Möchte man hier wohnen?«

Die Räume wirkten eher wie eine Zwei-Sterne-Hotelunterkunft, nichts Persönliches, nichts, was auf einen besonderen Geschmack oder bestimmte Vorlieben des Bewohners deutete. In einem Schränkchen, auf dem der Fernseher stand, fanden sie einen Aktenordner mit Belegen von einem Girokonto bei der Danske Bank auf den Namen Ronald Grundmann.

»Das wird er sein«, triumphierte Rosenthal. »Endlich eine Identität.«

Damit konnten sie weiterarbeiten. Wahrscheinlich war es nicht der richtige Name. Den RAF-Leuten hatte es an Pässen nicht gemangelt. Sie waren in Einwohnermeldeämter eingebrochen und hatten sich offizielle Unterlagen besorgt. Und die Terroristen, die von der DDR gehätschelt wurden, bekamen echte Dokumente vom Bruderstaat ausgehändigt. Alles wasserdicht. Aber mit einem Namen konnten sie bei der Bundesbeauftragten für die Stasi-Unterlagen recherchieren, obwohl man nie sicher sein durfte, dort einen Kooperationspartner zu finden, als ob die alten Stasis noch eine Hand auf die Unterlagen hielten. Vieles war vernichtet worden. In den letzten Tagen des sozialistischen und besseren Deutschlands liefen die Schredder heiß.

Einen Laptop fanden sie nicht.

»Wär' ja zu schön gewesen«, bemerkte Björn.

Bis auf den Aktenordner nahmen sie nichts mit. Rosenthal ließ ein letztes Mal den Blick schweifen, versuchte ein Gefühl für den Bewohner dieser nüchternen Räume zu bekommen.

»Möchte man den Menschen, der hier lebte, kennen?«, fragte sie.

»Lebte hier überhaupt einer?«, fragte Smilla, und Rosenthal verstand, wie sie das meinte.

# DER EX-MAJOR

»Glauben Sie bloß nicht, Sie könnten mir Angst machen«, brüllte Ex-Stasi-Major Erwin Kraske und haute mit der Faust auf die Fichtenholztischplatte. Sie hielt stand. Stabile dänische Möbelware. Rosenthal und Smilla Nielsen bekamen eine Idee, besser einen Nachgeschmack davon, wie Kraske in seinen besten Zeiten Leute eingeschüchtert hatte.

»Ich habe meinen Job gemacht für einen international anerkannten Staat. Sie können mir gar nichts. Verfahren alle eingestellt. Jetzt verlebe ich hier ganz friedlich meine Rentenjahre. Punktum!«

»Das ist alles richtig, Herr Major«, sagte Smilla in einem Ton, der an Freundlichkeit kaum zu überbieten war, und ganz sanft fuhr sie fort. »Das gilt natürlich nur, solange Sie sich von jeglicher Aktivität zurückhalten. Sie wissen, was ich meine.«

Rosenthal bewunderte die dänische Kollegin für ihren einschmeichelnden Tonfall, mit dem sie eine eindeutige Drohung abgab. »Wir haben da Informationen. Das nette kleine Dänemark hat auch einen Geheimdienst. Recht ausgeschlafen unsere Jungs vom PET. – Aber, das soll hier ja nur ein nettes informelles Gespräch werden. Frau Rosenthal benötigt ein paar Auskünfte. Seien Sie ihr doch ein wenig behilflich.«

»Was darf ich den Damen anbieten?« Kraske wirkte besänftigt; vielleicht war es aber nur das alte Spiel mit Zuckerbrot und Peitsche. »Wie wäre es mit einem kühlen Carlsberg?« Es war gerade mal zwölf Uhr. Seine gerötete Gesichtsfarbe ließ vermuten, dass er selbst mindestens schon eins intus hatte. Seinem Gang merkte man das nicht an, als er sich in Richtung Küche bewegte.

»Oder vielleicht ein Gläschen Sekt?« Er lachte. »Kein Rotkäppchen. Vielleicht dieses moderne italienische Gesöff, Prosecco? Hab' gerade eine Flasche davon geschenkt bekommen, trinke das selbst nicht. Na, die Damen, wie isses?« Kraske konnte sehr charmant sein.

Ohne auf die Zustimmung der beiden Frauen zu warten, verschwand er in der Küche. Rosenthal bewunderte zwischenzeitlich die Einrichtung des Wohnraums, der mit seinem Gummibaum und dem Perserteppichimitat kleinbürgerlichen DDR-Schick abstrahlte. Kraske jonglierte bei seiner Rückkehr eine Flasche Carlsberg, den Prosecco und drei Gläser zum Wohnzimmertisch. Mit der Aktion hatte er sich eine Denkpause verschafft. Man durfte diese alten Stasi-Typen nicht unterschätzen.

Der Prosecco-Korken ploppte, in den Sektflöten perlte der kühle Schaumwein, leider zu kurz, wie Rosenthal wieder einmal bemerkte. Nach ein paar Minuten stand das Zeug trüb im Glas, weshalb sie den prickelnden Crémant vorzog. Aber dies hier war ja keine Vergnügungstour. Sie prostete dem alten Major zu und schlürfte ein Schlückchen, das ihr sofort in den Kopf stieg. Sie hatte nur einen Milchkaffee und ein Croissant im Bauch. Kraske machte den Eindruck eines geübten Trinkers. Wie alt mochte er sein? Mitte 70, schätzte Rosenthal, ein Trinker, aber aus hartem Holz. Falls das hier zu einer Sauf-Competition ausartete, würde sie die verlieren. Bei Smilla war sie sich nicht sicher; diese Dänen konnten ordentlich was wegschlucken, und Smilla wirkte robust.

»Skäl!« Kraske hob sein Glas und ermunterte die Damen, es ihm nachzutun.

»Skäl«, sagte Smilla.

»Ein Glas Wasser dazu wäre nett«, bat Rosenthal. Während der Major davonzuckelte, gönnte sie dem Gummibaum den Rest ihres Proseccos. Smilla ließ ihren tapfer die Kehle hinunterlaufen. Beim Nachschenken redete sie sich mit ihrer Verantwortung als Fahrerin heraus. Dafür goss Kraske Theresas Glas randvoll. Sie überlegte, ob sie erneut den Gummibaum verwöhnen könnte, entschied sich beim Klogang ihres Gastgebers spontan für die Aloe Vera, die sie in einer Ecke auf einem dreibeinigen Pflanzenhocker entdeckte. Es nützte alles nichts. Bei seiner Rückkehr füllte Kraske ihr Glas umgehend auf. Er schien den Besuch der Damen mittlerweile zu genießen. Wahrscheinlich vereinsamt er hier, überlegte Theresa und nippte am trüben Prosecco.

»Wir haben da ein Problem in Köln«, begann sie das Gespräch.

»Und da soll ich Ihnen helfen? Wie das?« Kraske wirkte hellwach. Alkohol schien der Stoff, der seine Synapsen schmierte. »Bin nie in Köln gewesen, nicht mal zum Karneval. Pappnasenallergie.« Er lachte ein grölendes Stammtischlachen.

Blödes Männerlachen, dachte Rosenthal verächtlich, setzte aber trotzdem ihr charmantestes Lächeln auf. Das Spiel war nicht zu Ende.

»Reisen bildet«, sagte sie trocken und erinnerte sich schwach, dass Franz-Josef Strauß einst, von einer brisanten Reise kommend, einer neugierigen Reporterin diese Antwort hinpfefferte. »Aber manchmal kommen die Handlungsreisenden an die Haustür, Herr Kraske, an Ihre Tür.

Der Verkäufer waren allerdings Sie.« Rosenthal pokerte mit ein paar Karten, die ihr der dänische Geheimdienst in die Hand geschoben hatte. »Sie hatten eine interessante Ware, und jemand bot Geld dafür. Wer, Herr Kraske?«

»Betriebsgeheimnis.«

»Nej«, sagte Smilla. »Hier geht es um Mord. Deshalb gibt es keine Betriebsgeheimnisse mehr. Geben Sie uns einen Namen.«

»Und wenn nicht?« Kraske schnappte sich die leere Bierflasche, ging an den Kühlschrank und kehrte mit Ersatz zurück.

Wieder Bedenkzeit verschafft, der alte Spezi, bemerkte Rosenthal. Sie hatte Respekt vor dem Profi.

»Herr Kraske, wir haben bisher kein Interesse gehabt, Ihr beschauliches Rentnerdasein in unserem netten Land zu beenden. Das könnte sich ändern.« Smilla machte eine bedeutungsvolle Pause und ergänzte: »Höre ich? Überlegen Sie. Skäl!«

Kraske strich sich über seine grauen, drahtigen Kopfhaare, nahm einen Schluck vom Carlsberg und sagte:

»Müller. Lachen Sie nicht, so nannte sich der Mann. Ich habe keinen anderen Namen. Er gehörte einem der BRD-Dienste an, ich weiß nicht einmal, welchem, wollte es auch nicht wissen.«

»Worum ging es diesem Müller?«, fragte Rosenthal.

»Er wollte Grundmann raus aus Dänemark haben, zurück nach Deutschland. Warum? Keine Ahnung. Vielleicht eine alte Rechnung. War mir egal. Ich lieferte, er zahlte.«

»Wer war Grundmann? Ist eine falsche Identität, das wissen wir«, sagte Rosenthal. Sie wusste gar nichts. Das war auch Kraske klar. Wieso brauchten sie ihn sonst?

»RAF, nach unseren Informationen, aber keiner von der Fahndungsliste. Wer also ist er, und warum hat die DDR ihn gedeckt?«, bohrte Rosenthal weiter.

»Keine Ahnung. Befehl von oben. Politische Entscheidung. In seiner aktiven Zeit hieß er Rinaldo, war aber auch nur ein Deckname. Ein Arschloch. Wenn es nach mir gegangen wäre, hätten wir ihn ausgeliefert.«

Als kleines Bonbon gab er den richtigen Namen von Rinaldo heraus: Ulrich Braunfels, geboren in Aachen, Student der RWTH. Von der Akte »Lily« erzählte Kraske nichts. Die würde er noch zu Geld machen, er musste nur vorsichtig sein, das Geschäft nicht in Dänemark abwickeln. Es war ihm lästig, aber wohl oder übel würde er nach Köln oder Düsseldorf reisen müssen. Vielleicht Hamburg.

Aus Kraske war nicht mehr viel herauszuholen. Sie erhielten zum Abschied eine Beschreibung von Müller, die auf jeden Mitte oder Ende 60-Jährigen passte. Die drei Polizisten überließen Kraske seinem Tête-à-Tête mit dem Carlsberg. Beim Hinausgehen fragte Rosenthal:

»Haben Sie eigentlich eine Waffe, Herr Kraske?«

»Alle abgegeben, Frau Rosenthal, alles sauber abgewickelt.«

»Farvel!«, grüßte Smilla. »Man sieht sich«, ergänzte sie bedeutungsvoll.

Sie verließen das Häuschen in der beschaulichen süddänischen Landschaft. Hier ließ es sich leben.

Vor der Tür verdrehte Rosenthal die Augen. »Völlig überflüssige Frage. So ein alter Stasi kann sich mit einem Fingerschnips eine Waffe besorgen. Wer weiß, wo überall noch Lager existieren, in denen sie alte Waffen horten. Oder Russland-Connections. Aber ich glaube sowieso nicht, dass er der Täter ist.«

»Du hast recht«, sagte Smilla. »Der will etwas Geld verdienen mit seinen alten Unterlagen und ansonsten seine Ruhe haben. Warum sollte er sich die Finger schmutzig machen?«

»Meine Meinung. Nein, wir müssen tiefer bohren, zurück in die Vergangenheit.« Rosenthal sah ein wenig Licht, aber der Tunnel war lang, vermutete sie.

»Tak! – Für die gute Zusammenarbeit.« Rosenthal umarmte die dänische Kollegin.

»Velbekom! Gerne wieder«, sagte Smilla und brauste davon.

Müller, verdammt noch mal, überlegte Rosenthal, Müller von einem der Dienste, nicht mehr aktiv, hatte Kraske gemeint. Nadel im Heuhaufen. Und die Kollegen von BKA und Verfassungsschutz mauerten gern. Sie würde Kriminalrat Hehemann bitten, seine Kontakte auszuspielen.

Auf der Rückfahrt rief sie Michael Fett an, den sie in einer Fachsimpelei mit Kollege Schmelzer über die Qualität der Leberkäs-Brötchen aus der Polizeikantine erwischte.

»Du klebst ja wie eine Klette an mir«, lachte Fett und ließ Schmelzer tiefsinnig grübelnd über die verschiedenen Senfsorten zurück im Büro.

»Sei nett zu deiner Partnerin. Sieht ganz so aus, als müssten wir wieder zusammen ermitteln.«

Sie brachte Fett auf den neuesten Stand.

»Kannst du den Background von unserem Opfer ausleuchten? Ulrich Braunfels, hat Mitte der 80er in Aachen studiert, ist bei euch auch geboren. Hatte sich den aufregenden Kampfnamen Rinaldo zugelegt. Ein Romantiker.« Rosenthal lachte. »Rinaldo Rinaldini, erinnerst du dich an die Fernsehserie in unserer Jugend? Wir Mädels waren sehr verliebt in den glutäugigen Räuberhauptmann.«

»Ich nicht. Ich habe ›Bezaubernde Jeannie‹ gesehen. – Ich sehe, was ich in Sachen Rinaldo machen kann. Eltern et cetera. Mal schauen, ob er hier umtriebig war. Ist einiges los gewesen an der RWTH im Deutschen Herbst und bis in die 90er hinein.«

»Da ist noch etwas Merkwürdiges«, berichtete Rosenthal. »Es gab monatliche Geldüberweisungen an Grundmann auf sein Konto bei der Danske Bank von einer komischen dänischen Hilfsorganisation. Irgendetwas mit ›Pro Asyl‹ oder so. Ich kann im Moment nicht nachschauen, sitze am Steuer. Die dänischen Kollegen waren schnell. Sie haben rausgefunden, dass fast genau derselbe Betrag von einer Organisation, die sich ›Rote Rettung Aachen‹ nennt, monatlich an die dänische Hilfsorganisation überwiesen wurde. Einen kleinen Betrag haben die braven Dänen einbehalten, den Rest an Grundmann weitergeleitet. Nach kurzem Check der Bankauszüge unseres Opfers würde ich sagen, dass unser Exterrorist kein Einkommen hatte und von diesen roten Rettern lebte. Kannst du rauskriegen, wer dahintersteckt?«

»Avec plaisir.«

»Letzte Frage. Hattet ihr in den vergangenen Wochen, also vor dem Mord, einen Banküberfall, der in das Schema RAF passte? Michel, bist du noch dran?«

»Ja, ich höre dir so gern zu.« Fett flirtete.

Rosenthal versuchte, bei der Sache zu bleiben. »Ich weiß, dass unser Rinaldo oder Ulrich Geld brauchte für eine neue Identität. Und womöglich werden ein paar weitere Exterroristen nervös. Orts- und Identitätswechsel sind teuer. Vielleicht greifen sie zurück auf die alten Methoden.«

»Vielleicht. Lass uns das bei einem Drink besprechen. Morgen Abend?«

»Wenn du Erfolgsmeldungen zu übergeben hast, Michel, komme ich mit Vergnügen.«

»Setz mich nicht unter Druck. Ich bin nicht mehr der Jüngste. Ciao, meine Schöne. Ich freue mich auf morgen.«

# OPFER

Marco Bär nahm sich die ungelösten Fälle vor. 34 Morde der RAF: Wirtschaftsbosse, Politiker, Vertreter der US-Streitkräfte. Mit ihnen im Feuer starben Fahrer, Bodyguards und Polizisten. Kollateralschaden nannten die RAF-Terroristen diese Opfer. Ob sie im Fall des Stadtwald-Mordes in diese Richtung recherchieren mussten? Unbeteiligte, die in Ausübung ihrer Tätigkeit starben. Von ihnen wurde am wenigsten geredet.

»Kollegen, die niedergemetzelt worden sind«, knurrte Bär an seinem Schreibtisch.

»Wie bitte?« Eva Burrenscheidt hob den Kopf, schaute den Kollegen verwirrt an. Sie hatte kein Wort verstanden.

»Ach, ich beschäftige mich mit den Opfern der RAF. Mir geht gerade der Hut hoch«, stieß Marco zornig hervor. »Polizisten waren für die einfach Schweine, die dem Schweineregime dienten. Deswegen durfte man Bullen niederknallen. Da hatten die kein Problem mit.«

»Kommt mir irgendwie bekannt vor«, meinte Eva nachdenklich. »Letztes Jahr war ich im Hambacher Forst eingesetzt. Da laufen genau solche Typen rum – selbes Denken. Sie kämpfen für das Gute und alle, die gegen sie sind, darf man niedermachen. Die bewerfen Polizisten mit Kot und wundern sich, wenn man sauer wird.«

»Wie sieht das aus, wenn du Hübsche sauer wirst?«, fragte Bär und hoffte, er könnte seiner Kollegin mit einem Kompliment ein wenig näherkommen. »Muss dein Lover den Zorn ausbaden?« Bär fand seine Nachfrage selbst etwas plump, wollte aber endlich herausfinden, ob die Kollegin in festen Händen war. Sie hatte die Finte bemerkt.

»Guter Versuch, Kollege«, lachte sie. »Aber ich kann heute Abend nicht mit dir essen gehen. Darauf sollte die Sache doch hinauslaufen? Heute ist Mädelsabend.«

»Morgen ginge auch«, grinste Bär.

Eva nahm ihre Lederjacke vom Stuhl, streifte sie über und verließ das Büro.

»Archivrecherche«, erklärte sie im Hinausgehen.

Sie hat nicht Nein gesagt, tröstete Bär sich über ihren Abgang hinweg.

Zurück an die Arbeit, ermahnte er sich und prüfte das Dokument auf seinem Bildschirm. Zu den prominenten Opfern der Linksterroristen gehörten unter anderen Generalbundesanwalt Siegfried Buback, Arbeitgeberpräsident Hanns Martin Schleyer, MTU-Vorstandschef Ernst Zimmermann, Siemens-Manager Karl Heinz Beckurts, der Diplomat Gerold von Braunmühl, Deutsche-Bank-Chef Alfred Herrhausen und Treuhand-Chef Detlev Karsten Rohwedder. Bis heute waren zahlreiche Fälle nicht aufgeklärt. Manche Angehörigen versuchten eine Art Versöhnung mit den Tätern. Im November 1986 wandten sich die fünf Brüder Gerold von Braunmühls mit einem offenen Brief an die RAF: »An die Mörder unseres Bruders«. Sie suchten eine Antwort auf die Frage nach Sinn und Motiven für diesen für sie unfassbaren Mord und boten der RAF den Dialog an.

Bär stöberte weiter, vertiefte sich hinein in die nahe Vergangenheit, versetzte sich zurück in eine Zeit, die er selbst nicht miterlebt hatte. Wer gab 1977 die tödlichen Schüsse auf Schleyer ab? Nach wie vor unklar. Die Mitglieder der

Gruppe schwiegen. Schleyer war von der RAF entführt und wochenlang gefangen gehalten worden. Ein Verdacht fiel auf das RAF-Mitglied Rolf Heißler. Beweise fehlten. Erst 1982 wurde Heißler wegen der Ermordung niederländischer Zollbeamter zu lebenslanger Freiheitsstrafe verurteilt. 2001 kam Heißler frei. Von Reue keine Spur. Er stehe zu seinen Taten und dem bewaffneten Kampf. Für die Angehörigen der Opfer mussten solche Äußerungen ein Schlag ins Gesicht gewesen sein. Auch die Äußerung des Grünen-Abgeordneten Hans-Christian Ströbele, einst Anwalt von RAF-Mitgliedern. Er wisse was, aber sage nichts, posaunte Ströbele vor gar nicht langer Zeit heraus. Eine Provokation für die Hinterbliebenen. Womöglich lag da der Schlüssel für ihren aktuellen Mordfall: in der Unsensibilität, mit der linke Sympathisanten und Anwälte den Opfern entgegentraten.

2007 gab es neue Erkenntnisse. Peter-Jürgen Boock, ehemaliges RAF-Mitglied, behauptete gegenüber Journalisten, dass Heißler zusammen mit Stefan Wisniewski die tödlichen Schüsse auf den Arbeitgeberpräsidenten Hanns Martin Schleyer abgegeben habe. Die Bundesanwaltschaft erklärte 2013, die Ermittlungen gegen Heißler wegen der Ermordung Schleyers seien eingestellt, da man keine Beweise vorlegen könne, dass Heißler den Arbeitgeberpräsidenten eigenhändig ermordete.

Die Terrorwelle 1977 ging als sogenannter »Deutscher Herbst« in die Geschichte ein. 1985 wurde Zimmermann vor den Augen seiner Frau erschossen. Der Schütze blieb unbekannt, der Verdacht gegen das RAF-Mitglied Barbara Meyer bestätigte sich nicht. 1986 starben bei einem Bombenanschlag Beckurts und sein Fahrer Eckard Groppler. Der Verdacht gegen den 1999 in Wien erschossenen Horst-

Ludwig Meyer blieb unbewiesen. Ebenfalls 1986 starb von Braunmühl. Der Ministerialdirektor im Auswärtigen Amt wurde in seiner Bonner Wohnung erschossen, mit derselben Smith & Wesson, mit der auch Schleyer getötet wurde. 1989 kam Herrhausen bei einem Sprengstoffattentat um. 1991 wurde der Treuhand-Chef Detlev Karsten Rohwedder durch Gewehrschüsse in seiner Wohnung ermordet. Seine Frau, die ihm zur Hilfe eilte, wurde angeschossen und schwer verletzt. Ein Haar des RAF-Mitglieds Wolfgang Grams wurde auf einem Handtuch, das am Standort des Schützen lag, gefunden. Das wurde identifiziert, als Grams 1993 bei einem Schusswechsel auf der Flucht in Bad Kleinen starb. Erst da war es möglich, Material gentechnisch zuzuordnen. 1987 wurde Paul Lühringhoff in seiner Limousine in die Luft gesprengt. Mit ihm starb sein Fahrer. Täter unbekannt. Weiterhin zur Fahndung ausgeschrieben waren die ehemaligen RAF-Mitglieder Daniela Klette, Ernst-Volker Staub und Burkhard Garweg. Dass sie gefunden wurden, galt als unwahrscheinlich. Einige Taten könnten aufgeklärt werden, wenn die RAF-Leute redeten. Sie ziehen es vor zu schweigen, las Bär und merkte, wie wütend ihn das machte und wie wenig er aus dieser dunklen Zeit wusste. Dunkle Zeit fand er eine passende Beschreibung dieser Jahre. Der Staat war herausgefordert worden und hatte in dieser Herausforderung nicht immer klug agiert. Das wurde ihm von links-intellektueller Seite vorgeworfen. Nicht zu Unrecht, aber die junge Demokratie hatte zuvor keine Erfahrung mit Terrorismus gemacht.

Bär versuchte eine Zusammenfassung: zahlreiche Fälle nicht aufgeklärt; die Täter schweigen wie Angehörige einer Sekte; selbst Morde, die als aufgeklärt gelten, sind es im

Grunde nicht; die RAF bleibt ein dunkles Kapitel in der Geschichte der Bundesrepublik. Die Gruppe hat 34 Menschen ermordet und mit ihrem Terror das deutsche Strafrecht grundlegend verändert. Man kennt viele RAF-Täter, aber nicht alle. Und auch bei denjenigen, die zu lebenslanger Haft verurteilt wurden, weiß man nicht genau, wer welche Straftat beging. Besonders drastisch ist das beim Mord an Buback. Die Gerichte seinerzeit ließen die Details offen. Die Richter erfanden stattdessen die »arbeitsteilige Kollektivität« der RAF, die alle Mitglieder zu Mittätern machte. Die Mitwisserschaft reichte somit für eine Verurteilung zu lebenslanger Haft. Eine für alle Seiten unbefriedigende Gerichtsbarkeit.

Das Telefon klingelte. Rosenthal.

»Na, Bärchen!« Seit wann nannte sie ihn Bärchen? »Entschuldige, Marco, für das Bärchen. Ich bin irgendwie im Dänen-Modus.«

»Kein Problem, Theresa, mein Schätzchen«, konterte Marco. »Was gibt's? Schöne Björns da oben?« Marco kannte Theresas Schwäche für attraktive Männer.

»Du wirst lachen, der eine Kollege hieß wirklich Björn. Netter Typ. – Wir haben einen Namen für unseren Toten, Marco.«

»Das ist ja mal eine gute Nachricht.«

»Genauer gesagt, wir haben zwei Identitäten.«

»Besser als gar keine.«

»Mal sehen. In Dänemark hat unser Toter unter dem Namen Ronald Grundmann gelebt, eigentlich heißt er aber Ulrich Braunfels, stammt aus Aachen, auf jeden Fall RAF-Connection. Kannst du damit was anfangen?«

»Ich hänge mich rein.«

»Bist du mit der Opferszene weitergekommen?«

»Ich hab' da so eine Idee, Resilein. Komm mal zurück zu Papa, dann weiß der mehr.«

Sie würde ihn nie wieder Bärchen nennen.

Tatsächlich hatte Bär eine Spur oder einen Hinweis entdeckt. Er stieß bei seinen Recherchen immer wieder auf einen Namen: Monika Münzer. Sie war Journalistin und hatte über Jahre in Zeitungsartikeln den Umgang des Staates mit den RAF-Tätern beanstandet. »Keine Reue, keine Gewissensbisse«, war ein Beitrag überschrieben. Für die Hinterbliebenen der Opfer sei es wichtig, schrieb Münzer, dass die Täter identifiziert und bestraft würden. In der Gesellschaft gäbe es aber eher eine Art Faszination an dem Phänomen RAF, während sich für die Opfer niemand interessiere. Münzer selbst war die Tochter eines Opfers. Ihr Vater war der Fahrer des Unternehmers Paul Lühringhoff gewesen, der von RAF-Terroristen ermordet wurde. Im gepanzerten Mercedes starb mit ihm sein Fahrer Arnold Münzer. Das Auto detonierte durch eine zielgenau platzierte Sprengladung. Beide Insassen hatten keine Chance gehabt.

»Wenn ein Christian Ströbele fast prahlend behauptet, er wisse was, aber sage nichts«, schrieb Monika Münzer in einem Politmagazin, »dann ist das ein Schlag ins Gesicht jedes einzelnen Opfers und ein Affront für alle Leidtragenden, die bis heute nicht wissen, wer ihre Angehörigen umgebracht hat, weil die Mitglieder der Gruppe hartnäckig schweigen.« Es wundere sie manchmal, beendete die Journalistin ihren Artikel, dass bei der Vielzahl von Betroffenen bisher keiner auf Rache gesonnen hätte.

Sie mussten mit Monika Münzer sprechen.

# LILY LOST

Lily wachte auf. Es war nicht ihr Bett; das merkte sie. Die Dinge vor ihren Augen drehten sich, aber es waren nicht die Gegenstände aus ihrem eigenen Schlafzimmer. Warum lag sie in einem fremden Bett, in einem fremden Zimmer? Der Nebel hinter ihrer Stirnwand war zu dicht, um einen klaren Gedanken durchzulassen.

»Wer sind Sie?«

Lily konnte den Fragesteller nicht sehen, weil sie die Augen schließen musste, um das Karussell zu stoppen. Ein Spiegel, ein Bild, ein Dachfenster, eine Wandlampe drehten sich, als sie einen neuen Versuch machte, die Liddeckel zu heben. Jetzt sprang ein Mensch auf das Karussell auf, ein Mensch mit einer Strumpfmaske.

»Lily«, murmelte sie, und es dämmerte ihr, dass irgendetwas nicht stimmte. Lily gab es nicht mehr. Aber wer war sie? Ihr fiel der Name nicht ein.

»Kaffee?«, fragte die Stimme.

Die Strumpfmaske redete. Das war die Stimme gewesen, die nach ihrer Identität gefragt hatte, eine männliche.

»Kaffee und ein Brötchen. Sie sollten Wasser trinken, steht neben Ihnen.«

Lily überlegte, ob sie am Vorabend mit einem Mann mitgegangen war. So was tat sie eigentlich nicht, aber die Einsamkeit fühlte sich manchmal erdrückend an. War sie ausgegangen? Ja, auf einen Drink um die Ecke, im Green Island Pub. Ein Bier oder zwei an der Bar?

»Wieso bin ich hier?«, fragte eine Stimme. Mit Verzögerung merkte sie, dass es ihre eigene war.

»Trinken Sie den Kaffee, dann wird es Ihnen besser gehen«, sagte die Maske.

»Was mache ich hier?«

»Das fragt man sich natürlich. Alle in Ihrer Situation fragen sich das.«

»Wieso alle?«

»Kommen Sie erst einmal zu sich.«

Der Mann ging durch die Karusselltür hinaus. Den Kaffee und das Brötchen hatte er auf dem Nachttisch neben ihrem Bett abgestellt. Lily schlief ein.

Kraske hatte geliefert. 12.000 Euro verlangte er. Der Preis war gestiegen. Für Rinaldo hatte er 6.000 kassiert. Gefahrenzulage, hatte der alte Stasi lachend gesagt, ist aber inklusive Spesen. Ein ausgekochter Hund, aber er war zuverlässig. Sie hatten sich diesmal in Hamburg getroffen. Alles glatt gelaufen. Name und Aufenthaltsort gegen Bargeld. Damit konnte Kraske sein Carlsberg- und Aquavit-Lager auffüllen.

Woher das Geld kam, wusste Müller nicht. Die Höhe des Betrags war aber offensichtlich kein Problem gewesen. Sven Hubens hatte die Kohle aufgetrieben. Müller steuerte die Verbindung zu dem Lieferanten bei. Er organisierte die Entführung. Darauf hatte er bestanden und auf eine Woche Zeit.

»Danach gehört sie dir«, hatte er Hubens versprochen.

Offener Ausgang, überlegte er, als er das Zimmer verließ. Sie musste einen klaren Kopf bekommen, danach würde man sehen. Er hatte ihr im Pub etwas ins Bier getan, das war unvermeidbar gewesen. Nichts Gefährliches. Sie würde sich in zwei, drei Stunden vollkommen fit fühlen. Gern führte Müller solche Aktionen nicht durch, aber er wusste, dass es das Richtige war. Er tat es für Monika. Für sie hätte er ganz andere Dinge auf sich genommen.

## DAS SUMMEN GEHT WEITER

»Das ist doch scheiße, Fidel«, schnaubte Castro ins Telefon. »Mach dir nicht in die Hose. Das ist alles Schnee von gestern.«

»Rinaldo ist tot.«

»Weiß ich.«

»Da ist was im Gang. Du hast ja wohl gelesen, wo Rinaldo aufgefunden wurde.«

»Ja, und?«

»Bist du wirklich so blöd oder tust du nur so?«, lamentierte Fidel. »Vielleicht quatscht da jemand. Dann bist du auch dran.«

Die Kampfnamen Fidel und Castro hatten sie sich in ihrer Studentenzeit stolz verliehen. Damals fanden sie das cool und witzig. Castro, alias Robert Hocke, war Verleger geworden und stand weiterhin auf der guten, heute grünen Seite des Lebens. Seine Jugendsünden und die damit verbundenen Straftaten waren ungesühnt geblieben. Die wohlgesinnten Rechtsbeistände vom Sozialistischen Anwaltskollektiv hatten sie rausgehauen. Das Wirken von Anwälten und Tätern bewegte sich damals in einer gewissen Grauzone. Castro grinste bei der Erinnerung daran, dass es den Karrieren der meisten Anwälte nicht geschadet hatte. Ströbele, Schily, Eschen, für die war doch alles gut gelaufen.

Im Grunde war er nicht unglücklich, dass Rinaldo tot war. Rinaldo, der Schwätzer, der Prahlhans – ein Hasardeur. Einer, der Revoluzzer spielte, ein bisschen wie Baader, den er imitierte. Alle hatten Angst gehabt, dass Rinaldo eines Tages etwas ausplaudern könnte. Viele aus der Sympathisantenszene zahlten seit Jahren, um Rinaldo ruhigzustellen. Sie wussten, dass er mit Hilfe von DDR-Agenten außer Landes gebracht worden war, wahrscheinlich Stasi. Nach der Wiedervereinigung flossen keine Gelder mehr aus dem Osten an die RAF-Terroristen. Die meisten wurden enttarnt, büßten Strafen ab. Rinaldo hatten die westdeutschen Behörden nicht erwischt. Selbst die alten Kampfgenossen ahnten nicht, in welchem Schlupfloch er sich versteckt hielt. Komisch, dass gerade er durch die Maschen des Netzes gerutscht war. Rinaldo galt in der Szene damals nicht gerade als der Hellste, auch nicht als der Fleißigste, im Grunde eine faule Socke. Wieso hatte er sich keine neue Existenz aufgebaut? Die Drohung, Leute aus der Unterstützerszene zu verraten, hatte im Raum geschwebt. Damoklesschwert. Unangenehmes Gefühl. Nun würde Rinaldo für immer schweigen. Castro war wohler dabei.

»Vielleicht müssen wir verschwinden, Castro«, zeterte Fidel derweil am anderen Ende. »Hast du Geld? Für Pässe und so braucht man Geld. Irgendwo neu anfangen – kriegst du auch nicht umsonst.«

»Woher soll ich Geld haben, Fidel? Ich bin ein kleiner Verleger, der meist draufzahlt.«

»Ich sag dir, wir müssen hier womöglich abhauen und werden Kohle brauchen. Geh mal in dich.« Fidel dachte dabei auch an Lily. Er war mal schwer verliebt in sie gewesen, aber sie hatte Rinaldo den Vorzug gegeben. Fidel hatte in die Röhre geschaut, aber er hatte weiterhin ein warmes Gefühl für sie bewahrt, auch den Kontakt gehalten, sporadisch. Er wusste, wo sie untergetaucht war, und fürchtete, sie könne enttarnt werden. Rinaldo traute er alles zu; selbst vor dem toten Rinaldo fühlte er sich nicht sicher.

Fidel nervte. Nach ein paar Abschiedsfloskeln legte Castro auf, aber er merkte, dass sein alter Kampfgenosse ihn verunsichert hatte.

## AM ELISENBRUNNEN

Zur Not hätten sie alles am Telefon besprechen können, aber manchmal liefen Gespräche effizienter, wenn man sich in die Augen sah. Außerdem brauchte ihr kleiner grüner Mini Cooper ein wenig Auslauf. Das etwa legte sich Rosenthal zurecht, als sie den Termin mit dem Aachener Kollegen verabredete. Den Wunsch nach einem Wiedersehen mit Michael Fett gestand sie sich nicht ein. Am Tag nach ihrer Rückkehr aus dem Norden sauste die Kölner Kommissarin mit ihrem hart gefederten Fahruntersatz Richtung Aachen, vorbei an der Allee »Baum des Jahres«. Wer hatte eigentlich die Schnapsidee zu dieser Autobahnbegrünung gehabt? Etwa 250 Bäume mit Beschilderung waren 2014 im Zuge des Neubaus der A 4 zwischen Düren und Kerpen für 250.000 Euro eingesetzt worden. Irgendein beamteter Vollpfosten hatte wohl genau den Betrag in seinem Topf gefunden. Nun verdorrten die Bäume bereits wegen der heißen Sommer, und es war eine Frage der Zeit, wann sie auf die Autobahn kippen würden. Neuanpflanzungen wurden bereits versprochen und natürlich fleißiges Gießen. Rosenthal passierte gerade die Schwarzerle, Baum des Jahres 2003. Gut, dass ich das jetzt weiß, freute sie sich und überlegte, ob die Information sie im Leben irgendwie weiterbringen würde.

»To all the men I've loved before«, sang Shirley Bassey im WDR-2-Radio. Theresa Rosenthal drehte die Musik hoch und grölte den Text mit. Nicht schön, aber laut. Hörte ja keiner. Sie liebte das Lied. Hatte was mit ihr zu tun. Die paar Männer in ihrem Leben hatten ihr mehr gegeben als alle Frauen zusammen. Die waren eher für das Unerfreuliche zuständig gewesen, angefangen bei ihrer Mutter, die der Tochter außer einem strengen Regelwerk wenig auf den Weg mitgegeben hatte. Für Wärme und Liebe war der Vater zuständig gewesen. Nach seinem Tod traten andere Männer in ihr Leben, waren tatsächlich ein paar mehr gewesen.

Es war Spätnachmittag und die Autobahn entsprechend verstopft mit Feierabendheimkehrern. Warum sie sich unbedingt in die Schlange einreihen musste, gestand sich Rosenthal nicht ein. Nein, nicht wegen der Möglichkeit, einen Sundowner mit Michel zu trinken. Sie hatte tagsüber einfach zu viele Aufgaben zu erledigen gehabt. Nachbereitung der dänischen Recherchen und Austausch der neuesten Ergebnisse mit Marco Bär. Der hatte tatsächlich eine Spur im Umfeld der RAF-Opfer gefunden. Monika Münzer war nur eine von Hunderten in der Reihe der Leidtragenden, aber sie hatte eine besondere Geschichte. Marco hatte einen alten Zeitungsartikel entdeckt, in dem ein Journalist sich mit dem Schicksal von Monika Münzer, Tochter des ermordeten Fahrers des Unternehmers Paul Lühringhoff, beschäftigte. Und das Pikante: Monika war in der Kindheit und Jugend eng befreundet gewesen mit einer RAF-Aktivistin. Lily Possmann, sie war die Tochter des damals benachbarten Bankiers Walter Possmann.

»Gute Arbeit«, hatte Rosenthal den Kollegen Bär gelobt.

Lily Possmann war eine von diesen Abgetauchten, von der man vermutete, dass sie an Gewalttaten beteiligt gewesen war, aber weder hatte man belastbare Beweise gefunden, noch wusste man, wo sie sich aufhielt. Nach der Wiedervereinigung fand sich im Stasi-Giftschrank keine Akte über sie. Die Kommissare vermuteten, dass, genau wie bei Grundmann alias Ulrich Braunfels, ein schlauer Genosse die Unterlagen beiseitegeschafft hatte, um sie zu Geld zu machen. Vielleicht Kraske.

Rosenthal stellte ihren grünen Mini-Cooper im Parkhaus Büchel unter. Da unten alles besetzt war, kurvte sie bis in die oberste Etage, von wo aus sie den Blick in die Verrichtungszimmer des Puffs in der Antoniusstraße genoss. Das älteste Gewerbe der Welt. Sollte man es aus den Innenstädten verbannen und besser auf die grüne Wiese verlegen? War der Job der Kollegen von der Sitte. Die Beamten ihrer Abteilung wurden erst involviert, wenn es mal wieder einen Mord in der Szene gab. Auf dem Weg nach unten stach ihr der parkhaustypische Uringeruch in die Nase. Auch nicht besser als in Köln, bemerkte sie. Neben dem Kassenautomaten haute sie ein Bettler an:

»Haste mal 'n Euro?«

Hatte sie nicht, wollte im Halbdunkel auch nicht ihr Geldbündel aus der Tasche ziehen.

Sie ging hinüber zum Restaurant Elisenbrunnen, in dem sie mit Fett verabredet war. Da hatten sie sich schon mal getroffen und waren sich nähergekommen, nicht ganz nahe, das war erst in Lüttich passiert. Verdammt Lüttich. Dort hatte sie mit Fett eine Nacht im Hotel verbracht. Lüttich, das war Ausland gewesen, nur ein paar Kilometer über die Grenze hinüber, aber ein fremdes Land, mit fremden Gerüchen, anderen Menschen, anderem Essen. Der Alkohol war eigentlich nicht anders gewesen, aber reichlich geflossen. Er trug dazu bei, die Hemmungen zu lösen, aber es wäre zu einfach, dem guten Crémant die Schuld zu geben. Da knisterte etwas zwischen ihr und Michel. War sie deshalb in der Rushhour nach Aachen gedüst?

Die Kommissarin war in Turnschuhen gefahren, hatte sich im Parkhaus aber ein Paar hochhackige Pumps übergestreift, mit denen sie nun über das Aachener Kopfsteinpflaster stolperte, blieb prompt in einer Ritze hängen und büßte dabei den linken Absatz ein. Sie fluchte und sah im selben Augenblick, wie Michael Fett sie amüsiert von der Restaurantterrasse aus beobachtete. Warum nur hatte sie nicht auf die fünf Zentimeter Körperlänge verzichtet? Spiele der Erwachsenen, grinste sie in sich hinein. Mit den hohen Schuhen maß sie locker 1,80 Meter. Sie wollte Michel auf Augenhöhe gegenübertreten, gerade heute, wo sie emotional ein wenig schwächelte. Mit Rückfallgefahr? Dienstbesprechung, ermahnte sie sich.

Kommissar Fett, ein von den weiblichen Kollegen als gut aussehend, aber einzelgängerisch beurteilter Endfünfziger sprang auf und strahlte, als er Theresa Rosenthal über den Platz zur Terrasse des Lokals zukommen sah, wo er seit einer halben Stunde bei Kaffee und Wasser wartete. Sie hatte sich etwas verspätet.

»Stop-and-Go vor dem Aachener Kreuz«, entschuldigte sie sich.

»Warum hast du mich nicht angerufen, ich hätte eine Polizeieskorte geschickt«, bemerkte er charmant und küsste die Kollegin auf beide Wangen. Auf ihr kurzes Erstaunen ließ er sie wissen: »Michel begrüßt Französisch. Du kannst aber auch ein Händeschütteln des deutschen Stoffels bekommen.«

Sie sah Michael Fett die Freude über das Wiedersehen an. Sie freute sich auch.

»Ist draußen sitzen okay oder fröstelst du?«, fragte Fett.

»Nach der dänischen Nordseeküste fühlt es sich hier fast sommerlich an. Lass uns draußen bleiben und ja, ich trinke einen Kaffee.«

»Ich wollte gerade umsteigen auf etwas Prickelndes«, schlug Fett vor.

»Erst die Arbeit«, ermahnte Theresa. »Dazu passt Kaffee besser.«

»So ein winziges Gläschen?«, bettelte Fett.

»Erst ›Rote Rettung‹!«

»Spielverderber«, murmelte der Kommissar und zog einen Zettel aus seiner Jackentasche. »Na gut. Die roten Retter sammeln Spenden und tun Gutes. Unterstützen linke Gruppen in aller Welt, gern Projekte in Palästina. Alte Verbundenheit. Du erinnerst dich, die Palästinenser haben unsere RAF-Terroristen mit offenen Armen empfangen und an den Waffen ausgebildet. Dafür scheinen die Linken bis heute dankbar zu sein und zeigen ihre Dankbarkeit mit Zuwendungen aller Art.«

Fett nahm den letzten kalten Schluck Kaffee und machte eine Pause.

»Komm, Michel, du hast doch ein Ass im Ärmel. Das sehe ich deinem verschmitzten Lächeln an.«

»Ein Kommissar, der so durchschaubar ist – ganz schlecht. Aber ja, es kommt noch was. Natürlich gab es zur Zeit der 68er und danach linke Zellen an der RWTH. Unser Rinaldo alias Ulrich gehörte zu den Radikalen Ende der 80er, tauchte kurz vor dem Mauerfall unter. Da hatten sicher unsere Brüder im Osten die Finger drin. Von einem V-Mann wissen wir, dass er an zumindest einem Attentat beteiligt war. Lühringhoff, du erinnerst dich?«

»Ja, Marco Bär hat in der Sache recherchiert.« Rosenthal klärte den Kollegen über die Verbindung zu Monika Münzer auf.

»Interessant. Spannend wird jetzt mein zweiter Teil. Gerade in der Uni-Szene liefen viele RAF-Sympathisanten herum, auch Professoren und Kulturschaffende aller Art.«

Rosenthal nickte, während sie genüsslich ein Stück Sachertorte verzehrte. Sie hatte aber nicht entschieden, ob der Kuchen die Unterlage für den Crémant sein würde.

»Viele dieser Sympathisanten sind heute brave Bürgerlein. Ich habe Kontakt zu einer – ich sage mal Dame, die eine gewisse Rolle in der Aachener Gesellschaft spielt. Alles, was jetzt kommt, ist vertraulich, und ich werde auch keinen Namen nennen, solange es nicht nötig ist. Frau X erzählte mir, dass aus dem alten Unterstützerumfeld seit Jahren bei der ›Roten Rettung‹ eingezahlt wird, damit unser Rinaldo einen ruhigen Lebensabend verbringen kann oder konnte. Manche der Wohlhabenderen aus der linken Szene mussten für ihre Jugendsünden richtig bluten. Den Leuten stand die Sache bis hier.« Fett zeigte den Pegelstand mit seiner rechten Hand auf Augenhöhe an.

»Wäre ja auch ein Mordmotiv«, murmelte Rosenthal. »Den roten Rettern müssen wir auf die Pelle rücken. Macht ihr das?«

Fett nickte.

»Hast du etwas mehr über Rinaldo rausgefunden?«, wollte Rosenthal wissen.

»Vater schon tot. Seine Mutter lebt in Eilendorf, einem Vorort von Aachen. Mal sehen, ob unser Rinaldo sich bei ihr gemeldet hat, bevor er zu seiner Verabredung in Köln fuhr.«

»Manchmal bekommen auch die harten Jungs sentimentale Anwandlungen.«

»Wir statten der Mutti morgen einen Besuch ab. Möchtest du dabei sein?«

»Nein, aber ich nehme jetzt gern den Sundowner.«

Fett strahlte.

»One for the road, okay?« Es war Freitagabend, und Theresa genoss das Zusammensein mit Michel. Ohne Reue, dachte sie, nur einen Drink und ein gutes Gespräch.

Die Kommissare beobachteten ein paar übrig gebliebene Kids von der »Friday for future«-Demo. Sie lagerten mitten im Elisengarten, hatten ein Zelt aus Stofffetzen errichtet und einige Plakate als Burgmauer aufgestellt.

»Gibt es Parallelen zu den 68ern und den Folgen?«, fragte Fett. »Wenn ich mir diese Plakate anschaue, wird mir mulmig. ›Burn Capitalism‹. Die SUVs brennen schon, Fahrer werden bedroht. Erinnert mich an den Spruch der 68er: ›Macht kaputt, was euch kaputt macht.‹«

»Grundsätzlich habe ich nichts dagegen, wenn die Jugend politisch aktiv wird und auf die Straße geht. Ein Zeichen, dass die Politik einiges versäumt hat. Es ist etwas lächerlich, wenn dieselben Politiker, die es versemmelt haben, jetzt auf den Klima-Zug aufspringen.« Rosenthal schaute hinüber zu den jungen Leuten. »Ein bisschen Party feiern die sicher auch. Sei ihnen gegönnt. Mir machen die Leute Angst, die das Ganze steuern. Die Ideologen mit der Moralkeule. Es kotzt mich auch diese Nummer mit dem Schamgefühl an, dieses Spielen mit dem Thema Angst.« Sie redete sich warm. »Wann war Angst je ein guter Berater? Erst wird Angst geschürt, und danach rücken zur vermeintlichen Rettung die Diktatoren an.«

Fett streichelte beruhigend ihre Hand.

»Ist doch so«, erregte sie sich weiter.

»Für die Klima-Bewegung an sich habe ich Verständnis. Genau wie du bin ich besorgt über die Radikalen, die ein Massenphänomen für sich nutzen.« Fett kramte in seiner Erinnerung. »Jetzt hab' ich's«, sagte er. »»Wenn eine Gesellschaft so unmoralisch handelt, wird Demokratie irrelevant‹, hat der Klima-Aktivist Roger Hallam gesagt. Wir wissen, wohin das führt.«

»Direkt in die Diktatur«, sagte Rosenthal.

»Schau dir diesen Hallam an, ein Fanatiker«, fuhr Fett fort. »Ich möchte nicht, dass solchen Typen mein Schicksal bestimmen. Wir ständen vor der größten Katastrophe der Menschheitsgeschichte, behauptet er. Mit dem Argument sind natürlich alle Mittel erlaubt. Aber wer sagt, dass wir kurz vor dem Untergang stehen? Die Meinungen der Wissenschaftler gehen weit auseinander. Wem soll ich glauben? Greta?«

»Das ist ein Kind«, erwiderte Theresa mit Bedauern in der Stimme. »Deshalb äußere ich mich zu der Kleinen lieber nicht. Sie tut mir leid. Die Eltern sind in meinen Augen nicht besser als die ehrgeizigen Erzeuger, die aus ihren Töchtern Schlittschuh-Prinzessinnen machen wollen. Heute sind es eben Klima-Prinzessinnen. Der elterliche Ehrgeiz derselbe.«

»Ich frage noch mal – wem soll ich Glauben schenken? Den Klimaleugnern oder denen, die die Katastrophenszenarien aufbauschen?«

»Ich weiß nur eines«, bemerkte Theresa nachdenklich. »Mit Ideologen kannst du darüber nicht diskutieren, denn sie sind ja Inhaber der ganzen Wahrheit. Entweder du stimmst ihnen zu oder bist ein Gegner, der vernichtet werden muss. Wir sind bereits in der Phase der massiven Einschüchterung. Andersdenkende werden in ihrer Existenz bedroht. Eine sehr erfolgversprechende Methode. So fangen Diktaturen an.«

»Lass uns schnell den letzten Schluck genießen«, schlug Fett vor.

Theresa lächelte und prostete ihm zu. »Danke, dass du mich aus meinem Ärger rausholst. Weißt du, was merkwürdig ist? Diese Fanatiker finden die Menschen mies und verachtenswert, sorgen sich aber gleichzeitig wegen deren Ausrottung. Sollen sie doch froh sein, wenn wir vom Erdboden verschwinden – je schneller, desto besser, oder?«

»Sich selbst finden sie wahrscheinlich fabelhaft«, erklärte Fett und nahm ihre Hand. »Um dich tät es mir übrigens leid.«

»Bei mir beginnen die doch. Ideales Feindbild: adlig geboren, jüdisch verheiratet und erlaubt sich zudem eine eigene Meinung. Pfui!«

»Die Unabhängigkeit im Denken, die liebe ich an dir«, säuselte Fett. Er hätte sie gern von einem Over-Night-Stay in Aachen überzeugt, ahnte aber, dass sie auf dem Sprung war.

# NEUER BANKRAUB

Es rumste in der frühen Morgenstunde – ziemlich genau um 2.45 Uhr. Die Anwohner der Bankfiliale in der Stadtmitte von Neckarsulm fielen bei der Detonation fast aus den Betten. Mehrere Anrufe gingen bei der örtlichen Polizei ein. Einige Zeugen hatten ein schweres Motorrad davonbrausen sehen.

»Na, toll!«, stöhnte der diensthabende Kommissar Volker Kreil. Es war der dritte Überfall dieser Art in der Gegend. Aufklärungsquote gleich null. Der Einsatzwagen der Polizei war fünf Minuten nach dem ersten Anruf vor Ort, und die beiden Beamten durften das Chaos besichtigen. Die Explosion war so stark gewesen, dass zwei Bankautomaten komplett zerstört worden waren. Die Splitter von Fensterscheiben lagen im Umkreis von 20 Metern. Boden, Wände und Decken waren beschädigt, der Schutt türmte sich im Vorraum der Sparkasse. Die Außenfassade zeigte breite Risse.

»Wow, diesmal haben sie aber die ganz große Ladung drangelegt«, ächzte Kreil.

Die Kriminaltechniker aus Heilbronn waren 45 Minuten nach Kreils Eintreffen vor Ort.

»Nach Fingerabdrücken brauchen wir hier wohl nicht suchen«, bemerkte ein Scherzkeks von der KTU und deutete auf den Schutthaufen, der einst der Vorraum für die adrette Sparkasse gewesen sein musste.

»Vielleicht findest du ein paar Restscheinchen, dann können wir uns gleich nach der Arbeit einen frischfruchtigen

Trollinger einflößen«, konterte sein Kollege. Die Nachteinsätze waren Gewohnheit. Er hatte beim Klingelton des Telefons in Sekundenschnelle sein System hochgefahren. Aufstehen, kaltes Wasser ins Gesicht und Anziehen waren eine Sache von zehn Minuten.

Kreils Kollege Lasse Laumann lehnte derweil am Einsatzwagen und träumte vor sich hin.

»Mann, Lasse, kannst du vielleicht mal ein paar Zeugen befragen, statt vor dich hinzupennen.« Kreil war genervt, weil der jüngere Mann es sich gern etwas gemütlich machte. Irgendwie ein Phänomen dieser Generation, meinte der 52-jährige Kreil zu beobachten. Seine Söhne tickten ähnlich. Im Fitnessstudio schufteten sie sich was ab, aber wenn es ums Geldverdienen ging, ließen sie es langsam angehen.

»Wieso bist du so k.o.?«, hakte er bei Laumann nach. »Wieder zu viel gestemmt bei Bodystreet, oder was?«

»Nee, der wurde zuletzt bei Mrs. Sporty gesehen«, mischte sich der Scherzkeks ein.

»Das würde die Müdigkeit erklären«, grinste Kreil.

»Du weißt, ich bin müde geboren und lebe, um mich auszuschlafen«, gab Laumann zurück. Er nahm Neckereien nicht übel. Kreil musste lachen und trieb den Kollegen zur Arbeit an.

Laumann klapperte die umliegenden Häuser ab. Er musste niemanden herausklingen, trotz Schlafenszeit. Wach waren die Leute sowieso durch die Explosion und den Auftrieb am Marktplatz. Viel Erleuchtendes kam nicht heraus. Die Zeugen, die schnell genug zum Fenster gerannt waren, hatten tatsächlich ein Motorrad davonfahren sehen. Die zuverlässigste Beobachtung kam vom 85-jährigen Otto Wacker. Er hatte Schlafstörungen und deshalb rauchend am offenen Fenster gestanden.

»Ja, Motorrad, zwei Typen«, bestätigte Wacker. »Der Mann am Lenker blieb sitzen.«

»Wieso Mann?«, hakte Laumann nach.

»Ach so, ja, ich dachte nur«, stotterte der ältere Herr. »Hatten beide einen Helm auf, aber war eine schwere Maschine, deshalb dachte ich.«

»Ist in Ordnung, ich wollte nur wissen, ob Sie wirklich einen Mann identifizieren konnten«, beruhigte Laumann ihn.

»Nee, nicht wirklich. Auf jeden Fall stieg der Mann, also der Mensch vom Hintersitz ab und ging in die Sparkasse. Ganz normal. Hab' mir nichts dabei gedacht. Kurze Zeit drauf kam der raus, und die beiden fuhren los, nur ein Stück, dann rumste es«, erzählte der Rentner aufgeregt. »Mir ist die Kippe aus dem Mund gefallen, auf den Teppich. Da musste ich mich natürlich erst mal bücken.«

»Klar, wegen Brandgefahr.«

»Nee, weil ich die Kippe retten wollte.« Otto Wacker grinste verschmitzt. Laumann war sich nicht sicher, ob er gerade auf die Schippe genommen wurde.

»Und dann?«, fragte der Polizist.

»Und dann kam ich wieder hoch, dauert in meinem Alter ein bisschen.« Wacker machte eine Redepause und demonstrierte, wie schwer ihm das Bücken fiel.

»Und dann?« Laumann versuchte, nicht ungeduldig zu werden.

»Ich sah, wie der eine auf den Rücksitz sprang; der andere gab sofort Gas und nichts wie weg.«

Mittlerweile war der Filialleiter der Sparkasse, Johannes Haller, eingetroffen. Angesichts des Chaos rieb er sich immer wieder mit der Hand über seine Halbglatze und murmelte: »Sabberlod, sabberlod.«

»Ordentlicher Schaden, was?«, sagte Kreil. Er klopfte dem Sparkassenleiter begütigend auf die Schulter. Sie kannten sich aus dem Tischtennisverein und duzten sich.

»Hast du eine Ahnung, wie viel Geld die erbeutet haben können?«

»Sabberlod, sabberlod«, erwiderte Haller erneut und schüttelte begleitend den Kopf. Viel mehr bekam Kreil vorerst nicht aus ihm heraus.

Wie sich später herausstellte, sackten die Motorradfahrer mit ihrem Schnellschuss fast 140.000 Euro ein.

## BAUMALLEE ZURÜCK

In Höhe des Spitzahorns, Baum des Jahres 1995, beschlich Theresa Rosenthal Reue. Bei der Sandbirke, Baum des Jahres 2000, war sie nahe dran, für eine Umarmung von Michel umzukehren. Ein Anruf ihres Ehemanns hielt sie ab, sodass sie bei der Weiterfahrt in den Genuss von Wildapfel, Traubeneiche und Winterlinde kam.

Verdammte Midlife-Crisis, fluchte sie vor sich hin. Was stimmte bei ihr nicht? Sie nahm sich vor, mit Tante Clarissa darüber zu sprechen. Die strahlte etwas Weltläufiges in den Dingen der Liebe aus, während die Strenge ihrer eigenen Mutter die Unterhaltung über solche Themen unmöglich machte, geradezu undenkbar.

Michael Fett saß zur selben Zeit beim dritten Glas Crémant im Elisenbrunnen, knabberte an einer grünen Olive, die wahrscheinlich sein ganzes Abendessen darstellen würde, und grübelte, ob sein Lebenskonzept als eingefleischter Junggeselle aufging. Dass die Frau, die ihn reizte, immer wieder davonzog, verstärkte die melancholische Stimmung. Die ihn reizte? Was für eine bescheuerte Umschreibung, nur weil er sich nicht traute, das Wort Liebe zu denken. Liebe im Zusammenhang mit Theresa versprach Schmerzen. Was soll's, überlegte er und ärgerte sich gleichzeitig über die Killerfloskel, mit der seine Freundin oder auf Neudeutsch Lebensabschnittsgefährtin Iska Sonntag jedes tiefergehende Gespräch abbrach. Nun benutzte er dieselbe

Formel, um seine Selbstreflexionen zu beenden. Fett war sauer, auf sich, auf Iska, die beim SEK Bonn arbeitete und jede zweite Verabredung platzen ließ, und auf Theresa, die ihre merkwürdige Beziehung im Ungefähren ließ und einfach so davonfuhr, als hätten sie nicht ...
Ach was, stoppte er die Gedankenflut und orderte ein weiteres Glas bei der hübschen Kellnerin, die mindestens 15 Jahre zu jung für ihn war und ihn deshalb auch nicht interessierte. Er war nicht der Mann für eine Nacht, obwohl es mit Theresa so gelaufen war. Ich bin nicht der Mann für eine Nacht, murmelte er vor sich hin – wie klingt das denn?

Fett nahm seinen Ärger mit in den nächsten Morgen. Als er im Büro erschien und den Kollegen Bernd Schmelzer mit Kaffee und einem fettigen Croissant erwischte, maulte er über die Blätterteigkrümel auf dem Schreibtisch. Akten aus Schmelzers Händen erreichten ihn regelmäßig mit undefinierbaren Essensflecken. Während der Kollege auf seinem Drehstuhl wippte, massierte er mit den Füßen die Croissant-Stückchen in den Teppichflor.

»Legen Sie sich da unten einen Vorrat für schlechte Zeiten an, Schmelzer?«

»Wieso?«, fragte Schmelzer mit vollen Backen, worauf es wiederum Blätterteigflocken regnete.

Fett deutete resignierend auf den Boden.

»Egal«, sagte er. »Es gibt Arbeit. Köln braucht unsere Unterstützung.«

»Schon wieder?« Schmelzer war genervt. Die Zusammenarbeit mit den Kölner Kollegen stand seines Erachtens unter schlechtem Vorzeichen. Mal abgesehen vom arroganten Auftreten der Kölner im Jahr 2000, als die Kollegen vom

Rhein den Einsatz bei der Karlspreisverleihung an Bill Clinton geleitet hatten, stand auch über der letzten Zusammenarbeit ein schlechter Stern. Ein Aachener Verleger war tot in einer Box auf der Kölner Rennbahn aufgefunden worden, von einem Pferd zertrampelt. Ein Verdächtiger war ihnen in die Weiten des Ostens entkommen. Zurück blieb ein verstörter Kommissar Fett. Irgendetwas war mit der Kölner Kollegin Rosenthal gelaufen. Schmelzer hatte das bemerkt, aber diskret behandelt. Fett konnte sehr ungemütlich werden, wenn man ihn auf sein Privatleben ansprach.

»Rote Rettung«, ging Fett in versöhnlichem Ton zum Tagesgeschäft über. »Ich habe Ihnen über diesen dubiosen Verein berichtet. Sammeln Gelder für die Unterdrückten dieser Welt; einige davon sind an unseren Exterroristen Rinaldo umgeleitet worden. Wir werden die Truppe jetzt mal in ihrem Räucherkerzennebel aufscheuchen.«

»Wieso Räucherkerzennebel?«, stutzte Schmelzer, während er sich die letzten fetten Krümel vom Kinn wischte.

»Ist doch so, in diesen grün-linken Biotopen«, grinste Fett. »Sorry, aber nichts ist schöner als ein verfestigtes Vorurteil. Kein Vorurteil ist allerdings, dass Gelder der grünen Böll-Stiftung an die Partnerorganisation Addameer fließen; die kümmern sich ganz lieb um palästinensische Gefängnisinsassen und pflegen darüber hinaus Verbindungen zur Terrorgruppe ›Volksfront zur Befreiung Palästinas‹. Addameer wird kräftig aus Europa gepäppelt, das gibt der Verein selbst an, und zu den Unterstützern gehört eben auch die Böll-Stiftung. So finanziert der deutsche Steuerzahler, ohne dass es ihm bewusst ist, palästinensische Terroristen.«

»Und jetzt wollen wir sehen, ob diese roten Retter auch zu den Terroristen-Unterstützern im Nahen Osten gehören«, ergänzte Schmelzer. »Sehe ich das richtig?«

»Sehr richtig, Schmelzer. Das Fass machen wir jetzt auf, und dann schauen wir mal, ob nicht die Information über die Unterhaltszahlung für Rinaldo abfällt. Die Mutti von unserem Rinaldo müssen wir übrigens auch noch besuchen. Sie lebt ganz in der Nähe, in Eilendorf. Mal sehen, wann sie zuletzt Kontakt zu ihrem Bub hatte.«

## LILY ERWACHT

Als Lily zum zweiten Mal an diesem Tag die Augen öffnete, drehte sich das Karussell nicht mehr. Warum sie in einem fremden Bett erwachte, in einem Zimmer, das sie nicht kannte, blieb ihr schleierhaft. Was war geschehen? Sie erinnerte sich dumpf an einen Mann mit Strumpfmaske. Eine Halluzination? Lag sie in einem Krankenhaus? Wie die Station von Dr. Stefan Frank, dem Arzt, dem die Frauen vertrauen, sah die Einrichtung nicht aus. Durch das Fenster erblickte sie nur Grün. Also eher Schwarzwaldklinik? Irgendjemand arbeitete mit einem Hämmerchen hinter ihrer Stirnwand. Sie versuchte es mit ein paar Gegenschlägen. Die halfen nicht. Aufstehen, dachte sie, ohne dass ihr Körper auf den Befehl reagierte. Sie zog ein Bein an. Gelähmt war sie also nicht, vielleicht eher eine Lähmung im Kopf, das Gehirn schien Befehle nicht korrekt weiterzugeben. Sie schob den Fuß über die Bettkante, robbte hinterher, bis beide Beine den Boden berührten. Vollkommen erschöpft von der Aktion blieb sie minutenlang in dieser Position liegen, bis sie die Kraft fand, ihren Oberkörper aufzurichten. Die Senkrechtposition schien oben unter der Schädeldecke nicht gut anzukommen: pochender Schmerz, Schwindel. Das dem Bett gegenüberliegende Fenster sackte vor ihren Augen ab, oder stieg der Baum draußen nach oben oder fiel sie nach unten? Reiß dich zusammen, Lily, hörte sie eine krächzende Stimme. War das ihre eigene gewesen? Und wer war Lily? Ich bin nicht

Lily, nicht Lily, nicht Lily, hämmerte es in ihrem Kopf. Wer bin ich dann?

Sie schaffte die zwei Schritte zum Fenster, hielt sich taumelnd am Fensterbrett fest. Sie sah nur Grün: Bäume, hügelige Wiesen, ein paar braun-weiße Kühe, noch mehr Bäume, kein Haus. Halle war das nicht. Stimmt, Halle, da wohne ich, blitzte es in ihrem Hirn auf. Susanne Schwecht, Halle, Susanne, Halle. Halle war voll von Häusern, das hier war nicht Halle. Die Denkarbeit strengte an, der Schädel brummte. Sie schaffte es mit Mühe zurück zum Bett. Die zwei Schritte Schwerstarbeit. Dann fiel sie vornüber und blieb schwer atmend auf der Daunendecke liegen.

# ROSENTHAL IN RAGE

»Marco, wir kennen nicht alle Spieler«, raunzte Theresa Rosenthal schlecht gelaunt, als sie am Morgen nach dem Treffen mit Fett das Büro betrat.

»Von wem sprichst du?«, staunte der Kollege Bär. »Erster Effzeh, Bayern München, Nationalmannschaft. Bist du die neue Assistentin von Jogi Löw, oder was?«

»Witzig!«

»Ach, ich vergaß, Madame ist ja Golfspielerin«, ergänzte Bär süffisant.

»Ist auch nur irgendein Ballsport.«

»Ja, für die feinen Leute«, grinste Bär.

»Habt ihr Monika Münzer erreicht?«, wechselte Rosenthal das Thema.

»Eva ist dran«, antwortete Bär. »Bisher keine Rückmeldung. Wir wollten nachher mal rüberfahren. Münzer wohnt in Bayenthal.«

»Gut. Aber es gibt mehr Spieler. Der dubiose Herr Müller vom Bundeskriminalamt, Verfassungsschutz oder was auch immer – okay, den zu finden, wird kompliziert.« Rosenthals Laune verschlechterte sich, hing vielleicht mit dem Treffen am Vorabend in Aachen zusammen, vermutete sie. »Und dann das Opferumfeld. Dieser RAF-Mord an Lühringhoff; Münzer, die Tochter des ermordeten Fahrers; Possmanns, die Nachbarn mit der abgetauchten Tochter. Die hocken alle dort in der Kölner Marienburg aufeinander. Da steckt mehr dahinter. Hochsensibel. Wie gehen wir vor?«

»Hochsensibel.« Bär nickte bedenklich. »Für Hochsensibles bist du doch der Spezialist, Resilein.«

»Boah, Marco!« Theresa boxte den Kollegen auf den muskulösen Oberarm, der vom vielen Pumpen im Fitnessstudio kein bisschen nachgab.

»Hart wie Krupp-Stahl«, belächelte Theresa seine Kraftpakete.

Marco zog den Unterarm an und blähte den Bizeps auf.

»Respekt, mein Lieber!«, lobte Rosenthal. »Dann beindrucke du mal die Frau Münzer. Ich kümmere mich um die Hinterbliebenen von Paul Lühringhoff.«

Das Telefon klingelte. Fett war dran.

»Die alte Dame von unserem Rinaldo ist ein armes Muttchen, 82 Jahre alt«, berichtete Fett. »Als wir ihr vorsichtig beibrachten, dass ihr Sohn tot sei, brach sie zusammen. Unter Tränen berichtete sie, sie habe ihn seit seinem Untertauchen nicht wiedergesehen. Klang alles glaubhaft.«

»Danke, Michel!«

»Theresa!«

»Ja?«

»War schön, dich zu sehen, gestern.«

»Ja, Michel.« Mehr brachte Theresa nicht über die Lippen. Sie hatte es auch schön gefunden, aber unter Marcos lauerndem Blick verkniff sie sich weitere Bemerkungen.

Lühringhoff, Köln-Marienburg, ein Fall für Tante Clarissa, überlegte Theresa Rosenthal. Sie griff zum Telefonhörer.

»Tantchen, wie geht es dir?«

»Ich rege mich auf«, schmetterte die kräftige Stimme von Tante Clarissa ihr entgegen.

»Ist Aufregung gesundheitlich nicht bedenklich in deinem Alter?«

»Ganz im Gegenteil, sie hält mich frisch, belebt Herz und Kreislauf. Willst du nicht wissen, worüber ich mich errege?«

»Doch.«

»Merkel! Was ist mit dieser Frau los? Das Land geht vor die Hunde und kein Bild, kein Ton von unserer Kanzlerin. Ich bin dabei, ihr einen Brief zu schreiben.«

»Gute Idee«, lobte Theresa.

»Du kannst dir deine Ironie sparen, Kind.«

»Aber nein, ich meine das ernst. Nutze deine Autorität«, schmeichelte Rosenthal der Tante.

»Diese Merkel fährt das Land vor die Wand. Brandt, Schmidt, das waren andere Kaliber«, fuhr die Tante in ihrem Ärger fort. »Mit Schmidt saß ich oft zusammen, bei Pressebällen, damals in Bonn«, erinnerte sie sich.

»Da kamen ja die zwei richtigen zusammen. Wahrscheinlich schwebte eine Rauchwolke über euch?«

»Weißt du, was Schmidt mal zu mir sagte? Diese intrigante politische Welt habe er nur dank seines starken Willens und vieler Zigaretten überstanden.«

»Darauf habt ihr dann mit einem Dujardin angestoßen und noch eine gequalmt?« Theresa lachte und kam zum Grund ihres Anrufs: »Kennst du die Possmanns und die Ehefrau von dem ermordeten Lühringhoff? Wohnen doch bei dir um die Ecke.«

»Immer noch der Tote vom Stadtwald«, schloss Tante Clarissa hellsichtig. »Ich kenne beide Familien. Bekomme ich ein Informantenhonorar?«

»Ist dir die üppige Botschafterpension gekürzt worden, dass du dir ein Zubrot verdienen musst?«, stichelte Theresa Rosenthal.

»Nach dem Brief an die Merkel wird mir die Pension komplett gestrichen«, lachte die kämpferische Tante. »Komm auf einen Kaffee vorbei, besser auf einen Sundowner, dann beantworte ich deine Fragen.«

# MONIKA MÜNZER

Monika Münzer war attraktiv, fand Marco Bär. Einiges älter als er, schwer einzuschätzen, schlank, schulterlanges blondes Haar, lebendige braune Augen, sehr wachsam, intelligent.

»Wie kann ich den Kommissar*innen helfen?«, fragte Münzer mit freundlichem Lächeln. Oder mit einem ironischen? Bär war sich nicht sicher. Monika Münzer hatte das Gendersternchen beim Wort Kommissar*innen mit einer kurzen Pause gesprochen, um ihn und seine Kollegin Eva Burrenscheidt politisch korrekt zu begrüßen. Münzers warme, einschmeichelnde Stimme konterkarierte die vermutete Ironie.

Interessante Frau, dachte Bär. Selbstbewusst und schwer durchschaubar. Und sie kocht einen guten Kaffee, stellte er kurz darauf fest, als sie mit zwei Tassen Cappuccino aus ihrer Küche zurückkehrte.

»Natürlich habe ich die Berichterstattung über den Mord am Stadtwald verfolgt«, antwortete sie mit Verzögerung auf die anfangs gestellte Frage des Kommissars. »Sie wissen, dass ich mich seit Jahren mit dem Thema RAF beschäftige, insbesondere mit der mangelnden Aufklärung der Verbrechen, die von diesem Täterkreis verübt wurden.«

»Kennen Sie das Opfer?«, fragte Eva Burrenscheidt. Eine Frage ins Blaue, denn in der Zeitung war die Identität des Toten vom Stadtwald bislang nicht veröffentlicht worden. Rosenthal hatte Dr. Hehemann überzeugt, die

Bekanntgabe so lange wie möglich hinauszuzögern, weil sie auf Reaktionen aus der Sympathisantenszene hoffte.

Münzer ließ sich von der Frage nicht überrumpeln.

»Nein, ich kenne den Mann nicht, aber der Fundort spricht für sich«, antwortete sie ohne merkliche Irritation. »Kann kaum ein Zufall sein, oder?«

»Können Sie sich einen Täter aus dem Umfeld der Opfer vorstellen?« Bär blieb dran. »Sie kennen viele der Betroffenen, haben Kontakt gehalten, abgestimmte Initiativen gestartet. Sie haben über Opfertreffen und gemeinsame Statements berichtet. Fällt Ihnen irgendjemand ein, der als Täter infrage kommt?«

»Es interessiert kaum jemanden in unserer heutigen Gesellschaft, aber natürlich sind Traumatisierte zurückgeblieben«, gab Münzer zu bedenken. »Jeder verarbeitet die Begegnung mit einer Gewalttat anders.«

»Und wie haben Sie persönlich das verarbeitet?«, fragte Bär vorsichtig nach.

Monika Münzer schaute aus dem Fenster, betrachtete das erste zarte Grün an den Bäumen vor ihrem Haus. Sie ließ sich Zeit mit der Antwort.

»Der Mensch ist ein Wunder an Verdrängung, oder?«

Bär störte sie nicht, während sie ihren Gedanken nachhing; er hatte das Gefühl, es würde noch etwas kommen.

»Ich war jung, ich wollte vergessen. Ich wollte leben.« Die kurzen Sätze sprach Münzer zögerlich. Es fiel ihr sichtlich schwer, über die Vergangenheit zu reden. »Ein Psychologe kümmerte sich um mich, aber ich hatte bald keine Lust mehr auf sein Geschwafel. Ich ging meinen eigenen Weg.«

»Das Schreiben?«, fragte Eva.

»Ja, das war sicher eine Art zu verarbeiten.«

»Haben Sie nicht zudem eine enge Freundin verloren?

Lily? Lily Possmann.« Bär sah, wie Münzer zusammenzuckte. Sie hatte sich schnell wieder im Griff.

»Ist lange her«, antwortete sie knapp.

»Und Lühringhoff? Könnten Sie sich die Hinterbliebenen als Täter vorstellen?«, blieb Bär dran. »Die Ehefrau lebt. Es gibt einen Sohn und eine Tochter. Sie kennen beide gut.«

»Was glauben Sie?« Es war das erste Mal, dass Münzer die Stimme hob. »Wir sind keine Mörder. Wir sind die Opfer. Allerdings finde ich es manchmal unerträglich, wie mit der Nachbearbeitung dieser Zeit umgegangen wird. Haben Sie den Tatort-Krimi kürzlich gesehen? Verschwörungstheorien wurden geschürt. Es wurde so dargestellt, als habe der Staat die Stammheimer Gefangenen umgebracht. Die Dokumentationen im Fernsehen sind immer von Sympathie für die Täter geprägt. Ehemalige Mitläufer spreizen sich vor den Kameras, tun so, als sei das alles ein Spiel gewesen. Die Opfer werden möglichst nicht erwähnt. Wissen Sie, was der Kölner Stadtanzeiger schrieb, als im Düsseldorf ein Theaterstück über den Mord an Detlev Karsten Rohwedder auf Drängen der Witwe abgesetzt wurde? Die Sympathien des Regisseurs lagen eindeutig auf Seiten der RAF. Ein solches Theaterstück vor der Haustür der Witwe. Haben Sie darüber gelesen?«

Die Kommissare verneinten, während Münzer nach einem Aktenordner griff, aus dem sie einen Zeitungsartikel herauskramte. Sie las:

»Wenn auch über das Attentat auf den ehemaligen Stahlmanager und Treuhandchef in seiner Villa im schicken Stadtteil Oberkassel das Gras von 22 Jahren gewachsen ist, ließ der Vorabprotest der Witwe Hergard Rohwedder den Interimsintendanten Manfred Weber doch zurückschrecken. Schon vor zehn Jahren hatte die Juristin Rohwedder in Berlin eine Kunstausstellung verhindert, die sich mit den RAF-Morden beschäftigen sollte. Ihr Einfluss scheint ungebrochen.«

Münzer legte den Zeitungsartikel auf dem Tisch ab und schaute die Kommissare herausfordernd an.

»Ja, das ungefähr ist der Ton, in dem heute Journalisten über die Opfer schreiben. Für Damen und Herren von der Presse ist Gras darüber gewachsen. Die meisten Täter sind nicht verurteilt, aber wir sollen Gras darüber wachsen lassen.«

Bär hatte die Tochter Münzers aus der Reserve gelockt. Vielleicht hat sie etwas mit dem Mord zu tun, überlegte er. Nicht auszuschließen. Eine Spur.

»Haben Sie eigentlich Kontakt zu Lily Possmann?«, fragte Eva Burrenscheidt. Sie versuchte, Münzers erregte Stimmung auszunutzen. Die Journalistin hatte sich aber wieder gefasst und antwortete in ruhigem Ton.

»Nein.«

»Entschuldigen Sie, dass wir alte Wunden aufreißen mussten«, sagte Bär, stand auf und bedankte sich höflich für den Kaffee. »Eine Frage zum Schluss«, sagte er im Hinausgehen. »Kennen Sie Mitarbeiter des Verfassungsschutzes?«

Münzer schüttelte den Kopf.

»Bundeskriminalamt?«

»Wieso sollte ich?«, wehrte sich Monika Münzer.

Bär bemerkte die Unsicherheit in ihrer Stimme.

»Nur so eine Frage«, erklärte der Kommissar. »Ist ja nicht ganz abwegig. Sie sind Journalistin, Sie haben in Sachen RAF recherchiert und geschrieben. Sie sind selbst Opfer.«

»Nein, kein Kontakt«, sagte Münzer, wieder ganz gefasst. Sie dachte an den Mann, der sich Müller nannte, und an alles, was er für sie getan hatte. Sie dachte an ihn mit einem Gefühl der Wärme und Zuneigung. Von seiner Seite war es Liebe gewesen. Liebe, die sie nicht erwidern konnte. Monika hatte ihren Vater geliebt und verloren. Sie hatte Lily geliebt, war von ihr verlassen und verraten worden. Müller, der nicht Müller hieß, sondern Sebastian Kaiser, er hätte ihre Liebe verdient.

»Kein Kontakt? Erstaunlich«, murmelte Marco Bär. »Auf Wiedersehen, Frau Münzer.« Die Verabschiedung klang eher wie eine Drohung.

Es nieselte, als die Kommissare vor die Tür traten. Die für Köln typische graue Soße hing in der kleinen Bayenthaler Straße. Sie stiegen ins Auto und holperten über das mit Schlaglöchern übersäte Pflaster Richtung Rheinufer.

»Loch an Loch und hält doch, was ist das?«, grinste Bär.
»Ein Netz?«, überlegte Eva Burrenscheidt.
»Nein – das ist Köln«, lachte Bär.

Das Lachen tat gut. Die Gesprächsatmosphäre bei Monika Münzer war bedrückend gewesen.

»Und?« Bär wollte testen, wie die junge Kollegin tickte, und ließ ihr in der Beurteilung der Befragung den Vortritt.

»Irgendetwas hat sie mit der Sache zu tun«, sagte Eva. »Bauchgefühl.«

Bär nickte zustimmend.

# IN HOCHFORM

Theresa Rosenthal klingelte kurz vor sechs an der bedenklich mit Efeu zugewachsenen Tür von Clarissa Hammerstadt. Sie wusste, dass die Tante es schätzte, wenn man seinen Besuch zur Sundowner-Zeit antrat. Die alte Dame nahm am Abend gern ein Schlückchen Champagner, aber vorzugsweise nicht allein. Durch die Glasscheibe sah Theresa, wie sich die Tante mit flottem Schritt und fröhlich winkend näherte. 93 Jahre – Theresa war wieder einmal fassungslos beim Anblick ihrer Lieblingsverwandten.

»Ich muss den Schlüssel holen«, rief Tante Clarissa dröhnend und verschwand im Hausinneren. Es dauerte ein paar Minuten, dann kehrte die alte Dame zurück und wedelte triumphierend mit dem Schlüsselbund. Nach weiteren Minuten des Probierens an den zwei Schlössern öffnete sich die Tür.

»Ist dein Gärtner gestorben?«, fragte Theresa auf den wuchernden Efeu deutend.

»In der Tat«, bestätigte die Tante mit Trauermiene.

»Oh Gott, tut mir leid«, entschuldigte sich Theresa für ihre vorlaute Bemerkung.

»Kein Grund«, schmunzelte Clarissa. »Er ist irgendwo in den Anden oder Alaska oder so. Drunter tun es die jungen Leute heute ja nicht.«

»Karlsbad ist aber auch nicht mehr das, was es mal war, Tantchen.«

»Mach lieber den Champagner auf, du kleines Schandmaul.«

Warum war es mit Tante Clarissa immer unkompliziert und viel lustiger als mit ihrer eigenen Mutter, überlegte Theresa. In der Beziehung ist einfach der Wurm drin, tat sie den Gedanken ab.

Tante Clarissa war in Hochform. Sie hatte am Vortag ein Bridgeturnier gewonnen, was sie, wann immer es passierte, in Feierlaune versetzte. Der Champagner stand bereits im silbernen Kühler auf dem Tisch. Das von ihr selbst gefertigte Käsegebäck lag in einer Glasschale daneben.

»Das musst du dir vorstellen, Kind. Ich Alte gewinne das Turnier«, triumphierte sie. »Mindestens 40 Frauen. Und ich habe sie alle abgezockt.« Sie sagte wirklich »abgezockt«.

Theresa erinnerte ihre Tante daran, dass man beim Bridge nicht allein gewinnt. »Wer war deine Partnerin?«, fragte sie.

»Vera.«

»Und, wie spielt die?«

»Grau-en-voll!« Eine Hinrichtung hätte nicht schlimmer sein können. Dass sie trotz der »grauenvollen« Partnerin gewonnen hatte, erhöhte Clarissas Champagnerlaune. Am liebsten hätte sie ihrer Nichte jeden Spielzug erklärt. Nur widerwillig ließ sich die Tante auf das Thema Possmann, Lühringhoff und die RAF ein. Theresa köderte sie mit einem Kompliment.

»Du bist doch die Grande Dame der Marienburg, dein Haus Treffpunkt für die Schönen und Reichen«, schmeichelte sie. »Bei dir geht alles ein und aus, ein Salon wie im Rokoko.«

»Liebste Nichte, ich bin zwar alt, aber nicht blöd. Was willst du wissen über die Possmanns?«

»Alles! Also, alles über die RAF-Beziehungen der Tochter und die Ermordung von Lühringhoff. Wie stehen die beiden Familien heute zueinander?«

Die Tante nahm einen kräftigen Schluck vom Schaumwein. Das vorsichtige Nippen betagter Damen hatte sie sich gar nicht erst angewöhnt. Auch unter Alkohol funktionierte ihr Gedächtnis wie geölt. Trotzdem sorgte sich Theresa Rosenthal um die alte Dame, wissend, dass es Unsinn war, eine 93-Jährige zur Zurückhaltung zu mahnen. Es war reiner Egoismus. Sie wollte die geliebte Verwandte nicht verlieren.

»Achte ein bisschen auf deine Gesundheit, liebes Tantchen«, bat die Kommissarin.

»Ach Kind, wer gesund stirbt, ist trotzdem tot«, schmetterte Clarissa die Bedenken der Nichte ab. »Kommen wir auf dein Anliegen. Du kannst dir vorstellen, was damals in der Marienburg los war. Eine Familie aus den eigenen Reihen der Upper Class, und die Tochter läuft zur RAF über. Die Possmanns zogen sich über Jahre aus dem gesellschaftlichen Leben zurück. Ich habe sie immer wieder eingeladen, aber sie sagten regelmäßig ab.«

»Wie lange ging das?«, wollte die Kommissarin wissen.

»Bis Ende der 90er. Dann stellte die RAF das Morden ja ein, und es wuchs langsam Gras über die Sache. Natürlich nicht für die Possmanns. Sie verloren ihre Tochter, einfach verschwunden. Sie mussten mit dem Gedanken leben, dass Lily womöglich zur Mörderin geworden war. Die Armen, sie konnten nicht ausschließen, dass ihre Tochter an dem Anschlag auf Lühringhoff beteiligt war. Schrecklich! Manche behandelten die Possmanns wie Aussätzige. Ich habe den Kontakt gehalten. War alles schwer genug für die beiden. Das Ehepaar Possmann trauert sehr unterschiedlich. Walter kapselt sich ab. Er kann es nicht verwinden, dass seine kleine Prinzessin, die er nahezu vergötterte, einen Weg eingeschlagen hat, den er nicht nachvollziehen kann.

Diese Radikalisierung, dieser Fanatismus. Er hört nicht auf, sich zu fragen, warum er das nicht bemerkt hat, was er übersehen, was er falsch gemacht hat. Ich glaube, er sucht nach ihr, immer noch.«

»Kann man verstehen«, gab Theresa zu bedenken.

»Natürlich. Man munkelt, er habe eine Detektei beauftragt, die nach Lily forscht.«

»Und – sind die fündig geworden?«

»Keine Ahnung. Na ja, und Sophie verarbeitet den Verlust der Tochter auf ihre Art. Sie stürzt sich in Arbeit. Wenn du jemanden suchst für ein Ehrenamt, frag Sophie, sie übernimmt alles. In der protestantischen Kirche, um die Ecke in der Mehlemer Straße, ist sie aktiv, ich glaube sogar Mitglied des Presbyteriums. Es gibt kein Kölner Museum, dessen Freundeskreis sie nicht angehört. Bei den Maltesern teilt sie Suppe an die Armen aus und adoptiert dreibeinige Hunde aus osteuropäischen Tierheimen.«

Theresa lachte. »Soll das ein Witz sein?«

»Nein, kein Witz. Wenn du sie mit ihrem Straßenköter Kurti sehen willst, geh in den Südpark. Da humpelt er auf drei Beinen hinter ihr her. – Du kannst dir vorstellen, wenn zwei Ehepartner derartig unterschiedlich trauern, geht die Beziehung meist in die Brüche.«

»Sind sie geschieden?«

»Nein, sie leben unter einem Dach, aber jeder geht seiner Wege. Sophie sagt, sie käme nicht an ihren Mann heran. Sie hat nicht nur die Tochter verloren, sondern darüber hinaus den Ehepartner. Furchtbar, was dies in einer Familie anrichtet. – Nimm dir noch ein Glas, Kind!«

Theresa erinnerte die Tante daran, dass sie mit dem Auto zurück ins Belgische Viertel fahren und als Polizistin ein gutes Vorbild abgeben müsse.

»Braves Kind!«, lobte Clarissa und bediente sich stattdessen selbst.

»Aber erzähl mir, während ich mein Wasser schlürfe, wie das Verhältnis der Possmanns zu der Nachbarin ist, bat die Kommissarin. Die Witwe Lühringhoff hätte ja allen Grund zum Hass.«

»Nein, Magda doch nicht«, protestierte Clarissa. »Magda ist eine Seele von einem Menschen. Hass ist nicht ihre Sache. In einem offenen Brief hat sie den Terroristen die Hand zur Versöhnung ausgestreckt. Ich kann mich nicht erinnern, dass einer dieser Verbrecher sie ergriffen hätte.«

»Und der Sohn?«

»Richard?« Clarissa überlegte. »Ich kenne ihn kaum. Ich weiß, dass er sich nach dem Mord rührend um seine Mutter gekümmert hat. Er und seine Schwester Sandra, die lebt aber mittlerweile in Honkong. Als die Mutter wieder auf den Beinen war, brach Richard zusammen. Alles lange her. Er hat sich gefangen. Hat irgendwo einen guten Job, verheiratet, zwei oder drei Kinder.«

»Sitzt dort irgendwo in diesen Villen ein Rächer?«, fragte Theresa nachdenklich. »Ist das vorstellbar?«

»Mord kommt in den besten Kreisen vor, denk an den guten Bodo«, bemerkte Tante Clarissa launig. Der Champagner zeigte langsam Wirkung.

»Erinnere mich bloß daran nicht«, jaulte Theresa auf, als die Tante auf einen ihrer letzten Fälle anspielte. Tatsächlich war der Mord am Aachener Verleger Verhülsten eine ihrer Niederlagen. Besonders pikant an diesem Fall war die Verwicklung des alten Diplomaten Bodo von Malchow, der zu Theresas Verwandtschaft gehörte und enge Beziehungen zu ihrer Mutter pflegte. Den Fall hatte sie zusammen mit dem Aachener Kollegen Fett lösen müssen. Kein Ruhmesblatt in ihrer beider Berufslaufbahnen. Vielleicht hatten sie sich von der gegenseitigen Anziehung ablenken lassen.

»Mach dir keinen Kopf, Verhülsten war ein Ekel und Bodo ein Ehrenmann«, tröstete Clarissa.

Theresa schwieg. Das Gespräch mit Tante Clarissa ließ sie ratlos zurück. Lühringhoff und sein Fahrer – nur zwei der Opfer aus einer Reihe von Morden durch die RAF-Terroristen. Bei jedem Einzelnen blieben verletzte Seelen zurück.

»Wenn du wüsstest, dass einer aus dem Umfeld von Lühringhoff und seinem Fahrer der Täter ist in unserem Stadtwald-Fall, wen würdest du am ehesten verdächtigen?«, fragte sie die Tante. »Was immer du sagst, es bleibt unter uns – Ehrenwort.«

»Puh, furchtbare Frage, Kind«, ächzte die Tante. »Ich versuch trotzdem mal eine Antwort. Den größten Hass hegt Sophie. Vor ein paar Monaten sagte sie mir, sie wäre froh, wenn alles ein Ende hätte. Ich schaute wohl sehr entsetzt, und sie meinte, es klänge schrecklich, aber sie wäre erleichtert, wenn sie die Nachricht vom Tode ihrer Tochter bekäme. Das Schlimmste sei die Ungewissheit. Sie erwähnte auch einmal voller Abscheu einen Freund von Lily, der sie in all das hineingezogen habe.«

»Nannte sie einen Namen?«

»Nein, Kind, keinen Namen.«

»Vielleicht doch die Münzer«, murmelte Theresa.

»Wie bitte?«

»Vielleicht hat Monika Münzer etwas mit dem Mord zu tun.«

»Wer ist das?«

»Die Tochter des Fahrers von Paul Lühringhoff.«

»Ach ja«, erinnerte sich Clarissa. »Stimmt. Bin ihr nie begegnet.« Sie nahm sich eine Denkpause. »Hatte die nicht mal ein Verhältnis mit dem Ritchie, dem Sohn Richard von den Lühringhoffs?« Clarissa grübelte. »Nein, Blödsinn, das war anders. Aber nur so ein Gerücht. Es war ein Freund des ermordeten Vaters. Wie hieß der noch? Irgendwas mit S, Sebastian, glaube ich. Der arbeitete bei einem dieser deutschen Geheimdienste: BND, BKA, LKA, Verfassungsschutz?«

Theresa wurde hellhörig.

# BULLEN – NEIN DANKE!

»Nazis raus!« Der Aufkleber verzierte die Tür zum Büro der »Roten Retter e.V.«. »Es reicht! Rechter Gewalt entgegentreten« und »Nazis aufs Maul!!« – die Aufrufe hingen neben ein paar abblätternden »Atomkraft – nein danke!«-Stickern. Auf einer Art Fußabtreter prangte der Spruch: »Das ganze Haus hasst die Polizei.«

Hauptkommissar Fett und sein Kollege Schmelzer waren gegen Mittag in die Mauerstraße in der Nähe der Uni gefahren, hatten sich durch ein muffiges Treppenhaus in die zweite Etage geschleppt, vorbei an Türen, die mit ähnlichen Botschaften zugekleistert waren. Sie drückten einen Klingelknopf, über dem die Mitteilung »Aachen Nazifrei – wir sind dabei!« klebte. Daneben hatte jemand handschriftlich vermerkt: »Alle Mittel sind legitim.«

»Und die erhalten meine Steuerkohle?«, fragte Schmelzer.

»Jede Menge, und demnächst will unsere Familienministerin das Geld mit der Gießkanne verteilen, habe ich gerade gelesen«, bestätigte Fett. »Da soll gar nicht mehr geprüft werden. Alles, was gegen Rechts ist, wird mit Zuwendungen bedacht.«

»Helikoptergeld, nennt man das nicht so?«, brummte Schmelzer.

»Mmh. Mit einem kleinen Denkfehler: Nicht alles, was gegen Rechts ist, ist auch demokratisch.«

»Aber eine Familienministerin muss den Verfassungsschutzbericht sicher nicht lesen«, brummte Schmelzer verärgert.

Sie hörten Stimmen von drinnen, aber niemand öffnete. Schmelzer versuchte es erneut. Diesmal hielt er den Klingelknopf gedrückt.

»Das Ding ist kaputt«, bemerkte Fett und klopfte mit der Faust gegen die Tür. Kurz darauf stand eine Frau vor ihnen, so bedeckt mit Tattoos und Piercings, dass eine Altersbestimmung unmöglich war.

»Bullen – nein danke!«, schmetterte die tapfere Antifaschistin ihnen entgegen und knallte die Tür zu, was nur halb gelang, weil Schmelzer seinen Fuß dazwischen hielt. Woher sie den untrüglichen Bulleninstinkt hernahm, konnten die beiden Kommissare sich vorstellen.

»Reinlassen müssen Sie uns nicht«, erklärte Fett, »aber reden sollten Sie mit uns, sonst kommen wir mit einem Durchsuchungsbefehl zurück.«

»Und warum habt ihr den nicht jetzt schon dabei?«, fragte die Antifa-Kämpferin keck.

»Weil wir Ihrem wohltätigen Verein doch nicht den Zugriff auf Staatsknete vermasseln wollen«, erklärte Fett mit ausgesuchter Höflichkeit. Ein Spiel, das er beherrschte und vorzugsweise anwandte, wenn er es mit Leuten zu tun hatte, die auf Formen schissen. »Das geht ganz schnell, wenn wir unsere Informationen weiterleiten. Die Unterstützung eines gesuchten Terroristen ist keine Lappalie, gnädige Frau.« Schmelzer grinste.

»Wie, was soll das?« Die Frau schien überrascht.

»Wir haben die Beweiskette gerade geschlossen. Es gehen Spendengelder, die Sie einsammeln, zu einer dänischen Organisation.« Fett machte eine bedeutungsschwangere Pause und fuhr in besorgtem Ton fort. »Und die unterstützten einen RAF-Terroristen. Natürlich mit Ihrer Kenntnis. Jetzt brauchen wir ganz schnell die Namen der Spender. Gefahr im Verzug. Schon mal gehört?«

»Und Ihren Namen bitte, damit wir wissen, mit wem wir es hier zu tun haben«, ergänzte Schmelzer.

»Melanie Behrens«, stotterte die Frau, während die anfängliche Forschheit von ihr abfiel. »Kai, kommst du mal«, rief sie nach Verstärkung in die Wohnung hinein. »Kai, kommst du mal?«

Kai kam nicht.

»Nun komm endlich«, brüllte Melanie. Sie war nervös.

Kai, schwarze Jeans, schwarzes T-Shirt mit der Aufschrift »Nazis raus!«, näherte sich in wippendem Gang. Er war der Typus effizienter Agitator mit strammer K-Gruppen-Schulung.

»Mit Vertretern dieses faschistoiden Systems reden wir hier nicht«, blökte Kai, als er merkte, dass er es mit Polizeibeamten zu tun hatte.

Seine Arroganz ging Schmelzer unheimlich auf die Nerven. Beim Einsatz im Hambacher Forst hatte er mehrfach von solchen Typen auf die Schnauze bekommen. Wenn man sich wehrte, filmten sie einen und setzten es ins Netz als Beweis dafür, dass arme, friedliche Demonstranten es mit gewalttätigen Staatsvertretern zu tun hatten. Fett kannte seinen Kollegen gut genug, um zu spüren, dass der kurz vor einem Ausbruch stand.

»Nun sei nicht so, Kai, die wollten nur ...« Weiter kam Melanie nicht.

»Die wollten nur, die wollten nur«, polterte Kai. »Die haben hier gar nichts zu wollen, diese Handlanger eines durch und durch korrupten und autoritären Staates.«

»Rechtsstaates«, verbesserte Kommissar Fett. Auch ihm

fiel es schwer, die Ruhe zu bewahren. »Dieser Rechtsstaat hat gewisse Regeln, denen Sie sich zu entziehen versuchen, aber es ist nun mal so, dass dieser Rechtsstaat Gelder nur an rechtsstaatlich arbeitende Organisationen vergibt.«

Es machte ihm Freude, das Wort Rechtsstaat zu wiederholen, und er kannte seine linken Pappenheimer. Wenn es ums Geld ging, schrien sie genau wie alle anderen gleich dreimal »hier«. Soweit ging der Antikapitalismus bei ihnen dann doch wieder nicht.

»Können wir mal reden, Kai?« Melanie schloss die Tür, hinter der die Kommissare aufgeregtes Flüstern hörten. Im Hausflur wartend, fühlten sie sich wie die Idioten, hatten vorerst aber keine rechtliche Handhabe trotz oder gerade wegen des kurz zuvor beschworenen Rechtsstaats.

Nach ungefähr fünf Minuten riss der sogenannte Kai die Tür auf.

»Fünf Namen, mehr nicht«, raunzte er ihnen unfreundlich entgegen und reichte einen Zettel durch die fast wieder geschlossene Tür.

»Werden wir sehen«, konterte der Kollege Schmelzer stinksauer. Nach dem Ablauf dieses Gesprächs würde er tagelang, sogar in seiner Freizeit, im Intranet wühlen, um einen Grund für eine Hausdurchsuchung bei den roten Rettern zu finden. Fett kannte ihn. Die Behandlung durch die Antifaschisten ließ Schmelzer nicht auf sich sitzen. Der Hauptkommissar hatte nicht vor, seinen Eifer zu bremsen.

Fett wedelte mit dem Zettel vor Schmelzers Nase.

»Ob wir unter den Namen nicht unseren Mörder finden«, triumphierte er. »Einige von denen sind sicher froh, dass ihr alter Kumpel nicht mehr unter den Lebenden weilt.«

»Richtig. So ein Typ, der einem lebenslang auf der Tasche liegt, den hat man bestimmt nicht lieb«, bestätigte Schmelzer. »Und dass die Jungs vor Gewalt nicht zurückschrecken, wissen wir ja.«

Die Unterhaltung führten sie extra laut, damit die Botschaft die Lauschenden hinter der Tür erreichte.

## TAUSEND EINWÄNDE

Monika Münzer wusste, dass sie eine schnelle Entscheidung treffen musste. Sie schaffte es nicht, schob das strenge Arbeitspensum vor, dann eine Grippe, die eigentlich nur eine Erkältung war, schließlich den Defekt an ihrem Auto, ein merkwürdiges Geräusch, das sie beim Bremsen wahrnahm oder wahrzunehmen meinte.

Müller alias Sebastian Kaiser wurde streng:

»Du musst kommen, setz dich ins Auto. Keine Ausreden mehr. Du musst es tun. Jetzt!«

Monika wusste, dass er recht hatte. Sie startete gegen 9.30 Uhr morgens, in der Hoffnung, nicht in die Reste der Rushhour zu geraten. Trotz der Riesenbaustelle auf der Bonner Straße, für die Hunderte von Bäumen gefällt worden waren, rollte der Verkehr zügig stadtauswärts zum Verteilerkreis. Die Bonner Straße, eine Akkumulation an Bausünden sah ohne Grün noch trostloser aus. Als ob die tristen Häuserfassaden nicht Bestrafung genug für die Anwohner waren, hatten man sie für den Ausbau der Straßenbahn aller Bäume beraubt. Münzer nahm die A 555, einst dreispurig zur Rennstrecke für Diplomaten aller Länder ausgebaut, als Bonn Hauptstadt war. Damals fuhr man zu jeder Tages- und Nachtzeit unbehelligt von anderen Verkehrsteilnehmern auf dieser Luxusautobahn. Seit die Kölner Brücken zu Sanierungsfällen verkommen waren, verstopfte die A 555 zu allen möglichen Zeiten. Monika hatte Glück. Sie kam glatt bis Godorf durch, nahm den

Abzweiger Richtung Brühl und fädelte sich nach kurzer Landstraßenfahrt auf die A 553 und danach Richtung Euskirchen ein. Bei der Abfahrt Wißkirchen wechselte sie auf die Landstraße. Sie kannte ihr Endziel nicht. Müller hatte ihr gesagt, sie solle bis zum Eifel-Ort Einruhr fahren.

»Und nichts ins Navi eingeben«, hatte er sie beschworen. »Benutze eine Aral-Karte, hast du so was? Sonst kauf dir eine an der Tanke. Ruf mich an, wenn du in Einruhr landest. Von da aus leite ich dich weiter. Benutze eine Prepaidkarte.«

Er hatte ihr eine Nummer gegeben, die sie nicht kannte. Wahrscheinlich ebenfalls Prepaid.

Monika hielt sich an Müllers Anweisungen. Er war der Spezialist.

»Halt dich an die Geschwindigkeit«, hatte er eindringlich gefordert. »Überall auf den Landstraßen sind Blitzer installiert, so moderne graue Säulen, die siehst du erst, wenn es zu spät ist.«

Den Rat hätte er sich sparen können. Sie fuhr langsam, sehr langsam. Als ein Lastwagen sie hupend auf der Autobahn überholte, merkte sie, dass die Temponadel auf unter 80 km/h abgesackt war. Monika fürchtete sich. Sie hatte Angst vor der Begegnung mit Lily. Auch die Begegnung mit Müller stand ihr bevor. Wieso denke ich immer Müller? Das schafft Distanz, Monika, ich kenne dich, ermahnte sie sich selbst. Sebastian Kaiser war ihr Liebhaber gewesen, lange her, eine kurze Beziehung. Er war ein Freund der Lühringhoffs – bis zum heutigen Tag. Nach dem Attentat ging er in der Villa ein und aus. Beruflich, weil er beim BKA beschäftigt war, aber auch privat. Er unterstützte die Familie, wo er konnte. Sebastian, fast 20 Jahre älter als sie, äußerlich ein kantiger Typ mit weichem Kern. Nach dem Tod des Vaters hatte sie sich an ihn gelehnt. Von seiner Seite aus war es mehr gewesen. Liebe. Seine Ehe zerbrach über die Beziehung zu ihr, eine Beziehung, die nicht hielt. Er hätte es verdient, von ihr geliebt zu werden. Es war ihr Fehler. Ihre Fähigkeit zu lieben hatten sie am 30. März 1987 weggebombt.

# ALTE WUNDEN

Der Besuch bei Magda Lühringhoff ging Kommissarin Theresa Rosenthal nah. Sie musste alte Wunden aufreißen. Gern hätte sie das vermieden, aber es blieb ihr keine Wahl. Die Spuren führten zurück in die Vergangenheit. Irgendwo dort lagen die Gründe für den Mord an Uli Braunfels alias Ronald Grundmann alias Rinaldo. Frau Lühringhoff, eine Dame, Mitte 70, im graublauen Kostüm und einem bunten, um den Hals gelegten Hermès-Tuch, blieb gefasst. Rosenthal war ihr dankbar dafür.

Natürlich habe sie von dem Toten am Stadtwald gelesen. Sie habe sich gleich gedacht, dass der Ort kein Zufall sei.

»Es gibt eine Verbindung zur RAF«, erklärte Rosenthal. »Der Ermordete war zumindest Sympathisant, vielleicht Täter. Wir wissen zu wenig über die dritte Generation, aber …«

»Erstaunlich, oder?«, fiel ihr Frau Lühringhoff ins Wort, in ihren Gesichtszügen stand Verachtung. »Ich habe mich immer gewundert, dass Verfassungsschutz und Bundeskriminalamt die Mörder meines Mannes und des Fahrers nie fassen konnten. Und das ist nicht die einzige unaufgeklärte Tat. Herrhausen, Rohwedder. Brutale Morde, keine Täter. Was glauben Sie, was das für die Hinterbliebenen der Opfer bedeutet?«

Sie klang aufgebracht, zornig, nicht eben wie die »Seele von einem Menschen«. So hatte Tante Clarissa Frau Lühringhoff beschrieben. Die Kommissarin erlebte eine andere Magda Lühringhoff. Was war geschehen?

»Das ist bedrückend, auch für uns«, gab Rosenthal kleinlaut zu.

»Glauben Sie wirklich, dass wir es nur mit Unfähigkeit zu tun haben? Linksradikale genießen immer noch, oder muss man sagen, schon wieder, große Sympathien in gewissen Kreisen, einflussreichen Kreisen.« Frau Lühringhoff schaute die Kommissarin herausfordernd an. »Zum Beispiel in den Medien«, fügte sie hinzu. »Vorneweg die Öffentlich-Rechtlichen. Für die Berichterstattung muss ich auch noch eine Zwangsabgabe zahlen.«

Theresa hatte ihre eigene Meinung zu diesem Thema, die sie aber für sich behielt.

Da die Kommissarin auf ihre Frage nach der Fähigkeit der staatlichen Organe nicht antwortete, fuhr Magda Lühringhoff fort.

»Ich neige nicht dazu, Verschwörungstheorien zu folgen, aber in diesem Fall könnte man auf gewisse Gedanken kommen, oder? Stasi, Verfassungsschutz, BKA – irgendwem steht die Aufklärung der RAF-Verbrechen im Wege. Welche Deals gibt es? Wem kommt es ungelegen, wenn die Wahrheit aufgedeckt wird? Und die Verschleierung – cui bono?«

»Ja, wem nützt es? Ich weiß es nicht, Frau Lühringhoff.« Die Kommissarin war über den Verlauf des Gesprächs nicht glücklich. »Wir haben einen Toten, einen mutmaßlichen RAF-Kriminellen, der zum Opfer wurde. Wir müssen ermitteln. Das verstehen Sie?«

»Und Sie suchen jetzt den Täter in unseren Reihen, den Reihen der Opfer?«

Rosenthal ging auf die Frage der Witwe nicht ein und wollte stattdessen wissen:

»Wie hat Ihr Sohn den Verlust des Vaters verkraftet?«

»Richard hat seinen Vater nicht verloren«, verbesserte Magda Lühringhoff. »Sein Vater ist ihm durch einen kaltblütigen Mord entrissen worden, da war der Junge gerade Anfang 20. Was meinen Sie also, wie er das verkraftet hat?« Die Erinnerungen bewegten die ältere Dame; die Hände fuhren unruhig über die Tischdecke, zupften nervös an den Rändern herum, entfernten nicht vorhandene Krümel. Rosenthal ließ ihr Zeit, sich zu fassen.

»Richard ist Jurist, Oberstaatsanwalt in Frankfurt. Vielleicht ist das seine Art zu verkraften. Gerechtigkeit herstellen.«

»Das versuchen wir auch, Frau Lühringhoff, wir von der Polizei. Wo kann ich Ihren Sohn erreichen?«

Die Kommissarin erhielt eine Nummer. Bei der Übergabe fragte die Witwe kurz angebunden, ob das Verhör nun beendet sei.

»Nicht ganz«, sagte Rosenthal. Sie erkundigte sich nach der Tochter Sandra. Die habe den größtmöglichen Abstand zwischen sich und die Ereignisse in ihrer Jugend gesucht. Sie lebe in Hongkong.

Die Kommissarin erhob sich und erbat im Hinausgehen eine Information über Frau Münzer, die Witwe des getöteten Fahrers.

»Sie ist vor zwei Jahren gestorben. Frau Münzer hat den Tod ihres Mannes nie verwunden. Nach dem Attentat geriet sie von einer Krankheit in die nächste, sie war sogar in psychotherapeutischer Behandlung. Bis zuletzt hat sie im Chauffeurhäuschen gewohnt. Ich habe mich gekümmert, aber sie ist, wie soll ich sagen, irgendwie dahingewelkt. Sie hatte keinen Lebensmut mehr.«

Vielleicht war es dieser Tod, der den Sinneswandel bei der Witwe Lühringhoff verursacht hatte.

»Und die Tochter?«, fragte die Kommissarin. »Wie hat Monika Münzer den Mord an ihrem Vater verarbeitet?«

»Monika kämpft auf ihre Art. Sie ist Journalistin geworden.«

»Stimmt es, dass sie eine Beziehung mit einem Freund Ihres Mannes hatte, einem Sebastian, wie hieß er gleich mit Nachnamen?« Rosenthal blätterte in einem Notizbüchlein und tat so, als suche sie den Nachnamen, den sie tatsächlich nicht kannte.

»Sebastian Kaiser? Alles Blödsinn, dumme Gerüchte«, schmetterte Frau Lühringhoff die Frage ab und ging zielstrebig zur Haustür, um die Kommissarin hinauszulassen.

»Sie wissen aber sicher, wo ich Herrn Kaiser erreiche? Er ist ja nicht mehr beim Bundeskriminalamt.«

»Keine Ahnung. Wir haben keinen Kontakt.«

Die Sache mit dem Bundeskriminalamt hatte die Witwe nicht dementiert. Sie würden Kaiser finden. Was hatten die Kollegen von der KTU gesagt? Der Täter vom Stadtwald ist ein Profi gewesen.

»Es tut mir leid, dass ich die alten Wunden aufreißen musste, Frau Lühringhoff.« Die Kommissarin schüttelte die Hand der Witwe. »Ich weiß, Sie gehörten zu denen, die versucht haben, eine Brücke zu den Terroristen zu schlagen. Es muss schmerzhaft sein, wenn von deren Seite keine Reue kommt, kein Mitgefühl mit den Angehörigen der Opfer.«

»Die Uneinsichtigkeit der Täter ist nicht einmal das Schlimmste. Furchtbar sind die Reaktionen aus der Gesellschaft, einer gewissen Intellektuellenszene«, bedauerte Magda Lühringhoff. »Ein Intendant Peymann, der Christian Klar, einem der Rädelsführer der zweiten Generation, einen Ausbildungsplatz an seinem Theater anbietet. Sie haben sicher darüber gelesen.«

Rosenthal bestätigte das mit einem Kopfnicken.

»Oder der Linken-Abgeordnete Dieter Dehm, der Christian Klar als freien Mitarbeiter in seinem Abgeordnetenbüro beschäftigt. Während wir Angehörigen 2017 an der Gedenkfeier für meinen Mann und seinen Fahrer teilnahmen, wissen Sie, wo sich da Herr Klar aufhielt?«

Theresa Rosenthal hatte keine Ahnung.

»Klar nahm im Mai 2017 an der Beerdigung des früheren DDR-Verteidigungsministers Heinz Keßler teil. Was kann man daraus entnehmen? Er lehnt diese Bundesrepublik ab und sieht sich, übrigens genau wie Herr Keßler, als Teil einer marxistisch-leninistischen Avantgarde und als politisches Opfer. – Wir standen auf unserer Gedenkfeier und konnten es nicht fassen. Das hat etwas in uns ausgelöst.«

Die Witwe stockte in ihrem Redefluss, als bemerke sie, dass ihr ein Satz zu viel entfahren war. Auf ihre Nachfrage bekam Theresa nichts mehr heraus. Magda Lühringhoff drängte die Kommissarin zur Tür hinaus.

»Haben Sie eigentlich Kontakt zu Ihren Nachbarn?«, fragte Rosenthal im Gehen.

»Selbstverständlich«, antwortete Frau Lühringhoff kurz angebunden. Als sie die Tür fast geschlossen hatte, fügte sie hinzu. »Sie können ja nichts für unser Unglück. Sie leiden selbst.«

# REISE IN DIE VERGANGENHEIT

Die Fenster waren mit schmiedeeisernen Gittern gesichert. Die alten, verrosteten Messinghebel am Holzrahmen ließen sich nicht bewegen. Vielleicht war das Fenster auch zugenagelt. Lily vergeudete ihre Kräfte nicht mit Schreien. Das war sinnlos. Es war kein Leben in der Umgebung. Sie hörte keine menschlichen Geräusche, keine Stimmen, keine Motoren; sie sah kein Haus, auf jeden Fall nicht im Bereich des Ausschnitts, den sie im Blick hatte. Einmal hatte sie zwei Wanderer entdeckt, so weit entfernt, dass es zwecklos gewesen wäre zu rufen. Der Ort war gut gewählt für eine Geiselunterbringung. Lily ging davon aus, dass sie sich als Geisel betrachten musste. Sie marterte ihr Hirn, um einen Grund für ihre Gefangennahme zu finden. Es fiel ihr keiner ein. Die Maske hatte auf ihre Fragen nicht reagiert. Der Mann war nie unfreundlich, zeigte aber auch keine Gefühlsregungen.

Die Mahlzeiten lieferte der Maskenmann immer pünktlich. Manchmal brachte er abends schon das Frühstück für den nächsten Morgen mit. Sie wusste dann, dass er sich bis zum nächsten Mittag nicht blicken lassen würde. Er ließ sie nicht hungern. So konnte sie sicher sein, dass er für die Mahlzeiten auftauchen würde. Wenn nicht, was dann? Wenn er auf der Landstraße verunglückte, was würde aus ihr werden? Wusste sonst jemand von ihrer Entführung? Sie erwischte sich dabei, wie sie das Erscheinen des Maskenmannes herbeisehnte, auch wenn er ihre

Fragen nur knapp beantwortete. Immerhin eine menschliche Stimme.

Ob es Schleyer genauso ergangen war? »Wir haben seine klägliche und korrupte Existenz beendet.« Das war der Kommentar der RAF damals, als sie Schleyer schließlich ermordet hatten. Gnadenlos. Würden ihre Entführer mit ihr ebenso gnadenlos umgehen? Was nur wollten sie von ihr?

Lily wusste nicht, ob sie sich seit sechs oder sieben Tagen in ihrem Gefängnis aufhielt, weil sie den Verlauf der ersten Phase wegen der Betäubung nicht rekapitulieren konnte. Der Maskenmann ließ sie absichtlich im Ungewissen. Je weniger Informationen sie besaß, desto besser. Er verriet auch nicht, was er mit ihr vorhatte. Die Taktik hatten sie in ihrer Kampfzeit mit ihren Opfern auch angewandt. Die Zweifel und Sorgen über die Zukunft zermürbten die Opfer. Das war beabsichtigt. Lily erinnerte sich. Bei einer Aktion der dritten Generation hatte sie zum Unterstützerteam gehört. Keiner aus dem Team hatte Mitleid gezeigt. Hatten sie damals tatsächlich kein Mitleid empfunden oder gehörte es zur Gruppendisziplin, keine Gefühlsregungen zu zeigen? Rinaldo hatte den Ton angegeben. Verriet einer Schwäche, traf ihn Rinaldos Verachtung. Reue empfand sie bis heute nicht. Sie hatten das durch und durch marode System bekämpfen müssen – mit allen Mitteln.

Lily hörte Stimmen aus der unteren Etage. Telefonierte der Maskenmann oder war eine zweite Person im Haus? Vielleicht hatten sie etwas beschlossen, vielleicht war das das Ende. Sie hörte Schritte auf der Treppe. Lily nahm Platz auf dem Sessel neben ihrem Bett und lauschte. Am liebsten wäre sie aufgesprungen und zur Tür gerannt, aber sie riss sich zusammen. Keine Schwäche zeigen. Sie hörte, wie der Schlüssel im Schloss umgedreht wurde. Sie starrte auf das Buch, das sie aus dem Regal im Zimmer herausgesucht hatte. Fontane – »Der Stechlin«. Es überraschte sie, wie amüsant und sympathisch sie die Erzählung aus der adligen Welt des 19. Jahrhunderts empfunden hatte. Sie nahm das Buch in die Hand, klappte es wahllos an einer Stelle auf und tat so, als würde sie lesen.

Die Tür öffnete sich. Eine Frau trat ein. Sie trug keine Maske.

»Hallo, Lily!«

Die Frau kam ihr bekannt vor.

»Ist lange her, Lily.«

Monika Münzer. Lily erschrak. Mit ihr hatte sie zuallerletzt gerechnet. Was machte die Freundin aus Kindertagen hier? Sie hatte manchmal an Monika gedacht, nicht oft. Lily Possmann hatte sich für ein anderes Leben entschieden, für den Kampf, konsequent. Sie hatte dafür bezahlt. Punktum. Keine Gefühlsduseleien.

# ALTE UND NEUE RECHNUNGEN

Der Besuch bei Possmans war die letzte Station im Kölner Stadtteil Marienburg. Rosenthal war angemeldet. Die Possmanns bewohnten nach wie vor die Villa neben den Lühringhoffs. Die Kommissarin betrachtete die zwei benachbarten Häuser, versuchte sich vorzustellen, wie es hier vor dem Attentat zugegangen war. Lachende Kinder, die sich durch die Gartenhecke drängten, miteinander spielten, Kindergeburtstage, erste Partys der Pubertierenden. Wie mochte das Verhältnis der Familien heute tatsächlich sein? Sie können ja nichts dafür, hatte Frau Lühringhoff gesagt.

Rosenthal klingelte draußen am Metalltor des benachbarten Hauses. Versteckt zwischen Bäumen erhaschte sie einen Blick auf die weiße, am Eingang mit Säulen geschmückte, Possmann-Villa, griechischer Architekturverschnitt, dachte sie und rümpfte kaum merklich die Nase. Manchmal konnte die Kommissarin ihre Verachtung für Neureiche nicht verbergen. Die Possmanns boten das erschütternde Bild eines Ehepaars, das es nicht schaffte, gemeinsam zu trauern. Die Trennung war Sophie und Walter Possmann aber auch nicht gelungen. Sie lebten unter einem Dach; damit schienen die Gemeinsamkeiten erschöpft. Das spürte man in den ersten Minuten der Begegnung an der Art, wie die Eheleute miteinander umgingen. Etwas Feindseliges hatte sich zwischen ihnen eingenistet. In dem großräumigen, mit Antiquitäten eingerichteten Wohnraum, in den sie die Kommissarin hineinbaten, ließen sich die Possmanns in maximal weit entfernten Ledersesseln nieder. Beide wählten sofort eine seitliche Sitzposition, sodass sie fast Rücken an Rücken zueinander saßen. Körpersprache, registrierte Rosenthal. Sie kannte das von ihren Eltern. Es war herzzerreißend, die Anstrengung zu beobachten, mit der sich das Ehepaar in Gegenwart der Kommissarin um einen zivilen Umgangston bemühte. Das gelang halbwegs, aber bei der Beantwortung der Fragen wurden sich die beiden in nichts einig.

Als Rosenthal nach der Tochter Lily fragte, wurden Walter Possmanns Gesichtszüge weich, die Augen traurig, während Frau Sophie mit harter Stimme sagte:

»Wir haben Lily nie wiedergesehen.« Sie zögerte und ergänzte: »Seit der Sache.«

»Und Sie glauben, dass der Tod des Mannes am Stadtwald etwas zu tun haben könnte mit ...« Walter Possmann fiel es sichtlich schwer, die Morde der RAF beim Namen zu nennen. »Also mit den Terroristen? – Gibt es eine Spur von Lily?«, fügte er erwartungsvoll hinzu.

»Nein, aber wissen Sie etwas über ihren Verbleib? Sie haben ja nach Ihrer Tochter suchen lassen, wie ich hörte«, spekulierte die Kommissarin und hoffte, dass etwas dran war an der Information aus Tante Clarissas Gerüchteküche. Toll, überlegte Theresa Rosenthal, sich heimlich amüsierend, jetzt bin ich schon auf die Mithilfe einer greisen Hilfskommissarin angewiesen.

Possmann schaute überrascht und verhedderte sich bei seiner Antwort. Bingo, die Tante hatte sich ein Piccolöchen verdient, was sie mit der Bemerkung quittieren würde: Das Leben ist zu kurz für kleine Flaschen. Auf jeden Fall hatte Clarissa recht gehabt. Jetzt fehlte nur die Antwort auf die Frage, wen Possmann engagiert hatte.

»Das ist alles lange her, kurz nach ihrem Verschwinden habe ich eine Detektei beauftragt, wie gesagt, lange her«, stotterte er sich durch seine Antwort. Wahrscheinlich fürchtete er, in Gegenwart seiner Frau zu viel zu verraten. Rosenthal ließ es bewenden und nahm sich vor, später nachzuhaken, wenn sie ihn allein sprechen konnte.

Die Gelegenheit bot sich, als Frau Possmann zum Kaffeemachen in die Küche verschwand.

»Ich habe immer mal wieder Kontakt zu der Detektei gehabt«, gab Possmann zu, und man sah ihm an, wie sehr er bis zum heutigen Tage am Verlust seiner Tochter litt. Kinder zu verlieren, hinterließ Wunden, die nicht heilten. Possmanns Verwundung sah man in seinem traurigen Blick. »In Abständen«, fuhr er fort, »wenn es neue Entwicklungen gab. Zum Beispiel nach der Wiedervereinigung, als klar wurde, dass viele der RAF-Mitglieder in der DDR abgetaucht waren. Ich habe mir wirklich Hoffnungen gemacht.«

»Und jetzt wieder?«, ermunterte Rosenthal den gequälten Vater. »Als Sie von der Tat am Stadtwald lasen?«

»Ja«, bestätigte Possmann. »Natürlich dachte ich sofort ...«

»Sie dachten an einen Racheakt und bangen jetzt um Ihre Tochter, stimmt's?«

Possmann nickte.

»Wen haben Sie engagiert, Herr Possmann, wer soll Ihre Tochter finden? Wir müssen das wissen, um Fakten abzugleichen.«

»Hubens, Detektei Hubens.«

Auf Nachfrage übergab er der Kommissarin die Kontaktdaten.

Sophie Possmann begleitete die Kommissarin zur Tür. Plötzlich ergriff sie Rosenthals Arm und sagte flehend:

»Das muss ein Ende haben. Ich halte das nicht mehr aus. Ich habe nicht nur meine Tochter verloren, ich habe auch keinen Ehemann mehr. Walter ist ein Schatten seiner selbst. Die Suche nach seinem kleinen Mädchen, so nennt er sie immer, frisst seine Seele. Lily ist kein kleines Mädchen, schon lange nicht mehr. Sie ist eine Terroristin, vielleicht sogar eine Mörderin.«

Dieses Geständnis sprudelte aus der armen Frau heraus, als müsse sie lang angestauten Druck aus dem Kessel lassen. Danach öffnete sie die Tür.

»Auf Wiedersehen, Frau Kommissarin.«

Über den Gefühlsausbruch der Mutter Possmann hätte Theresa Rosenthal fast vergessen, nach dem Verhältnis zu den Nachbarn zu fragen, erinnerte sich gerade rechtzeitig daran.

»Mein Mann würde sagen: alles bestens. So scheint es, aber natürlich versuchen alle nur, Normalität vorzutäuschen. Ich kann es Magda nicht verdenken, dass sie mit uns nicht allzu oft Umgang haben möchte. Sie vermeidet es, wenn sie kann. Auf größeren Einladungen begrüßen wir uns höflich, wir sind ja zivilisierte Menschen.«

Bei Frau Lühringhoff hatte das anders geklungen, aber es wunderte die Kommissarin nicht, dass die Beziehungen in einer so aufgeladenen Atmosphäre unterschiedlich bewertet wurden. So viele Verletzte, überlegte Rosenthal beim Hinausgehen, Verletzte, die womöglich zu Tätern geworden waren. Das musste sie herausfinden – und ihr nächster Gesprächspartner würde Hubens sein.

»Mal sehen, was der Typ für eine Vita hat«, sagte sie bei ihrer Rückkehr ins Büro zu Marco Bär. »Diese Detektivtypen haben manchmal eine schillernde Vergangenheit. Setz doch mal die Neue dran.«

»Theresa!«, ermahnte Bär sie. »Die Neue heißt Eva und macht einen prima Job.«

# EISZEIT

Lily erhob sich zögerlich, als ob sie jede Annäherung an Monika vermeiden, gar nicht erst in die Gefahrenzone einer spontanen Umarmung kommen wollte. Monika spürte die Abwehr, konnte nicht einschätzen, ob es Kälte oder Unsicherheit war.

»Worum geht's hier eigentlich«, fragte Lily unwirsch, ohne sich einen Schritt auf Monika zuzubewegen. Monika blieb ebenfalls stehen, nahe der Tür. Was hatte sie erwartet? Nach so langer Zeit. Sie hatte mit der Freundin sprechen wollen, auf eine Erklärung gehofft für das Leid, das Lily Monikas Familie, den Lühringhoffs und ihren eigenen Eltern angetan hatte. Hatte sie geglaubt, sie würden sich weinend in den Armen liegen, sie und die Freundin aus Kindheitstagen, mit der sie einst so viel verband? Sie hatten vieles geteilt. Eine Umarmung hätte vielleicht etwas gelöst, die Trauer, die sie seit Jahren in sich spürte. Ja, im Grunde hatte sie sich ein versöhnliches Wiedersehen vorgestellt. Lilys Reue, Gewissensbisse, ein Eingeständnis zumindest, dass Fehler gemacht wurden. Darauf hatte sie gehofft. Mit der Eiseskälte, die ihr entgegenschlug, hatte sie nicht gerechnet.

Etwas verhärtete sich in Monika.

»Wir wollen Namen, Namen von Tätern, von den Mördern, die frei herumlaufen, Lily. Deinen Freunden. Wenn ich aus diesem Zimmer gehe und keinen Namen von dir bekomme, wird es schwierig für dich«, sagte Monika Münzer und übernahm den emotionslosen Tonfall der einstigen Freundin. »Ich bin deine letzte Chance. Danach tauchen hier Menschen auf, die deine Gesprächsbereitschaft auf andere Art erreichen werden. Ich weiß nicht, wie, will es auch nicht wissen. Ich werde dir nicht mehr helfen können.«

Lily setzte sich zurück in ihren Sessel, starrte vor sich hin, dachte nach und schüttelte dann den Kopf. Sie schaute Monika dabei nicht an.

Monika ertrug die Atmosphäre in dem kleinen Zimmer nicht mehr. Für sie und Lily wurde der Raum plötzlich zu eng. Wortlos drehte Münzer sich um, öffnete die Tür, ging hinaus. Sie ließ die Freundin aus Jugendtagen so zurück, wie sie sie vorgefunden hatte, zurückgezogen in einem alten Sessel. Es war das Letzte, was sie sah, als sie sich kurz umdrehte. Hinter der Tür wartete Müller, der mit bürgerlichem Namen Sebastian Kaiser hieß. Er war ihr Schutzengel, schon lange. Er nahm Monika in den Arm und führte sie, die am ganzen Leib zitterte, die Treppe hinunter, redete tröstend auf sie ein, wiegte sie wie ein Kind.

Als Monika sich beruhigt hatte, fragte Sebastian:

»Keine Namen?«

»Nein, keine Namen, keine Reue, nach so vielen Jahren, keine Gewissensbisse, kein Entgegenkommen.«

»Dann sind wir hier raus. Ein anderer wird übernehmen«, sagte Kaiser.

Monika fragte nicht, wer dieser andere war und was er mit Lily machen würde.

# LILY ALLEIN

Lily hörte ein Flüstern hinter der Tür. Offensichtlich hatte dort jemand während ihres kurzen Gesprächs mit Monika gestanden. Vielleicht der Maskenmann. Sie lauschte, hörte das Knarren der Stufen, als die beiden nach unten gingen. Lily verließ ihren Sessel, ging zur Zimmertür, presste ihr Ohr gegen das Holz. Gedämpft nahm sie Stimmen aus dem Untergeschoss wahr, dann das Zuschlagen einer Tür, vielleicht der Eingangstür. Sie rannte zum Fenster, konnte aber niemanden sehen, auch kein Auto entdecken. Das überraschte sie nicht, denn sie hatte an den Tagen vorher nie ein Fahrzeug bemerkt. Sie vermutete, dass der Eingang auf der anderen Seite des Hauses lag. Entfernt hörte sie Motorengeräusche. Danach Stille. Diesmal war die Stille bedrückender als bei den vorherigen Malen.

Das Wiedersehen mit Monika hinterließ eine Starre, die sie nicht sofort erklären konnte. Lily kehrte zurück zu ihrem Sessel, sackte hinein, verharrte dort für Stunden, grübelte. Sie dachte an Monika, erinnerte sich an ihr Gesicht, das sie kaum wiedererkannt hatte. Als sie sich das letzte Mal begegnet waren, waren sie beide Teenager gewesen. Die erwachsene Monika war eine Unbekannte, und doch hatte sie etwas in ihrem Gesicht entdeckt, das vertraut war, eine Erinnerung an die einstige Nähe. Lily spürte eine aufkommende Wärme, Sehnsucht nach einem Menschen, an den man sich anlehnen konnte. Ein Moment der Schwäche überkam sie, der Wunsch nach Nachgiebigkeit. Es war ein kurzer Moment. Es gibt kein Zurück, dachte sie, nie mehr, es ist zu viel geschehen.

Draußen schien eine vorabendliche Sonne, im Zimmer wurde es fast dunkel. Die kleinen Fenster mit den Sprossengittern ließen wenig Licht hinein. Es war so still. Eigentlich eine schöne Stille, wenn man aus der städtischen Hektik fliehen wollte. In Lilys Situation fühlte sich die Stille bedrückend an. Was würden sie mit ihr machen? Furcht kroch in sie hinein, lähmte ihre Glieder, erreichte ihr Herz. Nie im Leben war sie so allein gewesen. Du bist Lily, eine Kämpferin, versuchte sie sich aufzumuntern. Sie stand auf, ging zum Tisch. Sie hatten ihr etwas Knäckebrot, Butter und Käse hinterlassen, eine Flasche Mineralwasser. Sie trank einen Schluck. Hunger hatte sie keinen.

# GEFANGENE DER RAF-OPFER

*Seit sieben Tagen Gefangene der RAF-Opfer*

Das Schild hing um den Hals einer Frau. Das Foto war der lokalen Presse und den überregionalen Fernsehsendern zugespielt worden. Es war schnell klar, dass es sich bei der Frau um Lily Possmann handelte. Im beiliegenden Text wurde erklärt, dass das Ziel dieser Aktion die Herausgabe der Täternamen sei. Viele Täter aus der RAF-Szene liefen frei herum. Die Opfer seien mit ihrer Geduld am Ende.

»Wir wollen endlich Klarheit«, hörte man eine männliche Stimme im Video, das an die Fernsehsender gegangen war. »Die Täter müssen reden. Wir haben Lily Possmann, und wir meinen es ernst mit unserer Drohung.«

Eine Drohung, Lily zu töten, hatten die Entführer allerdings nicht ausgesprochen. Die Polizei schloss daraus oder hoffte, dass sie es nicht mit skrupellosen Killern zu tun hatte. Falls es allerdings eine Verbindung zu dem Stadtwald-Täter gab, mussten sie mit allem rechnen. Das gesamte Material wurde sofort der Kriminaltechnik zur Untersuchung übergeben. Damit beschäftigten sich Spezialisten. Plötzlich kam Dynamik in den Fall. Druck im Kessel. Rosenthal und Bär machten sich auf, um Sven Hubens einen Überraschungsbesuch abzustatten. Bär gab Gas. 17.30 Uhr. Rushhour. Mühlheimer Brücke mal wieder verstopft. Sie versuchten es mit der Deutzer, bogen ab auf das Rheinufer und rasten Richtung Süden. Sie hatten das Blaulicht auf dem Dach. Jede Sekunde zählte. Hubens Büro lag in der Nähe des Chlodwigplatzes. Im Auto erhielten sie Evas Anruf.

»Verfassungsschutz NRW. Hubens war dort beschäftigt, zumindest in den 90ern. Ihr wisst ja, wie die sind. Bei mir haben sie mehr nicht rausgerückt. Da muss ein höheres Tier ran.«

»Alles klar! Wir kümmern uns darum«, versprach Rosenthal.

Marco Bär hämmerte mit der Faust auf das Lenkrad.

»Scheiße, verdammte Scheiße!«, brüllte er. »Hier geht gleich einiges in die Hose.«

Rosenthal wusste, was Marco meinte. So ein Typ hatte ein Netzwerk, bestimmt viele Freunde bei den Diensten, auch bei der Polizei. Wahrscheinlich wusste er bereits, dass sie ihm auf die Pelle rückten. Fraglich, ob sie Hubens in seinem Büro antreffen würden.

»Mehr als fraglich«, befürchtete Theresa Rosenthal.

»Unwahrscheinlich«, verbesserte Bär und bog mit quietschenden Bremsen in den Ubierring ein. Die Autos standen zweireihig. Die berühmte Gasse konnten die Feierabendheimkehrer nicht bilden. Links verliefen die abgesperrten Straßenbahnschienen.

»Verdammtes Blaulicht nützt mal wieder gar nichts«, wütete Bär.

»James Bond würde jetzt aufs Motorrad umsteigen«, schlug Theresa vor.

»James Bond kann mich mal. Ich bin froh, wenn ich hier nur ein klein wenig verkehrswidrig links über die Straßenbahnschienen rüberkomme.«

»In die Alteburger Straße, da bist du doch gleich zu

Hause, oder?«, fragte die Kollegin, die sich in der Kölner Südstadt nicht gut auskannte.

»Richtig. Zweimal links, Mainzer Straße, da hat unser Freund Hubens irgendwo sein Büro.«

»Bist du da nie auf dem Nachhauseweg dran vorbeigekommen?«

»Wozu brauche ich eine Detektei? Steht so sicher auch nicht an der Tür. Eher etwas Feineres wie Auskunftei. Hier ist es.« Marco deutete auf einen schick renovierten Altbau aus den 20er-Jahren.

»Steig schon aus«, forderte er die Kollegin auf. »Parkplätze gibt es hier nicht. Ich schau mal, dass ich die Karre da vorn auf dem Kreisverkehr abstellen kann. Warte aber auf mich.«

»Ruhig, Brauner!«

Auf dem Schild am Haus las Rosenthal dann doch die Bezeichnung Detektei – »Detektei Hubens«. Das Gewerbe schien kein Geschmäckle zu haben. Der Inhaber stand zu seiner Beschäftigung. Theresa klingelte, eine weibliche Stimme meldete sich durch die Gegensprechanlage.

»Rosenthal, Mordkommission Köln«, rief sie gerade, als Bär im Joggingtempo die Kollegin erreichte.

»Du solltest auf mich warten«, sagte Bär, leicht außer Atem.

»Hab' ich doch!«

»Zweiter Stock«, hörten sie die weibliche Stimme.

Oben angekommen, mussten sie wieder klingeln, erneut Gegensprechanlage.

»Verständlich«, flüsterte Rosenthal. »Die haben es wahrscheinlich oft mit kruden Typen zu tun. Wild gewordene Ehemänner und so. Kannst du da nicht ein Lied von singen, Herr Kommissar?«

»Von Ehefrauen lasse ich die Finger«, schwor Bär.

Theresa verdrehte die Augen.

Viertel nach sechs standen sie im Büro des Herrn Hubens. Feierabend, aber Moneypenny war noch im Dienst. Sie entsprach allen Klischees: jung, vielleicht Mitte 30, blonde toupierte Haare, enge rosa Bluse, lange rote Fingernägel.

»Der Chef hat einen Auswärtstermin«, kam es wie aus der Pistole geschossen aus Moneypennys rot geschminktem Mund.

»Den Satz haben Sie aber fein auswendig gelernt«, bemerkte Kommissarin Rosenthal. »Wo ist er denn?«

»Wir sind in einer Branche tätig, wo Diskretion Priorität hat«, erklärte die Sekretärin und schaute die Kommissare mit einem Lächeln an, das den herben Charme einer gemeinen Kakteenart abstrahlte.

»Handynummer?«, fragte Bär knapp.

»Selbstverständlich.«

Die Kommissare waren sich sicher, dass sie den Chef der Detektei unter der Nummer nicht erreichen würden. Bär versuchte es trotzdem. Er stellte das Gerät zum Mithören auf laut.

»Der Teilnehmer ist zurzeit nicht erreichbar. Bitte hinterlassen Sie …« und so weiter.

Bär schaute die Sekretärin fragend an. Die zuckte mit den Schultern.

»Da kann ich leider im Moment …«

Bär und Rosenthal ließen sie gar nicht ausreden.

»Wir kommen wieder«, sagte Bär.

# VERGANGENHEIT, DIE AUF
# DIE FÜSSE FÄLLT

»Verdammte Scheiße, das ist Lily«, brüllte Castro alias Robert Hocke ins Telefon. Nach gerade mal einem Löffel Müsli war ihm die Morgenlektüre auf den Magen geschlagen.

»Worum geht's?«, brummte sein alter Kumpel Fidel verschlafen. Es war Samstag, und er war nach einer Ausstellungseröffnung im Düsseldorfer Museum K21 mit ein paar Freunden aus der Kunstszene versackt. Sie hatten sich die Köpfe heißgeredet über das Thema, ja, worum ging es eigentlich? Ob die Kunst ihre gesellschaftliche Aufgabe, nee, ob Kunst im öffentlichen Raum einem atmosphärischen Urbanitätsdruck ausgesetzt ist ...

Weiter kam er nicht, weil Castro seine Gedankengänge unterbrach.

»Irgendjemand aus der Szene packt aus. Woher wissen die sonst, wo Lily untergetaucht ist.«

»Kannst du mal einem gerade erwachten Menschen in aller Ruhe berichten, was eigentlich los ist«, bat Fidel.

»Mann, schlag mal die Zeitung auf!«

»Zeitung, was ist das denn für'n reaktionärer Scheiß?«

Castro schwante, dass er mit einem völlig Ahnungslosen telefonierte.

»Ich lese dir mal was von der Titelseite der Süddeutschen vor: Seit sieben Tagen Gefangene der RAF-Opfer und so weiter, dazu das Foto von Lily. Dämmert da was bei dir?«

Bei Fidel dämmerte es tatsächlich.

»Lass uns im ›Insulaner‹ treffen, da können wir eine Kleinigkeit essen.«

Fidel war Pendler. Er wohnte aus Verbundenheit zu seiner alten Universitätsstadt weiterhin in Aachen, vielleicht schätzte er auch die Nähe zu den Coffeeshops in Vaals und Heerlen. Castro war mit seinem kleinen Verlag ebenfalls in Aachen hängen geblieben. Beide wohnten im Frankenberger Viertel, wo sich die arrivierten Alt-68er ein Stelldichein gaben.

Zwei Stunden später saßen sie vor einer Riesenbockwurst mit Pommes im Restaurant »Insulaner«, das für beide fußläufig lag.

»Schleyer, oder was?«, flüsterte Castro.

»Erst Rinaldo am Stadtwald und jetzt Lily. Zufall? Glaubst du doch nicht im Ernst?«, sagte Fidel.

»Vielleicht sollte man mal Ferien machen, etwas längere«, überlegte Castro. »Gut, dass wir uns eine kleine Geldreserve angelegt haben. Hast du eigentlich noch die alten Connections?«

»DDR – bist du blöd? Mauerfall, du erinnerst dich?«

»Nein, ich meine in den Nahen Osten? Da haben die Jungs in Deutschland keinen Zugriff.«

Fidel überlegte.

»Es gibt eine Möglichkeit. Wir hatten zwar lange keinen Kontakt, ich weiß aber, dass Walid sich in Deutschland aufhält.«

»Wer?«, wollte Castro wissen.

»Lass mich mal machen«, sagte Fidel und schob sich lustlos eine Gabel mit Pommes in den Mund. Die Mayonnaise tropfte am Kinn hinunter auf sein schwarzes T-Shirt. Er merkte es nicht. In Gedanken sah er sich in einem palästinensischen Ausbildungscamp mit einer Kalaschnikow in den Händen. Verdammt, dachte er, ich bin zu alt für so 'n Scheiß.

## OPFER UND TÄTER

»Wir sind Opfer, nicht Täter«, kam die schneidende Stimme des Oberstaatsanwaltes durch das Telefon.

»Wir haben hier aber einen Täter, der zum Opfer geworden ist«, erklärte Kommissarin Rosenthal mit ruhiger Stimme. Sie hatte Richard Lühringhoff in seinem Frankfurter Büro erreicht. Vielleicht klang er deshalb so abweisend, der Geschäftston eines Staatsanwaltes.

»Ist mir bekannt«, raunzte Lühringhoff. »Ich habe den Terroristen nicht ermordet. Im Übrigen wäre ich Ihnen dankbar, wenn Sie meine Mutter nicht weiter behelligen würden. Sie hat genug durchgemacht.«

»Das kann ich Ihnen nicht versprechen, Herr Oberstaatsanwalt«, antwortete Rosenthal wahrheitsgemäß. »Sie kennen die neue Entwicklung in dem Fall. Lily Possmann wird irgendwo festgehalten. Sie wissen, was die Entführer fordern. Die Herausgabe von Namen der Täter. Ein Hinweis darauf, dass es sich bei den Entführern um Menschen aus der Opferszene handelt.«

»Es gab viele Opfer und eine schier unübersehbare Gruppe von Angehörigen und Leidtragenden.«

»Sie kennen Lily Possmann?«

»Das wissen Sie doch, Frau Kommissarin«, antwortete Lühringhoff mit einem freudlosen Lachen.

»Wie stehen Sie zu ihr?«, wollte Rosenthal wissen.

»Wir haben zusammen in der Sandkiste gespielt, das heißt aber offensichtlich nicht, dass man jemanden kennt, oder?«

»Sie, Ihre Schwester Sandra, Monika Münzer und Lily Possmann, Sie waren etwa im gleichen Alter, sind zusammen aufgewachsen. Wie nah standen Sie sich?«

»Teils, teils.«

»Was heißt das?« Rosenthal blieb geduldig, obwohl sie dem Oberstaatsanwalt jedes Wort einzeln aus der Nase ziehen musste.

»Lily und Monika waren eng befreundet. Sandra war außen vor, weil sie mit 14 ins Internat ging. Ich hatte, als wir klein waren, nicht so viel mit den Mädels zu tun, erst später, als wir pubertierten. Mit Lily hatte ich sogar mal einen kurzen Flirt, was sie nicht hinderte, meinen Vater und den Vater ihrer besten Freundin zu ermorden. Vielleicht. Zumindest war sie wohl beteiligt.«

Die Kommissarin erinnerte sich an das betroffene Gesicht von Richards Mutter, als sie das Zusammentreffen auf der Gedenkfeier erwähnte. Was hatte die Mutter gesagt? Rosenthal blätterte in ihren Notizen: »Wir standen auf unserer Gedenkfeier und konnten es nicht fassen. Das hat etwas in uns ausgelöst.«

»Was ist auf der Gedenkfeier 30 Jahre nach dem Tod Ihres Vaters passiert?«, formulierte die Kommissarin ihre Frage absichtlich offen.

»Was soll passiert sein?«

»Na ja, Sie trauerten um Ihren ermordeten Vater, und fast gleichzeitig steht ein begnadigter Terrorist am Grab eines ehemaligen DDR-Verteidigungsministers, des Vertreters eines Staates, der die RAF-Terroristen unterstützt und beherbergt hat. Ich rede von Christian Klar«, erläuterte Rosenthal. »Kommt da nicht alles wieder hoch, die schrecklichen Ereignisse?«

»Das alles ist eine Ewigkeit her. Das Leben geht weiter. Ich habe Frau und Kinder. Ich schaue in die Zukunft«, sagte Richard Lühringhoff. Er hatte sich gut im Griff, aber Rosenthal glaubte ihm nicht. Immerhin war er in psychotherapeutischer Behandlung gewesen, um die traumatischen Erlebnisse zu verarbeiten.

»War eigentlich Sebastian Kaiser bei der Gedenkfeier für Ihren Vater und Arnold Münzer dabei?«, fragte Rosenthal.

Für einen Moment herrschte Ruhe in der Leitung. Sie hatte Richard Lühringhoff auf dem falschen Fuß erwischt.

»Keine Ahnung«, antwortete der Oberstaatsanwalt zögerlich. »Ist schon etwas her, und es waren sehr viele Leute dort.«

»Hatten Sie hinterher ein Zusammentreffen, ein Essen im engeren Kreis? Zu dem gehörte Kaiser doch, ein Freund Ihres Vaters, ein Freund der Familie, soviel ich weiß«, stocherte Rosenthal im Nebel. »Da wäre er sicherlich eingeladen gewesen.«

»Sicher, ja, kann sein, dass er dabei war.«

»Und Monika Münzer?«

»Natürlich war Monika dabei.«

»Und die Possmanns?«

»Ja, die Possmanns auch. Was sollen all die Fragen?« Lühringhoff wurde ungeduldig. »Bin ich verdächtigt, dann laden Sie mich vor, Frau Kommissarin.«

Der Oberstaatsanwalt war unwirsch, aber nicht so verärgert, wie er mit reinem Gewissen hätte sein können. Rosenthal war sich fast sicher, dass bei der Gedenkfeier irgendetwas besprochen wurde. Was, das müsste sie herausfinden. Richard Lühringhoff würde nichts mehr preisgeben.

# HARTE JUNGS GANZ WEICH

»Was für ein Waschlappen«, stieß Schmelzer verächtlich vor. Er hatte mit einem Kollegen den Spezi Castro übernommen. Überraschung am Morgen. Fett war ausgerückt, um dem sogenannten Fidel einen Besuch abzustatten. Zeitgleich, damit die Herren sich nicht gegenseitig warnen konnten.

Eine Abhörerlaubnis hatten sie nicht bekommen. Die Beweislage war zu dünn. Stattdessen hatten die Kommissare sich in der Szene umgehört, ruhende Kontakte aufgefrischt, beim Verfassungsschutz nachgehorcht. Fett hatte die alte Freundin Barbara Reiter-Beck befragt, einstige RAF-Sympathisantin, das wusste er, beim Landesverfassungsschutz existierte eine Akte mit ihrem Namen. Barbara hatte später ins Establishment hineingeheiratet, gehörte seit Jahren zur besseren Aachener Gesellschaft und war nicht scharf darauf, das Erreichte wegen ein paar Jugendsünden aufzugeben. Fett machte ein wenig Druck, worauf die Gute zugab, dass es in der Szene stark rumorte. Barbara hatte die Namen von Fidel und Castro herausgegeben. Das war sie Fett schuldig. Einst hatte er ihr den – wie er zugeben musste – süßen Hintern gerettet, weil sie einen Schritt zu weit gegangen war mit ihrem linken Engagement, nicht nur sympathisiert, sondern auch assistiert hatte. Eben Jugendsünden, dachte sich Fett damals und hatte eine Kleinigkeit verschwinden lassen. Barbara revanchierte sich, nicht ungern, wie sie zugab. Die Zahlungen an den Spinner Rinaldo gingen ihr schon länger auf die Nerven und einigen anderen Kampfgefährten aus vergangenen Tagen ebenfalls. Ob sie den alten Kumpanen Fidel und Castro einen Mord zutraue, hatte Fett wissen wollen. Eher nicht, wiegelte Barbara ab, eher Weicheier, sagte sie, aber die beiden seien schwer beunruhigt, brauchten dringend Geld. Zwei Kandidaten für die Banküberfälle, schlossen die Kommissare haarscharf und entschieden sich, schnell zu reagieren, das hieß, zeitgleich bei den Herren anzurücken.

Der von Kommissar Schmelzer sogenannte Waschlappen Udo Münch alias Fidel machte sich sichtlich in die Hose, stotterte herum und protestierte kleinlaut. Seinen einstigen Schneid, den er beim Steinewerfen gegen Polizisten aus Demogruppen heraus an den Tag gelegt hatte, zerfiel unter Schmelzers Inquisition.

»Ihr Motorrad vor der Tür haben wir gestern bereits begutachtet. Unsere Spürhunde waren total begeistert«, verriet Schmelzer. »Wussten Sie, dass Sprengstoffspuren genauso sicher wie DNA analysiert werden können?« Der Kommissar schaute fragend. Er ließ sich Zeit und genoss die Situation. »Ach so, Fidel, wussten Sie nicht?«

Udo Münch zuckte zusammen, als er merkte, dass sie seinen Kampfnamen kannten. Schmelzer marschierte an ihm vorbei in die Wohnung im Frankenberger Viertel in Aachen. Kollege Kevin Matzen folgte. Matzen war fast 1,90 Meter groß, mit Muskeln bepackt und machte in seiner Uniform, die über dem Bizeps spannte, eine imposante Figur.

Auf dem Bett im Schlafzimmer stand eine braune Reisetasche, halb gepackt, auf dem Bett verteilt einige Wäschestücke, schwarze T-Shirts, graues Sweatshirt, ein paar Boxershorts.

»Sie wollen verreisen?«, fragte Schmelzer.

»Nur ein paar Tage aufs Land«, stotterte Udo Münch.

»Ihre Motorradkluft rücken Sie sicher freiwillig heraus, Fidel«, entgegnete Schmelzer. Ihm machte es sichtlich Freude, dem Dünnbrettbohrer seinen protzigen Kampfnamen entgegenzuschleudern. Er war aber aufmerksam genug, den Fluchtinstinkt in Fidels Augen zu bemerken. Der rannte plötzlich in Richtung Fenster, als sei er der studentische Sponti. Er hatte sich überschätzt. An den vom Steuerzahler reich gedeckten Tischen in der Kulturszene hatte er sich eine Wampe angefressen, die seine Behändigkeit einschränkte. Matzen war durchtrainiert und viel zu schnell für ihn.

»Fluchtversuch«, konstatierte Schmelzer. »Kommt nicht gut.« Der Kommissar betrachtete den am Boden liegenden Udo Münch und sagte trocken: »Ein volles Geständnis zum jetzigen Zeitpunkt könnte helfen.«

Weichei. Barbaras verächtliche Einschätzung traf zu. Udo Münch plauderte. Er schob alles auf seinen alten Kumpel Castro. Den hatte Kommissar Fett in die Mangel genommen, während sich Schmelzer mit Fidel befasste. Die beiden waren alles andere als Profis. Castro legte ein sauberes Geständnis für den Banküberfall in Neckarsulm ab. Er beschuldigte seinen Freund Fidel.


»Theresa, es wird Zeit für den versprochenen Drink«, redete Fett betont gelassen ins Telefon. Er verbarg gekonnt ein gewisses Triumphgefühl. »Es gibt Neuigkeiten.«

Fett berichtete kurz über die Festnahmen der zwei Verdächtigen namens Fidel und Castro.

»Ich komme zum Verhör rüber«, sagte Rosenthal. Sie war schon auf dem Weg, als sie ihren Aachener Kollegen über die Verstrickung der Detektei Hubens informierte. »Wir sind ihm auf den Fersen, na ja, kann man so nicht sagen, aber die Suche läuft jedenfalls auf Hochtouren. Bis später! Wir haben gleich eine Pressekonferenz, danach setze ich mich ins Auto.«

# SCHNEE VON GESTERN

»Ist doch alles Schnee von gestern«, blökte ein junger Journalist aus den Reihen der anwesenden Medienvertreter. Rosenthal hätte dem Milchgesicht am liebsten eine Standpauke gehalten, aber erst war ihr Chef am Zug. Sie waren um eine Pressekonferenz nicht herumgekommen, nachdem die Geiselnahme von Lily Possmann mit Foto, begleitendem Text und Video an alle Medien gegangen war. Kommissarin Rosenthal gab Kriminalrat Dr. Hehemann Flankenschutz. Er trug den Pressevertretern einen sachlichen Bericht des Geschehenen und den Stand der Ermittlungen vor. Einer der älteren Journalisten hatte nach möglichen Tätern gefragt und ob sie unter Umständen aus der Opferszene kämen. Daraufhin warf der junge Schnösel die Schnee-von-gestern-Bemerkung in die Versammlung.

Als Dr. Hehemann mit seinen Ausführungen am Ende war, übernahm Rosenthal.

»Natürlich ermitteln wir nach allen Seiten«, sagte sie und ging sich mit dieser hohlen Phrase selbst auf die Nerven. Immer ermittelten sie nach allen Seiten, natürlich, was sonst? Solche Floskeln waren das Sedativ für die Journalisten. »Nur zu Ihrer Information in Sachen Schnee von gestern.« Sie fixierte mit ihrem Blick den Jungredakteur, der peinlich berührt in seinen Unterlagen kramte. »Schnee von gestern«, Rosenthal bereitete es Vergnügen, auf dieser Formel herumzureiten. »den gibt es in diesem Zusammenhang nicht. Wir haben es mit einer Vielzahl von unaufgeklärten RAF-Morden zu tun und mit Opfern, die mit Recht darauf warten, dass Täter bestraft werden. Mord verjährt nicht, junger Mann!«

»Sehen Sie einen Zusammenhang zwischen dem Fall des Toten am Stadtwald und der Entführung von Lily Possmann?«, fragte ein WDR-Journalist.

»Selbstverständlich haben wir das im Blick«, bestätigte Dr. Hehemann.

Von der Spur zum Ex-LKA-Mann Hubens verrieten sie nichts. Auch nichts zu dem Hinweis auf Sebastian Kaiser, den sie gerade erst ausfindig gemacht hatten.

Nach Beendigung der Pressekonferenz trat ein Redakteur des Nachrichtensenders NTV auf Rosenthal zu. Sie kannte ihn privat, ein Freund ihres Mannes. Er führte sie unauffällig weg von der Meute, die sich mit ihren Nachfragen auf Dr. Hehemann gestürzt hatte.

»Ich hab' was für dich, Theresa«, sagte Tim Schaenzler.

»Her damit!«, lachte die Kommissarin.

»Ach, Schätzchen, ganz umsonst kann ich es dir nicht geben, das weißt du doch. Ich brauche eine Gegengabe, eine nette kleine Exklusivinformation.«

»Rück erst mit deinem Bonbon raus, Süßer«, kam Rosenthals Retourkutsche süffisant, »dann schauen wir mal.« Theresa verhielt sich bewusst gelangweilt. Journalisten versuchten mit allen Tricks ein paar besondere Nachrichten aus der Polizei herauszulocken.

»Meine Kollegin Monika Münzer, wir saßen mal zusammen in einer WDR-Redaktion, teilten uns sogar ein Büro.« Schaenzler machte eine Pause und schaute bedeutungsvoll.

»Und?« Die Kommissarin wurde hellhörig.

»Ich habe mich immer gewundert, woher sie ihre Informationen holte. Sie hatte einen heißen Draht zum Bundeskriminalamt.«

»Müller«, murmelte Rosenthal.

»Was?«

»Schon gut. Erzähl weiter.«

»Nach der Entführung von Lily Possmann habe ich Monika besucht. Ich wusste von ihrer Freundschaft mit Lily und wollte sie ein bisschen trösten.« Schaenzler zögerte. »Zugegeben, ich hoffte, ein paar Informationen aus ihr rauszubekommen. Es wurde eine lange Gin-Tonic-Nacht.«

»Und jetzt drückt das Gewissen?«

Der Journalist eierte ein bisschen herum, erklärte, dass Monika Münzer immer sehr tough wirke, aber er habe bemerkt, dass sie unter Alkohol psychisch eher einen wackeligen Eindruck mache. Die alte Geschichte halt, der gewaltsame Tod des Vaters.

Auf Rosenthal wartete Arbeit, und sie hoffte, dass Tim langsam mal zum Punkt käme, wollte seinen Redefluss aber nicht unterbrechen. Etwas bedrückte ihn, das drängte heraus, er wusste aber offensichtlich nicht ganz, wie er es der Kommissarin gestehen sollte.

»Glaubst du, dass Münzer mit Lilys Entführung zu tun hat?«, half sie dem derzeitigen NTV-Mann auf die Sprünge.

»Genau kann ich das nicht sagen, aber ich glaube, sie hat Lily vor ein paar Tagen gesehen.« Der Journalist schien froh, sein Gewissen zu erleichtern. Er gehörte nicht zu den hartgesottenen Typen, politische Berichterstattung war sein Ding, ein Polizeireporter war er nicht.

»Was genau hat sie dir gesagt, Tim?«

»Genau, genau!«, erregte Tim sich. »Mit zwei Promille

im Blut ist nichts mehr genau. Ich war auch ziemlich knülle. Am Ende lag Monika schluchzend in meinem Arm und stammelte herum: Sie verstehe nicht, wie jemand so hartherzig sein könne, nach 30 Jahren kein Wort der Reue. So klar, wie ich dir das jetzt erzähle, kam das alles nicht raus. Das reimte ich mir am Morgen zusammen. – Ich will nicht schuld sein am Tod eines Menschen, auch wenn es eine Terroristin ist. Deshalb gebe ich dir den Hinweis.«

»Danke, Tim. Richtige Entscheidung.«

»Und die Gegengabe?«, fragte Schaenzler.

Sie würde ihm ein paar Exklusivinformationen zu Fetts Fang in Aachen geben.

»Du kriegst was von mir. Warte bis morgen. Ich melde mich bei dir.« Sie schoss davon, winkte dem verblüfften Schaenzler zu, simulierte mit der rechten Hand einen Telefonhörer, um ihm anzudeuten: Wir telefonieren.

Sie mussten Lily finden. Rosenthal wählte die Nummer von Münzer. Es lief ein Band. Die Kommissarin bat um Rückruf. Sie schaute auf die Uhr. Es war zwölf. Für das Verhör nach Aachen zu fahren, machte keinen Sinn, kostete zu viel Zeit, die sie brauchten, um Monika Münzer, Kaiser und Hubens zu finden und vor allem Lily. Die Entführer wollten Namen von ihr, und wenn sie genau wie Rinaldo nicht auspackte, wurde es gefährlich für die Exterroristin. Von ihren ehemaligen Freunden und Mitkämpfern war keine Hilfe zu erwarten. Die schwiegen seit Jahren und würden Lily zuliebe niemanden preisgeben. Die Uhr tickte. Das erklärte die Kommissarin dem Kollegen Fett, als sie ihn bat, die zwei Spezies aus der Sympathisantenszene allein ins Verhör zu nehmen. Der Aachener Kollege war Profi genug, um Rosenthals Notlage zu verstehen. Die Party musste warten.

»Wenn ich aus den beiden Typen etwas rausquetsche, was dir hilft, melde ich mich«, versprach Fett.

An Kaiser waren Bär und Burrenscheidt dran. Vielleicht hatten sie ihn erwischt, während Rosenthal auf der Pressekonferenz festgenagelt saß. Normalerweise vertane Zeit. Diesmal war wenigstens ein heißer Tipp abgefallen.

# KLAR KANNTEN WIR RINALDO

Die Vernehmung von Fidel und Castro brachte wenig neue Erkenntnisse. Die beiden waren Handlanger gewesen, keine Eingeweihten. Dem inneren Zirkel der dritten Generation waren sie nicht nahe gekommen. Sie kriegten keine Namen von Attentätern aus ihren Verhafteten heraus. Den Banküberfall in Neckarsulm gaben sie zu. Damit hielten die Kommissare Spielmaterial in der Hand, lockten mit mildem Urteil, falls die beiden Mitläufer ihr Wissen aus den Vorgängen in den 80er- und 90er-Jahren auspackten, vor allem Details über Lily und den sogenannten Rinaldo.

»Klar kannten wir Rinaldo, viele kannten ihn damals in Aachen – in der linken Szene«, sagte Castro. »Aber keine Ahnung, woran er beteiligt war.«

»Großmaul. Machte immer so ein bisschen auf Andreas Baader, dicke Autos und so. Liebte Knarren«, erinnerte sich Fidel, »zeigte die Dinger vor, immer zog er irgendeine Waffe aus der Tasche, spielte damit rum, aber keiner glaubte, dass er tatsächlich schon mal damit geschossen hatte.«

Fett glaubte den beiden Männern. Sie hatten die Hosen gestrichen voll und würden Mutter und Großmutter verkaufen, vermuteten die verhörenden Kommissare, wenn sie damit ihren Arsch hätten retten können.

Immerhin kannte Fidel den Aufenthaltsort von Lily, nachdem sie in der ehemaligen DDR untergetaucht war. Von der Stasi geschützt, hatte sie jahrelang in Halle gelebt unter dem Decknamen Susanne Schwecht. Von dort musste sie einige Tage zuvor verschwunden sein. Fidel hatte nach dem Bekanntwerden von Rinaldos Tod mit ihr telefoniert.

Halle also. Sie hatten eine Spur.

# GEWISSENSBISSE

»Ich kann das nicht«, sagte Monika Münzer. Sie saß in ihrer Wohnung und telefonierte mit Sebastian Kaiser. Beide benutzten die Prepaidkarten. Am Morgen hatte Monika das Foto von Lily in der Zeitung gesehen. »Was wird mit ihr geschehen?«

»Ich weiß es nicht, Liebste«, antwortete Kaiser wahrheitsgemäß. »Ich habe sie aufgetrieben, aber das Geld für die Aktion kam von anderer Seite. Ihr habt alle gewollt, dass etwas geschieht.«

»Ja, aber ich will nicht, dass ihr wehgetan wird.« Monika machte eine Pause und fuhr mit verängstigter Stimme fort. »Oder sie getötet wird. Den Gedanken könnte ich nicht ertragen. Ich bin in Panik. Sitze wie gelähmt in meiner Wohnung, trau mich nicht, den Fernseher anzuschalten. Ich habe Angst vor den Nachrichten. Dass etwas gemeldet wird – von Lily. Du musst das stoppen.«

»Ich weiß nicht, ob ich die Maschine anhalten kann. Ein anderer ist jetzt am Zug. Ich bin mir nicht sicher, von wem er seine Instruktionen erhält.«

»Du musst!« Monika schrie den Satz ins Telefon. »Bitte, Sebastian, es darf ihr nichts passieren. Wir sind nicht wie die. Erinnerst du dich, wie entsetzt wir damals über die Unmenschlichkeit der Terroristen waren? Der Satz von Ulrike Meinhof: ›Wir sagen, der Typ in Uniform ist ein Schwein, das ist kein Mensch. Das heißt, wir haben nicht mit ihm zu reden und es ist falsch, überhaupt mit diesen

Leuten zu reden, und natürlich kann geschossen werden.‹ Diese schreckliche Formulierung hat sich in mein Gedächtnis eingebrannt. Menschenverachtend, Sebastian. So will ich nicht werden. So wollen wir beide doch nicht werden. – Hast du die Abendnachrichten gesehen?«

»Ja, es gibt nichts Neues. Beruhige dich.«

»Stopp das!« Monika hatte sich kaum unter Kontrolle.

»Ich versuche mein Bestes, Monika«, versprach Sebastian. »Ich leg auf und fahre sofort los. Telefonisch werde ich ihn nicht erreichen können.«

»Wer ist das – dieser Unbekannte. Hat er Rinaldo getötet?«

»Ich muss los.« Sebastian legte auf.

# DIE ABSAHNER

Am liebsten wäre Rosenthal selbst nach Halle gefahren. Irgendwo dort war Lily Possmann, die in der Südstraße eine bürgerliche Existenz unter dem Namen Susanne Schwecht führte, verschwunden. Wie lange hatte sie dort unerkannt gelebt, von der Stasi beschützt, das war klar. Alles andere undenkbar in einem Überwachungsstaat wie der ehemaligen DDR. Wieso war ihre Akte nach der Wiedervereinigung nicht aufgetaucht? Klar, Major Kraske oder ein Kollege. Die Absahner. Sie hatten Kasse gemacht mit ihren dreckigen Geheimnissen.

Rosenthal griff zum Telefonhörer und rief die dänische Kollegin Smilla Nielsen an.

»Hej, Smilla, hier ist Theresa aus Köln.«

»Hej, Theresa, hvordan har du det? – Sorry, wie geht es dir, Kollegin?«

»Tak, godt.«

»Ein paar Stunden mit mir in Dänemark, und du sprichst schon perfekt Dänisch«, lachte Smilla. »Willst du nur mal deine Sprachkenntnisse aufbessern oder kann ich dir mit etwas anderem helfen?«

»Hast du die deutschen Nachrichten verfolgt?«, wollte Rosenthal wissen.

»Ja. Es geht um die Entführung, oder?«

»Richtig. Eine Exterroristin, die in der DDR untergetaucht war. Könnte sein, dass unser Freund Kraske eine weitere Akte zu Geld gemacht hat«, erklärte Theresa.

»Ich rufe ihn gleich an, um ihm Feuer unterm Hintern zu machen, und wollte wissen, ob ihr uns Rückendeckung gebt, falls er sich weigert, mit uns zusammenzuarbeiten. Könnt ihr ihm ein bisschen die Hölle heißmachen? Wir arbeiten hier auf Hochtouren, um Lily Possmanns Versteck zu finden. Die Uhr tickt.«

»Wie sagt man so schön: Wir sind mit im Boot. Du kannst auf uns zählen«, versprach Smilla. »Meine Sympathie für diese Stasis hält sich in Grenzen.«

»Danke, Smilla!«

»Hej hej.«

»Marco, jetzt werden die Daumenschrauben angesetzt«, triumphierte die Kommissarin. »Die Dänen geben Unterstützung, falls der alte Stasi rumzicken sollte.«

»Aber Resilein, Folter ist international geächtet«, grinste Marco.

»Damit hatten die Stasis ja auch nichts am Hut?«

»Theresa!«, ermahnte Bär.

»Scherz. Ich rufe jetzt Kraske an und frage, was er mit der Akte Lily Possmann gemacht hat. Ganz höflich«, versprach die Kommissarin.

Das Gespräch mit Major Erwin Kraske klang etwas anders.

»Wir haben keine Zeit für Spielereien, Herr Major«, hörte Bär eine Minute später Theresas schneidende Stimme. »An wen haben Sie Lily Possmann alias Susanne Schwecht, wohnhaft in Halle in der Südstraße, verscherbelt? Sie sind sicher durch die Medien über die aktuelle Situation informiert. Hier geht es um das Leben eines Menschen, ich weiß, das hat Sie nie wirklich interessiert, aber es wird Sie interessieren, dass die dänische Polizei gleich vor Ihrer Tür steht. Die Kollegen sind am Ende ihrer Geduld. Die können einen nicht mal Steuern zahlenden Rentner entbehren.«

Kraske war nicht blöd. Er wusste, wann ein Spiel verloren war. Sie schickten ihm ein Foto von Sebastian Kaiser auf seinen Laptop. Er bestätigte, dass das der Mann namens Müller war, dem er in Hamburg Lilys Akte übergeben hatte.

Wo Hubens sich aufhielt, hatten die Kollegen bisher nicht herausbekommen. »Wo Hubens ist, ist auch Lily«, hatte Rosenthal gesagt und die Truppe damit angetrieben.

In Halle hatten sie mittlerweile eine Spur von Lily entdeckt. Im Green Island Pub, einer Kneipe um die Ecke von ihrer Wohnung, war sie etwa eine Woche zuvor angetrunken im Arm eines Mannes rausgetorkelt. Der Mann war Kaiser, mit 90 Prozent Sicherheit. Ein Barkeeper und eine Kellnerin erinnerten sich. Sie fanden niemanden, der die beiden danach gesehen hatte.

»Egal«, sagte Theresa. »Die Aussagen von Kraske und den Kellnern reichen. Die lieben Kollegen vom BKA müssen jetzt mal ein paar Fakten rüberreichen. Schluss mit dem Herrschaftswissen. Soll der Hehemann mal ran. Dann geht es schneller.«

»Wo soll der Hehemann mal ran?« Der Kriminalrat war gekommen, um Druck zu machen.

»Punktlandung, Chef«, sagte Rosenthal. »Wir brauchen Sie, um mit den BKA-Granden zu verhandeln.«

# PAKT MIT DEM TEUFEL

Sebastian Kaiser mochte Hubens nicht. 20 Jahre bei mäßiger Bezahlung im Dienst des LKA hatten dem Mann die Illusionen geraubt. Mit seiner privaten Detektei wollte er absahnen für die Altersversorgung. Einer der Kollegen, den in seiner Dienstzeit die Arbeit in der Grauzone verwirrt hatte. Solche Typen verloren irgendwann die Orientierung, was Recht und Unrecht war. Geschäfte machte man mit ihnen besser nicht. Kaiser hatte es Monika zuliebe getan. Sie hatte einen Schlussstrich unter die Vergangenheit ziehen, den Albträumen ein Ende setzen wollen. Das Gespräch mit Lily hatte sie für ihre Stabilisierung gebraucht oder um in der Sache endlich einen Abschluss zu finden. Das war es wohl – ein Schließen der Akte »Lily«. Dafür war Sebastian Kaiser den Pakt mit dem Teufel eingegangen. Hubens hatte das Geld besorgt. Kaiser war sich sicher, dass er dabei eine krumme Nummer geschoben hatte. Der LKA-Mann wollte Kasse machen, Lily an den Meistbietenden verschachern. Aber wer war der Meistbietende gewesen?

Kaiser setzte sich in einen dunkelblauen, geliehenen Golf und fuhr in Richtung Eifel. Es war ihm klar, dass die Ermittler vom KK11 ihm auf den Fersen waren. Zu Hause hatte er sich nicht mehr blicken lassen, er wohnte bei einer Freundin, telefonierte nur mit Prepaid, zahlte mit Bargeld. Er wusste, wie man Spuren verwischte. Hubens auch, aber Kaiser war klar, dass man den Kommissar Zufall nicht ausschalten konnte. Irgendein Rentner, der den ganzen Tag mit

Kissen unter den Ellenbogen am Fenster hockte und alles sah; ein Auto, das einem in die Seite krachte; ein Besoffener, der aus dem Nichts auftauchte und plötzlich unter dem Wagen lag, eine der unzähligen Überwachungskameras, die einen erwischte.

Den ganzen Tag war ein feiner Nieselregen heruntergekommen. Die Scheibenwischer arbeiteten unermüdlich. Jedes Gegenlicht machte ihn kurzzeitig blind. Die Augen sind auch nicht mehr das, was sie mal waren, dachte er. Nicht nur dein Herz klappert, auch sonst knirscht es im Gebälk. Die karg beleuchteten Straßen in der Eifel verschwammen vor seinen Augen. Erst in der letzten Sekunde sah er, ob Kurven nach links oder rechts abbogen. Vor den Blitzern musste er keine Angst haben. Er fuhr langsamer, als die Polizei erlaubte.

»Scheiß Wetter«, fluchte er. »Und Scheiß Aktion. Hätte ich mich nie drauf einlassen sollen.«

Hinter Einruhr bog er in eine unbeleuchtete Schotterstraße. Er fuhr Schritttempo, geriet mit den Rädern mehrfach in die matschigen Wiesen, war froh, dass er nicht stecken blieb. Als er sich dem Haus näherte, schaltete er die Scheinwerfer aus, blieb circa 200 Meter vor dem Ziel stehen und wartete. Nur die Ruhe, ermahnte er sich. Check die Lage, nichts übereilen.

Im Haus brannte ein Licht in der unteren Etage, eine Funzel, die man erst sah, wenn man das Haus genau ins Visier nahm. Ein Auto konnte er in der Nähe des Hauses nicht entdecken. Das musste nicht heißen, dass Hubens sich dort nicht aufhielt. Kaiser selbst hätte es genauso gemacht. Auto hinter dem Haus verbergen oder hinter Büschen, sich möglichst unsichtbar machen. Lilys Zimmer ging zur anderen Seite hinaus. Er würde versuchen, unbemerkt um das Haus herumzuschleichen. Vielleicht konnte er von einem Hügel, der hinter dem Haus lag, einen Blick in ihr Fenster werfen. Bei seinen letzten Besuchen hatte er das Gelände ins Visier genommen, alte Polizistenroutine.

Tatsächlich entdeckte er hinter dem Gebäude, gut verborgen vor den Blicken möglicher Wanderer, einen Kombi. Er hatte die Aufschrift einer Elektrofirma. Nicht blöd, dieser Sven Hubens, musste Kaiser zugeben. Ein Elektroinstallateur auf dem Weg zu der reparaturbedürftigen Datscha fiel nicht auf. Wo er die Kiste wohl aufgetrieben hatte? Auf jeden Fall musste er davon ausgehen, dass Hubens sich im Haus aufhielt. Das war die schlechte Nachricht. Die gute war, dass Lily wahrscheinlich noch eingesperrt in ihrem Zimmer hockte, lebend, denn sonst hätte sich Hubens schon verdrückt. Alles andere wäre unnötiges Risiko. Immerhin wussten außer Hubens zwei weitere Leute von dem Versteck.

# HEISSER DRAHT ZU DEN SCHLAUMEIERN

Dr. Hehemanns Bericht kam im Telegrammstil. Er wusste, dass ihnen die Zeit davonlief: »Kriminalhauptkommissar Sebastian Kaiser, Jahrgang 1950, vor zwei Jahren pensioniert worden. Guter Mann, Toparbeit abgeliefert. Hauptsächlich in der Terrorismusbekämpfung, groß im Einsatz, als die dritte RAF-Generation umtriebig war. Seine Freundschaft zu Paul Lühringhoff ist beim BKA bekannt. Von einem Verhältnis zu Monika Münzer wussten sie nichts. Da ist den Schlaumeiern wohl was entgangen.«

»Klingt nicht nach einem Hasardeur«, überlegte Rosenthal laut.

»Was reitet ihn, sich in dieses Abenteuer zu stürzen?«, fragte Bär.

»Das, was Menschen so antreibt: Gier, Liebe, Rache – habe ich was vergessen?«

»Hass?«, fügte Hehemann hinzu.

»Ob der mal mit Hubens zusammengearbeitet hat?«, fragte Rosenthal.

»Einen Moment, checke ich sofort. Ich habe beim BKA jetzt ja einen dicken Freund sitzen.« Hehemann zwinkerte mit dem Auge, verschwand kurz im Nebenzimmer und tauchte ein paar Minuten später wieder auf.

»Sag ich doch«, triumphierte der Kriminalrat. »New best friend. Ging ganz schnell. Eine direkte Zusammenarbeit der beiden hat es nicht gegeben, aber man kann natürlich nicht ausschließen, dass sie sich begegnet sind.«

»Ich hab' vielleicht was«, kam Eva Burrenscheidt ins Büro gestürmt. »Ich bin mal alle Fälle durchgegangen, bei denen die Detektei Hubens auftauchte. Er war vor ein paar Jahren in eine Sache verwickelt, ach, ich mach's kurz, irgendeine braune Nazi-Sauce in der Eifel, mit so einem selbst ernannten Obersturmbannführer. Jedenfalls tauchte in den Unterlagen ein Foto auf, wo Hubens vor einer Art Hütte in der Nähe von Einruhr steht.«

»Einruhr? Klingt wie eine schwere Krankheit«, fiel ihr Bär ins Wort.

Eva Burrenscheidt hatte sich mittlerweile an den lockeren, manchmal sarkastischen Ton im Kommissariat gewöhnt. Sie ließ sich davon nicht mehr aus dem Konzept bringen.

»Ich hab' mit der Polizei in Simmerath telefoniert. Einer der älteren Polizisten konnte sich an die Sache erinnern. Die Hütte liegt abgelegen, ist angeblich völlig verfallen und steht zum Verkauf. Wäre doch ein ideales Versteck für eine Geisel, oder?« Eva lächelte mit hochroten Wangen. »Und jetzt kommt's. Ein Jäger hat vor ein paar Tagen gemeldet, dass er Leute in der Nähe der Hütte gesehen habe. Erst habe er sich nichts dabei gedacht, aber als zwei verschiedene Autos auftauchten, fand er das komisch. Die Polizisten nahmen die Sache nicht sehr ernst, versprachen dem Jäger aber, bei Gelegenheit vorbeizuschauen.«

»Tolle Polizeiarbeit, Eva«, lobte Rosenthal, »egal, ob das eine heiße Spur ist. Leider können wir die Kollegen aus der Eifel nicht losschicken. Wir können nicht riskieren, dass die uns die Sache vermasseln. Zu gefährlich für die Geisel. Müssen wir selbst machen, auch wenn es Zeit kostet. Wie lange brauchen wir dahin?«

»Habe ich schon gecheckt«, sagte Eva. »Ziemlich genau eine Stunde.«

»Okay, dann kommen Sie mit mir nach Einruhr.« Rosenthal sah das als Auszeichnung für die junge, ehrgeizige Kollegin an, die sich richtig reingehängt hatte. »Und Bär versucht weiter Kaiser und Münzer zu erreichen.«

»Gleich 21 Uhr, da sitzen die Kollegen vom Finanzamt schon bei Kölsch und Schweineschnitzel«, beschwerte sich Bär. »Und ein bisschen Schlaf wäre auch nicht schlecht.«

»Ach was, Schlaf wird überschätzt«, rief Rosenthal, während sie sich ihren Mantel überwarf.

»Abflug!«, befahl Hehemann.

# EIN GIFTZWERG

Ein Giftzwerg, hatte Walter Possmann gedacht, als er Sven Hubens das erste Mal begegnete. Die Detektei Hubens war ihm von einem BKA-Mann empfohlen worden. Nachdem Lily abgetaucht war, gingen die Beamten vom Bundeskriminalamt bei ihnen zu Hause ein und aus. Manche waren freundlich, hilfsbereit und verstanden die Notlage der Eltern. »Kein Sympathieträger«, hatte ihm der Tippgeber gesagt, »aber Hubens war mal beim LKA, hat Drähte zum BKA und Verfassungsschutz. Die wird er brauchen, wenn er ihre Tochter auftreiben soll. Keine Garantie.«

Possmann leuchtete das ein, obwohl ihm der Inhaber der Detektei herzlich zuwider war. Als gewiefter Geschäftsmann war es Walter Possmann aber nicht fremd, dass man Deals mit Leuten machte, denen man privat lieber nicht über den Weg lief. Pragmatismus war seine Stärke. Er gab Hubens den Auftrag, Lily zu finden. Der Detektiv hatte keinen Erfolg gehabt, aber er war so tief in der Thematik drin, dass Possmann ihn nach der Ermordung und Auffindung des Exterroristen Rinaldo erneut beauftragt hatte, nach Lily zu suchen. Possmann wusste, dass eine Verbindung zu dem geheimnisvollen Rinaldo existierte. »Geld spielt keine Rolle«, hatte er zu Hubens gesagt. »Finden Sie meine Tochter! Wenn ich ihr in die Augen schaue, bekommen Sie 100.000 obendrauf.«

»Schwarz!«, hatte Hubens gefordert.

»Schwarz«, hatte Possmann eingewilligt.

Hubens war kein angenehmer Zeitgenosse. Er hatte es vor Jahrzehnten aufgegeben, sympathisch wirken zu wollen. In seinen Jobs half das nicht weiter, weder früher beim LKA, noch als Detektiv. Beim LKA hatten sie ihn wegen seiner geringen Körpergröße den Miniterminator genannt, durchaus mit Respekt.

Ein unangenehmer Zeitgenosse zu sein, half nicht beim weiblichen Geschlecht. Seine einzige Ehe hatte entsprechend in einer Katastrophe geendet. Lange her. Er konnte sich kaum an den Namen seiner Verflossenen erinnern. Frauen hatten ihn nie wirklich interessiert. Seine Arbeit und Geld interessierten ihn. Er steckte alles in seinen Alterssitz in der Normandie, er lag bei dem kleinen Ort Sainte-Mère-Église, dort wo die amerikanischen Fallschirmspringer am 6. Juni 1944 abgesprungen waren. Geschichte war sein Hobby. Demnächst würde er sich mit einem Stapel von Büchern an den historischen Ort zurückziehen, lesen und aus der Geschichte lernen. Vorerst saß Hubens in der Wohnküche der Eifel-Datscha, trank Kaffee und wartete auf die Dunkelheit. Er war mit dem Kombi der Elektro-Firma Hüsgens am Spätnachmittag vorgefahren. Niemand würde sich darüber wundern, dass ein Elektro-Installateur an das Haus herangefahren war, wenn ihn überhaupt jemand in dieser Einöde wahrgenommen hatte.

Sven Hubens ging seinen Plan zum x-ten Mal bis ins Detail durch. Er hatte zwei Auftraggeber, die er zufrieden stellen musste. Walter Possmann wollte seine Tochter gesund wiedersehen. Sophie Possmann ging es darum, ein Geständnis zu bekommen, dass ihre Tochter an dem Attentat auf Lühringhoff nicht beteiligt gewesen war, egal, wie die Wahrheit aussah. Sie wollte endgültig Ruhe haben und wieder mit aufrechtem Gang durch Köln-Marienburg gehen können. Dafür musste Lily verschwinden. Und Hubens würde zweimal kassieren. Das war der Plan. Er hatte Walter Possmann für 21 Uhr einbestellt. Genau wie Kaiser hatte er als ersten Zielort den Parkplatz am Restaurant »Zur Post« in Einruhr genannt, von wo aus Hubens den Geschäftsmann per Handy weiterlotsen wollte.

# DEAL MIT HANDSCHLAG

Sebastian Kaiser konnte von dem Hügel aus in Lilys erleuchtetes Zimmer schauen. Sie ging nervös auf und ab. Kaiser atmete auf, als er sie entdeckte, lebend, das war das Wichtigste. Unten in der Küche hockte Hubens am Tisch mit Blick in Richtung Küchentür. Kaiser hatte am Vortag an derselben Stelle gesessen. Hubens machte den Eindruck, als warte er auf etwas. War aber nur so eine Vermutung. Konnte man jemandem ansehen, dass er wartete?

Kaiser schlich zur Eingangstür und drückte, so leise die alte Holztür es zuließ, die Klinke hinunter, presste sich vorsichtig dagegen. Die Tür gab nach. Hubens fühlte sich anscheinend sicher. Das Knarzen der Dielen entging dem alten Profi im Inneren des Hauses nicht. Sein Körper spannte sich an, seine Hand ging mit gelassener Bewegung Richtung Jackentasche, zog etwas heraus. Hubens hielt eine Waffe in der Hand, eine Smith & Wesson, die er offiziell registriert hatte. Die Hand mit dem Revolver ruhte ohne Nervosität auf dem Tisch, als Kaiser die Küche betrat. Die Szenerie überraschte Kaiser keineswegs. Er hatte nicht vorgehabt, den Detektiv zu überwältigen.

»Hallo, Sven«, begrüßte er den ehemaligen Kollegen. Hubens war sicher einen Kopf kleiner als er selbst, untersetzt, kräftig und wirkte trotz seines fortgeschrittenen Alters durchtrainiert. In besserer Form als ich, obwohl er älter ist, registrierte Kaiser neidisch.

»Hallo, Sebastian. Was machst du hier?« Hubens steckte den Revolver zurück in die Tasche seiner Barbourjacke. Kaiser selbst besaß keine Waffe.

»Was ist der Plan, Sven? Kein weiterer Mord mehr!«

»Es war kein Mord, es war Notwehr. Der Idiot zückte eine Makarow.«

»Okay, glaube ich dir«, sagte Kaiser. »Was geschieht mit Lily?«

»Ihr Vater muss jede Minute hier sein. Dann steigt sie mit ihm ins Auto und verschwindet«, erklärte Hubens. »Außer Landes. Mehr musst du nicht wissen. Dann brauchst du nicht lügen, wenn sie dich verhören. Das war's dann. Geschäft abgeschlossen.«

»Habe ich dein Ehrenwort, Sven? Du lässt sie gehen?«

»Ehrenwort«, bestätigte Hubens mit Handschlag, und das war nicht mal gelogen. »Jetzt verschwindest du besser, der Alte müsste gleich hier sein.«

Kaiser ging, stieg ins Auto und fuhr davon, aber nur so weit, dass ihn Hubens nicht mehr im Fokus hatte. Er stellte das Auto in einer Biegung an der unteren Zufahrt ab und ging zu Fuß zurück zum Haus.

»Kontrolle ist besser«, murmelte er.

Es war nicht schwer, in der aufkommenden Dunkelheit einen Platz zu finden, an dem er vollkommen verborgen vor den Augen zufällig vorbeikommender Passanten war. Die Wahrscheinlichkeit, dass sich zur abendlichen Stunde und bei dem Sauwetter jemand in der Einöde verirrte, war gering. Vielleicht ein Jäger. Nervosität gesellte sich zu ihm. Kaiser hätte gern eine geraucht, aber unterdrückte das Bedürfnis. Die Zigarettenglut würde ihn verraten. Er musste nicht lange warten, bis das Scheinwerferlicht eines Wagens die Auffahrt erleuchtete. Wirklich

Possmann, dachte Kaiser, als er den Mercedes-Geländewagen die Zufahrt zum Haus hochkommen sah. Er erkannte eine Kölner Nummer, als das Auto dicht an ihm vorbeifuhr.

Kaiser wartete, bis Possmann im Haus verschwunden war, und schlich danach zurück auf den Posten hinter dem Haus, von wo aus er zuvor schon in Lilys Zimmer gespäht hatte. Es dauerte keine fünf Minuten, bis die Tür zu Lilys Versteck sich öffnete. Kaiser sah, wie Lily sich in die Arme des Vaters stürzte. Er hielt sie, strich ihr besänftigend über den Rücken. Sie trennten sich voneinander, standen sich gegenüber, debattierten erregt. Kaiser sah aufgeregte Gesten. Hören konnte er nichts. Gemeinsam verließen Vater und Tochter den Raum. Kaiser traute sich nicht näher an das Haus heran. Es verstrichen fünf Minuten, zehn Minuten. Er wurde unruhig. Zweifel kamen auf, ob Hubens sein Wort halten würde. Er gab den drei Leuten im Haus weitere fünf Minuten. Dann würde er eingreifen. Vor dem Ablauf der Frist traten Possmann und Lily aus der Tür, bestiegen das Auto und fuhren davon.

Kaiser schlich erneut zum Küchenfenster. Wieder saß Hubens am Tisch, trank entspannt ein Wasser. Sebastian Kaiser wurde den Eindruck nicht los, dass Hubens genau wusste, dass er beobachtet wurde. Dass dieses Sitzen am Tisch eine Inszenierung für den draußen lauernden Exkollegen war, seinen Alibigeber? Was wurde hier gespielt? Hatte Hubens ihn ausgetrickst?

Kaiser kehrte zurück zu seinem Auto und rief Monika Münzer an.

»Alles okay«, sagte er. »Lily ist von ihrem Vater abgeholt worden. Sie sind gerade weggefahren. Lily ist in Sicherheit.«

Kaiser blieb in seinem Wagen sitzen. Er musste nachdenken.

## DIE FLUCHT

Walter Possmann war glücklich. Seine Tochter saß neben ihm im Auto. Seine Lily. Und auch wieder nicht. Es war nicht die Lily, an die er sich erinnerte, natürlich nicht. Sie war 30 Jahre älter geworden. Sie hatte 30 Jahre in einer ihm fremden Welt gelebt, schlimmer noch, in einer ihm feindlich gesonnenen Welt. Aber jetzt saß sie blass, erschöpft und kleinlaut auf dem Beifahrersitz. Er machte ihr keine Vorwürfe. Keine Diskussionen jetzt, dachte er. Ein sicherer Ort – das hatte Priorität. Alles andere würde sich ergeben. Seine Ehefrau hatte Possmann nicht eingeweiht. Er war sich nicht sicher, wie sie reagiert hätte. Er hatte einen geschäftlichen Termin vorgeschoben und das Haus am frühen Abend verlassen. Vielleicht würde er nachts nach Köln zurückkehren können. So wenig Wirbel wie möglich, hatte Hubens gesagt.

Der Detektiv hatte Possmann eine Anlaufadresse in Luxemburg gegeben. Erst mal außer Landes. Die luxemburgische Grenze lag nur gut 100 Kilometer entfernt. Neue Instruktionen in Echternach, dem Grenzort, hatte Hubens angekündigt. Gehen Sie in das »Hostellerie de la Basilique«, ein kleines Hotel, zentral gelegen. Ihr Auto können Sie 50 Meter entfernt parken. Dann setzen Sie sich ins Restaurant, essen Sie was, entspannen Sie sich. Es wird Sie ein Mann ansprechen. Name: Kurt. Er wird Ihnen sagen, wie es weitergeht. Possmann gehorchte, eine Verhaltensweise, die seinem Naturell entgegenstand, aber es war ihm klar, dass er sich in diesem Fall in die Hände des Giftzwergs begeben musste.

Die Landstraßen in der Eifel waren dunkel. Walter Possmann war froh, dass er vorerst nur 100 Kilometer zurückzulegen hatte. Das Fahren strengte ihn an. Lichter der entgegenkommenden Autos blendeten und machten ihn kurzzeitig fast blind. Er hatte das ungute Gefühl, gegen eine dunkle Wand zu steuern. Er fuhr langsam, zu langsam. Von hinten näherte sich ein Lastwagen und hing ihm knapp an der Stoßstange, hupte, um ihn anzutreiben. Ein Angstgefühl stieg in Possmann hoch. Ob er dem Giftzwerg trauen konnte? Er war sich nicht sicher. In seinem Leben hatte er jede Menge schwieriger Geschäfte erfolgreich abgeschlossen, aber hier ging es nicht um ein kalkulierbares Geschäft, hier ging es um Gefühle. Es ging um Lily, seine Tochter. Possmann griff an die linke Seite seiner Brust, die sich beim Atmen verengte, er spürte eine merkwürdige Beklemmung in der Herzgegend. Der Lastwagen drückte weiterhin gegen die Stoßstange seines Geländewagens.

# ZU SPÄT

Rosenthal brauchte unter einer Stunde Fahrtzeit für die Strecke nach Einruhr. Die Kölner Kommissarinnen hatten sich auf einem Parkplatz am Ortseingang mit der lokalen Polizei verabredet. Ohne einen Helfer mit Ortskenntnis würden sie stundenlang in der Gegend herumirren, hatte der wachhabende Polizist erklärt. Das leuchtete ein. Sie benötigten jede Unterstützung. Sie mussten diese Eifelhütte schnell finden. Die Uhr tickte. Zumindest glaubte Theresa Rosenthal das. In ihrer fast 25-jährigen Polizeikarriere war sie immer wieder in Situationen geraten, bei der jede Minute zählte, dramatische Momente, in denen es um Leben und Tod ging. Dabei wussten sie in diesem Fall nicht einmal, ob sie die richtige Spur verfolgten.

Am Ortseingang von Einruhr fanden sie den beschriebenen Parkplatz direkt neben einem Schnellimbiss. Eva Burrenscheidt machte einen kurzen Versuch, an eine Portion Pommes zu kommen.

»Gegessen wird später«, befahl Rosenthal. »Die Kollegen warten da hinten.« Sie deutete auf einen geparkten Polizeiwagen. Sie steuerten ihr eigenes Fahrzeug daneben und stiegen aus, zeitgleich mit den örtlichen Beamten, die beide eine Tüte Pommes in der Hand balancierten.

»Nur kein Neid«, bemerkte Rosenthal mit Blick auf Eva und begrüßte die zwei ortskundigen Herren. Die Vorstellung ging schnell. Sie nannten kurz ihre Vornamen. Hauke und Olaf aus Simmerath. Die beiden Kölnerinnen stiegen in das Polizeifahrzeug der Kollegen ein.

Zehn Minuten später erreichten sie die Abbiegung zu der fraglichen Hütte. Sie stellten den Wagen auf dem unteren Weg ab. Hauke deutete nach oben, wo sie in ungefähr 200 Metern Entfernung den Schatten eines zweistöckigen Hauses wahrnahmen und ein schwaches Licht erahnten.

»Wir müssen auf alles gefasst sein«, flüsterte Theresa. »Wenn sich Lily Possmann im Haus aufhält, hat ihr Schutz Priorität.« Die Anspannung stieg.

Sie hielten sich beim Aufstieg zu dem höher gelegenen Haus im Schatten des Waldrandes. Den gut verborgenen Golf von Kaiser entdeckten sie nicht, aber er hatte die Motorengeräusche gehört, hatte seinen Golf verlassen und hielt sich zehn Schritte entfernt hinter dem Stamm einer riesigen Eiche auf. Kaiser beobachtete, wie die vier Polizisten sich fast geräuschlos in Richtung Haus bewegten.

Scheiße, dachte er. Jetzt bloß kein unnötiges Blutvergießen. Er traute Hubens nicht. Der Typ war unberechenbar. Er wählte Hubens Nummer.

»Sven, die Polizei ist im Anmarsch, großer Bahnhof, in zwei Minuten stehen sie vor deiner Tür. Bau keinen Mist.«

Mehr konnte er für den ehemaligen Kollegen nicht tun. Kaiser nutzte die Minuten, in denen es oben am Haus turbulent zuging, für seinen Rückzug. Er fuhr hinab nach Einruhr. Eine Stunde später stand er vor der Tür von Monika Münzer.

Hubens setzte noch eine SMS ab mit dem Wortlaut »Plan C«, nahm die SIM-Karte aus seinem Handy, schlug mit einem Steintroll, der ihn seit Tagen von der Kommode aus anglotzte, zweimal kräftig zu. Die Brösel des Chips sammelte Hubens auf und spülte sie in der Toilette hinunter, dann ging er gemächlich zur Haustür. Seine Waffe behielt er in der Jackentasche. Die Smith & Wesson war angemeldet und nicht die Waffe, mit der er Rinaldo erschossen hatte. Hubens öffnete. Zwei Kollegen auf der Vorderseite, zwei auf der Rückseite, grinste er in sich hinein. Er kannte seine Spezies.

»N'Abend, die Damen«, begrüßte er die beiden Kommissarinnen, die ihre Walther P99 auf ihn richteten. »Nicht schlecht, Kollegen. Ich habe diesen Unterschlupf auch heute erst entdeckt. Possmann hat mich beauftragt. Er machte sich Sorgen um sein Mädchen. Alles okay – die beiden sind vor einer halben Stunde hier weggefahren. Gesund und munter.«

»Wohin?«, fragte Rosenthal.

»Keine Ahnung. Wahrscheinlich nach Hause. Possmann hat mir nichts gesagt. Ich habe ihn allerdings auch nicht gefragt. Meinen Teil des Jobs habe ich soeben erfolgreich erledigt.«

Hubens hatte bei seinen Überlegungen drei verschiedene Ausgänge dieses speziellen Auftrags einkalkuliert. Plan A – Walter Possmanns Version: Lily würde in ein sicheres Land gebracht. Plan B mit letalem Ausgang für Lily – die Variante, die Sophie Possmann bevorzugte und für die sie bezahlt hatte. Allerdings würde sie ihr Geld vor keinem Gericht zurückfordern können. Entschieden hatte Hubens sich für Plan C – Lilys Auslieferung.

Die Selbstgewissheit des vor ihnen stehenden Giftzwergs nervte Rosenthal. Merkwürdigerweise benutzte sie dieselbe Bezeichnung wie Possmann, um den ehemaligen LKA-Beamten zu beschreiben.

»Sie haben die Bude hier gerade erst entdeckt?«, fragte

die Kommissarin. »Ach, übrigens, Eva, die KTU muss hier rein. Erledigen Sie das bitte. Also, Herr Hubens, gerade ist Ihnen dieses schmucke Häuschen über den Weg gelaufen?«

»Ja.«

»Wann genau?«

»Heute Mittag?«

»Und da haben Sie die Geisel hier gefunden?«

»Ja.«

»Nur die Geisel?«

»Ja.«

Hubens hielt seine Antworten kurz. Je mehr ein Verdächtiger erzählte, desto schneller verstrickte er sich in Widersprüche. Alte Fahnderroutine.

»Und wie kamen Sie darauf, mitten in der Eifel nach Lily Possmann zu stöbern?«

»Ein Tipp.«

»Von wem?« Rosenthal ließ sich auf das Geduldspielchen ein, obwohl Geduld nicht zu ihren Stärken zählte.

»Anonymer Informant.«

»Quatsch«, wurde Kommissarin Rosenthal nun doch laut. »Wir wissen von Ihrer Verbindung zu dieser Hütte. Der Besitzer war mal Ihr Kunde. Schmuddelige Geschichte damals.«

Die Kommissarin sah, dass sie den Befragten überrascht hatte. Na, endlich auf dem falschen Fuß erwischt, konstatierte sie erleichtert.

»Ihre Verwicklung werden wir in den nächsten Tagen aufdecken, Herr Hubens. Stichwort ›Rinaldo‹ – falls Sie ihn auf dem Gewissen haben, werden wir die Beweise finden. Wenn Sie den Kopf noch aus der Schlinge ziehen wollen, sollten Sie uns die Information geben, wohin Possmann mit seiner Tochter unterwegs ist. Sofort.«

Hubens spürte, wie sich die von der Kommissarin erwähnte Schlinge um seinen Hals zuzog. Er fand, dass er seinem Kunden für das gezahlte Honorar genug Vorsprung verschafft hatte.

»Luxemburg«, sagte er.

»Weiter?«

»Keine Ahnung, was er plant. Er wollte raus aus Deutschland.«

»Wieso glaube ich Ihnen nicht?«

»Frau Kommissarin, Possmann ist ein gewiefter Geschäftsmann mit Beziehungen in der ganzen Welt. Osteuropa, zum Beispiel, da sitzen genug Leute, die für Geld alles machen«, erklärte Hubens. »Für so einen Global Player ist es ein Leichtes, einen Unterschlupf für seine kleine Terroristen-Tochter zu finden.«

»Schön, wie Sie das darstellen«, bemerkte Rosenthal höhnisch. »Possmann ist vor allem ein weidwund geschossener alter Mann. So sehe ich das. Also, wo in Luxemburg haben Sie ihn untergebracht? Er wird ja heute Nacht nicht mehr bis Bukarest fahren, oder?«

»Echternach. Hotel Basilique.«

»Geht doch«, triumphierte die Kommissarin Rosenthal. »Kollegen«, rief sie die beiden Eifel-Scheriffs, die draußen gewartet hatten. »Nehmen Sie den Herrn hier doch bitte mal mit in Ihre hübsche Wache. Aufenthalt an einem Tatort mit Verdacht auf Entführung. Das dürfte als vorläufiger Haftgrund reichen.«

## DAS ZIEL VOR AUGEN

Noch zehn Kilometer bis Echternach. Possmann atmete auf. Der Lastwagen saß ihm weiterhin auf der Pelle. Die riesigen LKW-Scheinwerfer blendeten bei jedem Blick in den Rückspiegel.

»Überhol doch, du Idiot!«, brüllte Possmann und machte seiner Anspannung Luft. Lily zuckte zusammen.

»Entschuldige.« Begütigend legte er seine Hand auf ihren Arm. Sie wich nicht zurück. Er traute sich kaum, zu ihr hinüberzuschauen. Konzentriert heftete er seine Augen in die Schwärze vor sich.

Stur hielt Possmann sich an die Geschwindigkeitsangaben, fuhr langsamer als erlaubt. Kein Risiko auf den letzten Metern. Seine Hände klammerten sich ans Lenkrad. Er spürte, wie sie zitterten. Zu viel Aufregung für einen alten Mann, dachte er. Ein entgegenkommender Transporter kam mit aufgeblendeten Scheinwerfern aus dem Nichts einer Haarnadelkurve. In der darauffolgenden Dunkelheit sah Possmann den Verlauf der Straßenbiegung nicht. Sein Wagen kam ins Schleudern, fuhr geradeaus in den rechten Seitengraben, drehte sich auf das Dach, rutschte ein Stück bergab und wurde vom Stamm einer Douglasie gestoppt.

»Merde«, brüllte Jean-Claude Petit, der Lastwagenfahrer, der Possmann seit zehn Kilometern genötigt hatte. Jean-Claude nahm den Fuß vom Gas. Er war müde, hatte die vorgeschriebene Fahrtzeit bereits über eine Stunde überzogen und musste an dem Abend noch seine Firma auf der anderen Seite der französischen Grenze erreichen. Der Brummi rollte aus. Von hinten näherte sich ein PKW. L'aide arrive, dachte Jean-Claude und drückte das Gaspedal hinunter.

Zwei Stunden später passierten die Kölner Kommissarinnen die Unfallstelle. Eva Burrenscheidt lenkte den Wagen, mit leerem Magen. Die Pommesbude hatte geschlossen, als sie ihr Fahrzeug auf dem Parkplatz abholten.

»Luxemburg ist ein Fressparadies«, versprach Rosenthal.

»Luxemburg ist geschlossen, wenn wir dort ankommen«, lachte Burrenscheidt. »Unser Job ist die reinste Schlankheitskur.«

»Wenn man nicht wie Marco in der Kölner Südstadt lebt. Wann immer er nach Hause kommt – irgendein Grieche oder eine Kölsch-Kneipe hat bestimmt noch geöffnet.«

Nach dieser Bemerkung griff Rosenthal zum Handy und führte Dauertelefonate. Mit Marco, der Hubens in der Eifel abholen musste. Mit Kriminalrat Hehemann. Mit dem leitenden Staatsanwalt, Dr. Kai-Uwe Haubolt. Den im Graben liegenden Mercedes-Geländewagen mit dem Kennzeichen »K–LP 2205« bemerkten sie nicht. LP stand für Lily Possmann. Der 22. Mai war ihr Geburtsdatum.

Erst in der Morgendämmerung entdeckte ein anderer Brummifahrer den verunglückten Geländewagen. Er schaltete die Warnblinkanlage ein, ging 50 Meter zurück, um das Warndreieck vorschriftsmäßig aufzustellen. Erst dann rutschte er die Böschung hinunter zu dem auf dem Dach liegenden PKW. Er sah die zwei im Wagen eingeklemmten Personen und wählte sofort die 110.

Polizei, Feuerwehr und Krankenwagen trafen gegen sieben Uhr morgens ein. Für Walter Possmann kam jede

Hilfe zu spät. Lily Possmann lebte. Sie wurde mit Blaulicht ins Krankenhaus nach Trier gebracht. Im Krankenwagen verabreichte der Notarzt ihr Kreislauf stabilisierende und schmerzstillende Medikamente. Auf der Fahrt zum Hospital versuchte er, Kontakt mit ihr aufzunehmen. Sie drehte den Kopf zur Seite und jammerte monoton und kaum verständlich etwas, das wie »Papi, Papi« klang.

# LANGE SCHATTEN

Rosenthal und ihre Kollegin waren nach kurzem Aufenthalt im luxemburgischen Echternach noch in der Nacht nach Köln zurückgekehrt. Im Hotel Basilique hatten sich keine Spuren der Gesuchten gefunden. Auf der Rückfahrt rätselten sie, ob Hubens sie verschaukelt hatte.

Die Kommissarinnen gönnten sich ein paar Stunden Schlaf. Gegen acht Uhr weckte Marco seine Kollegin Theresa Rosenthal und informierte sie über den Unfall auf der Landstraße B 257 nach Echternach.

»Walter Possmann tot. Lily Possmann schwer verletzt im Krankenhaus in Trier.« »Mann, Mann«, ächzte Rosenthal im Halbschlaf. »Lange Schatten der Vergangenheit.«

# NACHSPIEL

Sechs Monate später saß die von ihren Verletzungen genesene Lily Possmann im Gerichtssaal des Oberlandesgerichts in Düsseldorf, bei dem der Generalbundesanwalt Anklage erhoben hatte. Ein Pflichtverteidiger war bestellt worden. Lilys Mutter hatte sich nicht durchringen können, für einen Staranwalt zu zahlen.

Lily Possmann machte den Eindruck einer gebrochenen Frau. Sie gab ihre Beteiligung am Attentat auf Paul Lühringhoff und seinem Fahrer Münzer zu. Sie habe aber nur als Informantin gedient, für die Planung und Durchführung des Sprengstoffanschlags sei ihr Freund Rinaldo verantwortlich gewesen. Weitere Namen rückte sie nicht heraus, so weit ging die Reue nicht, aber sie war bereit, Schuld und Strafe auf sich zu nehmen.

Ihre Mutter wohnte der Gerichtsverhandlung nicht bei. Auch Monika Münzer erschien nicht. Sie empfand keine Genugtuung, als sie von Lilys Verhaftung erfuhr. Die Flucht ihrer einstigen Freundin hatte den Tod eines weiteren Menschen verursacht, diesmal des eigenen Vaters. Monika betrachtete das nicht als ausgleichende Gerechtigkeit. Sie trauerte um Walter Possmann, den sie immer gemocht hatte und der sie bei ihrem beruflichen Werdegang jahrelang unterstützte.

Bei Sebastian Kaiser reichten die Informationen nicht für eine Anklage. Die Kommissare wiesen ihm zwar nach, dass er die Stasi-Unterlagen der Exterroristen gekauft hatte, aber eine Beteiligung an der Erschießung von Rinaldo und der Entführung von Lily konnte nicht einwandfrei belegt werden.

Lilys Mutter, Sophie Possmann, verkaufte das Haus in der Kölner Marienburg und zog zu ihrer Schwester nach Hamburg.

Sven Hubens bereitete in den Wochen nach den dramatischen Ereignissen um den Auftrag Possmann die Schließung seiner Detektei und den Rückzug in die Normandie vor. Die Kommissare konnten ihm eine Beteiligung an Lilys Entführung und der Erschießung von Rinaldo alias Ronald Grundmann alias Uli Braunfels nicht nachweisen. Zwei Halbweltfuzzis gaben ihm ein Alibi. Skatabend. Ein Typ wie Hubens hatte immer ein paar Desperados um sich, die ihm etwas schuldeten oder die für ein paar Euros zu jedem Meineid bereit waren.

»Haltbares Alibi. Keine Spuren hinterlassen. Keine Tatwaffe. Wir können ihm den Mord nicht nachweisen«, brummte Hehemann schlecht gelaunt.

»Bisher«, sagte Kommissarin Rosenthal bei der großen Besprechung im Kommissariat. »Ich bleibe dran.«

# Alle Bücher von Maren Friedlaender:

**Kommissarin Theresa Rosenthal ermittelt:**
**1. Fall: Rheingolf**
ISBN 978-3-8392-2329-1

**2. Fall: Schweigen über Köln**
ISBN 978-3-8392-0078-0

**Kommissare Rosenthal und Fett ermitteln:**
**Die Macht am Rhein (mit Olaf Müller)**
ISBN 978-3-8392-2474-8

**Berlin.Macht.Männer.**
ISBN 978-3-8392-2376-5

**Der Löwe Gottes**
ISBN 978-3-8392-2638-4

WWW.GMEINER-VERLAG.DE
*Wir machen's spannend*